석학人文강좌 52

시각과 해석
—한국현대시 이렇게 본다

석학人文강좌 52

시각과 해석
—한국현대시 이렇게 본다

초판 1쇄 인쇄 2014년 4월 5일
초판 1쇄 발행 2014년 4월 10일
지은이 김용직
펴낸이 이방원
편 집 안효희·김명희·조환열·강윤경
디자인 박선옥·손경화
마케팅 최성수
펴낸곳 세창출판사
출판신고 1990년 10월 8일 제300-1990-63호
주소 120-050 서울시 서대문구 경기대로 88 냉천빌딩 4층
전화 723-8660
팩스 720-4579
이메일 sc1992@empal.com
홈페이지 http://www.sechangpub.co.kr

ISBN 978-89-8411-464-7 04810
      978-89-8411-350-3(세트)

이 도서의 국립중앙도서관 출판시도서목록(CIP)은 서지정보유통지원시스템 홈페이지(http://seoji.nl.go.kr)와 국가자료공동목록시스템(http://www.nl.go.kr/kolisnet)에서 이용하실 수 있습니다. (CIP제어번호: CIP2014010497)

석학
人文
강좌
52

시각과 해석
—한국현대시 이렇게 본다

김용직 지음

세창출판사

이 작업의 직접적인 기틀이 된 것은 한국연구재단이 주재를 하고 있는 석학인문강좌의 요청이었다. 지난 해 정월 초순에 나는 한 때 같은 대학의 같은 학과에서 봉직한 적이 있는 권영민 교수의 전화를 받았다. 그는 바로 그 전학기에 서울대학교에서 명퇴를 하고 단국대학교로 자리를 옮긴 터였는데 전화 내용이 색달랐다. 한국연구재단 주재 인문학 대중화 사업운영위원회에 그가 관계하게 되었다는 것과 함께 올해로 6기를 맞는 석학인문강좌의 한 부분을 내가 담당했으면 하는 것이 그 내용이었다.

권영민 교수의 요청을 받기까지 나는 인문학 대중화 강좌가 어떤 성격의 것이며 어떤 목적, 동기에 의해서 시작된 것인지를 전혀 모르는 상태였다. 그래서 해당 실무자에게 안내 문건이 있으면 보내 달라고 부탁했다. 그 결과 제6기 인문강좌에서 내가 담당할 시간은 4월 한 달로 주말 오후마다 2시간씩 모두 여덟 시간임을 알게 되었다. 강의를 하기 전에 발표내용을 만들어 참석자에게 배포되도록 하는 절차도 거쳐야 했다.

내가 제대로 된 예비지식이나 이렇다 할 청사진도 마련하지 않은 채 한국현대시를 전공하기로 마음먹은 것이 학부생활의 막바지인 1950년대의 후반기였다. 그 무렵까지 우리 주변에는 개별문학사로서의 한국현대시사가 한 권도 나오지 않고 있었다. 그 빈터를 내가 메울 수 있지 않을까 하는 생각과 함께 나는 한국현대시의 역사

쓰기를 지망했다. 다분히 풋내가 나는 생각과 함께 시작된 내 연구 작업은 1960년대 후반기에 『한국근대시사』 첫째 권을 낼 수가 있었다. 그에 이어 나는 『한국현대시사』 1, 2권, 『해방기 시문학사』, 『북한 문학사』 등의 보고서를 꾸려냈다.

새천년에 접어든 다음 내 연구결과물들을 다시 읽게 되자 나는 적지 않은 당혹감 내지 불안 심리에 사로잡혔다. 그 까닭은 명백했다. 내가 다시 읽어본 내 연구들에는 어느 정도 긍정적으로 평가될 부분과 함께 그에 못지않게 논리전개나 사실해석에서 허술하고 한계로 지적될 부분이 포함되어 있었다.

구차한 자기 변명이 되겠지만 내가 공부를 시작했을 때 우리 주변에는 지금은 어디에나 이용이 가능한 자료 복사기가 한 대도 없었다. 관계문헌이나 참고자료들도 거의 모두가 개인 수장가의 서고에 보관되어 있어서 그것을 빌려 읽는 일부터가 손쉽지 않았다. 어렵사리 관계 자료들의 소재를 알아내어 열람 허락을 받아낸 경우에도 내 문학사 쓰기의 예비단계는 그것으로 일단락이 되지 않았다. 내가 필요로 하는 자료를 나는 잉크를 찍어서 쓰는 펜으로 일일이 노트에 옮겨 적었다. 그 과정에서 군데군데 오자(誤字)나 탈자 등이 생겼다. 뿐만 아니라 당시까지 나는 작품해석의 기초가 되는 비평이론의 습득도 제대로 이루지 못한 상태였다. 거기서 생긴 부작용으로 내 시사 쓰기에는 몇 군데 사실해석에 오류로 지적될 부분들이 섞여들었던 것이다.

인문학 대중화 사업위원회 측의 전화를 받고나서 내 머리에 떠오른 것이 바로 과도기에서 시작된 내 연구 논문들의 한계들이었다. 나는 인문학 강좌를 수락하여 그것을 계기삼아 그동안 내 연구에서 생긴 한계나 오류들을 재정리, 보완하기로 마음 먹었다.

본문을 읽어보면 드러나겠지만 이 작업에서 나는 그동안 내가 꾀해본 한국시 연구 가운데 이야깃거리로 생각된 것을 여섯 장으로 나누어 검토, 정리하기로 했다. 첫째 장에서 나는 한국 근대문학, 또는 근대시의 기점을 개항기로 잡았다. 이제까지 우리 주변에서 한국근대문학, 또는 현대문학의 기점은 개항기가 아니라 영정시대(英正時代)로 책정된 예가 있다. 이 소급설이 어떤 한계를 가진 것인가를 이 작업의 허두에서 나는 내 나름대로 밝혀 보았다.

2장과 3장은 내가 시의 이해를 위해 읽고 익힌 몇 개 비평이론의 요약, 소개다. 처음 한국현대시의 역사 쓰기를 시도했을 때 나는 문학과 시에 대해 개론이나 상식 수준의 지식밖에 가지고 있지 않다. 그런 내가 시를 읽고 그 해석, 평가를 시도하게 되자 그 과정에서 갖가지 시행착오현상이 일어났다. 그 지양, 극복책으로 나는 우리 현대시 연구의 초동단계에서 서구의 비평이론, 특히 미국의 신비평이론을 익혀보려고 시도했다. 거기서 얻어낸 지적 체험의 일단을 적어본 것이 이 장이다.

4장의 내용이 비유론이 된 것에는 내 나름의 특수한 사정이 작용했다. 시를 제대로 공부하기 전에 나는 비유를 문장표현의 한 방식, 곧 수사학의 일부 정도로 생각했다. 어느 계제에 P. 휠라이트의 비유론을 읽게 되자 그것으로 내 눈을 덮은 콩깍지가 떨어져 나갔다. 그리고 M. 블랙의 이론을 접하게 되면서 휠라이트가 제기한 에피폴라와 다이아폴라론의 한계가 어떻게 극복될 수 있는지도 가늠이 되었다. 이 단계에서 나는 한국현대시 해석에서 조그만 발견의 장도 마련할 수 있었다. 한용운의 시집 『님의 침묵』에 담긴 여러 작품에 대해 한동안 우리는 그 속성을 불교적인 형이상시라고 일괄처리해버렸다.

구조분석을 전제로 하지 않은 이런 유의 작품해석에는 반드시 짚고 넘어가야 할 논리의 빈터가 생긴다. 앞에서 거론된 단순 논리에 따르면 『님의 침묵』은 유식철학의 경지를 노래했기 때문에 훌륭한 현대시라는 논리가 성립된다. 그렇다면 유학의 경전인 『근사록(近思錄)』이나 노자의 『도덕경』 역시 도저한 형이상의 세계가 있기 때문에 훌륭한 시라는 평가가 가능한 것인가. 이때에 생기는 논리적 한계를 나는 M. 블랙의 상호작용론, 곧 두 이질적 요소의 문맥화론이 곧 시라는 비유론을 통해서 극복할 수 있었다. 그 결과 나는 만해의 「알 수 없어요」가 불교식 형이상의 차원을 가진 작품인 동시에 그 구조로 보아도 매우 훌륭한 예술작품임을 논증해 낼 수 있게 되었다.

5장에서 나는 한동안 내가 공부한 신비평의 성격을 재확인하면서 그 한계도 지적해 보려고 했다. 새삼스럽게 밝힐 것도 없이 좁은 의미의 신비평은 철저하게 시를 시로만 읽기를 기하는 비평이다. 신비평이 지닌 이런 유의 한계와 부작용을 르네 웰렉은 〈말은 역사적인 것이며 모든 양식과 의장은 역사, 전통을 물려받은 것〉이라고 지적했다. 거기서 얻어낸 비평적 감각을 통하여 나는 이육사(李陸史)와 김소월(金素月)의 시가 갖는 구조적 탄력감을 파악해 보고자 했다. 그 결과 우리 문학사에서 차지하는 두 시인의 위상이 새롭게 부각, 정착될 수 있었다고 믿는다.

6장에서 나는 내가 다년간 매달린 문학의 역사 쓰기에서 표준이 된 유형의 문학사를 제시해 보고자 했다. 그와 아울러 나는 한국 근대시의 초기 단계에 나타난 개화기 시가의 양식적 전개를 문제 삼았다. 이 장에서 내가 파악한 개화기 시가의 양식적 전개는 개화가사 → 창가 → 신체시의 순서로 나타난다. 이 순서가 반드시 새로운 것은 아니다. 그러나 이제까지 우리 주변에서 이루어진 개화기 시가의 양식적 전개에서 기준이 된 것은 작품 발표자와 여러 작품들의 발표시기만을 기준으로 이루어졌다. 문학사의 한 측면인 양식의 형성, 전개는 이런 물리적 시간 개념과 완전 합치되는 것이 아니다. 적어도 양식의 선후관계는 낡은 구조의 작품이 앞서고 그보다 새로운 작품들이 그 다음을 이은 것으로 파악되어야 한다. 이 장에서 나는 개화기 시가양식의 형성, 전개를 그런 시각에서 해석하려고 시도했다.

한국현대시가 연구의 회고판인 동시에 반성을 겸한 내 인문강좌는 지난 해 4월 6일에 시작되어 같은 달 27일에 끝났다. 첫날 내가 안내를 받아 들어선 서울역사박물관의 강당은 빈자리가 거의 보이지 않을 정도로 많은 청중이 참석해 주었다. 뒤에 안 일이지만 그 자리에 참석한 분들 거의 모두가 교육계나 연구기관에서 정년을 한

분들이었다. 본래 내가 익숙한 것은 학교교실의 강의일 뿐 나에게는 그처럼 많은 사람들이 들어서 귀를 기울이게 할 정도로 유익한 담론을 꾸릴 만한 능력이 없었다. 대중강연에서 요구되는 말솜씨도 나는 선혀 갖고 있지 못했다. 그럼에도 첫날부터 마지막 날까지 빠지지 않고 내 강좌에 나와서 내 이야기를 경청해 준 참석자 일동에게 경의를 표하고 싶다.

끝으로 밝혀둘 것은 강좌 마지막 날 질의 토론자로 서울대학교의 이종묵 교수와 충북대학교의 이미순 교수가 참석해 준 일이다. 두 교수는 내 담론내용을 진지하게 읽어 주었고 또한 내 생각이 미처 이르지 못한 부분에 대해서도 유익한 의견들을 제시해 주었다. 그 내용들을 감안한 결과 내 강의가 좀 더 충실한 것이 될 수 있었다. 또한 청중석에서 의견을 제시한 몇 분의 생각도 이 책을 꾸려 내는 데 많은 참고가 되었다. 강연과 원고작성과정에서 직접, 간접으로 힘이 되어 준 한국연구재단 관계자 여러분들과 이 책 출판을 맡아 햇볕을 보게 한 세창출판사의 편집진에게도 고개 숙이며 인사를 드린다.

2014년 2월 21일
관악산 서울대학교 명예교수연구동 한 자리에서
김 용 직

제6장 | 문학사의 방법과 개화기 시가

제 1 장

—

현대시의 기점 문제

이 작업의 으뜸 초점이 되는 것은 한국현대시다. 한국 현대시를 감으로 한 가운데 그 기능적인 이해·평가를 기도해 보려는 것이 이 작업의 제일 목표가 된다. 목표 달성의 기본 방법으로 이 작업은 여러 대상 작품의 구조분석과 함께 우리 현대시의 통시적 고찰(通時的 考察), 곧 문학사의 시각을 아울러 택하고자 한다.

1. 두 개의 기점설

한국현대문학 연구에서 문학사의 길을 택하는 경우 그 첫머리에서 제기되는 것이 한국현대문학과 시의 상한선을 어디에서 잡을 것인가의 문제다. 이 경우 이제까지 우리 주변에서는 두 가지의 서로 다른 의견이 제출되었다. 그 하나가 개화기(開化期) 기점설이며 다른 하나가 소급론(遡及論)으로 통칭되는 영정시대(英正時代) 기점설이다. 먼저 개화기 기점설은 우리 역사상 근대, 또는 현대의 상한선을 19세기에 이루어진 개항과 함께 시작된 시기로 잡자는 견해다. 그 이전까지 우리 사회는 쇄국의 울타리를 높이한 채 봉건의 잠에 취해 있었다. 서구(西歐)와 아서구화(亞西歐化)한 일본(日本)이 군사력의 상징인 포함을 앞세우고 우리나라의 문호개방을 요구하면서 이 시대의 막이 열렸다.

역사 연표를 보면 영국군함 알세스트와 라라 등 두 척이 충청도의 마량도에 나타나 그 일대의 해로를 탐사한 것이 한반도를 서구 열강이 넘보기 시작한 사태의 시작이었다. 이후 세실이 이끄는 프랑스 전함 세 척이 외연도(外煙島)에 나타났으며(1846년) 이어 1855년에는 영국군함의 독도 측량이 있었다. 같은 해에 프랑스의 군함 비르지니호도 일방적으로 동해안을 탐사, 측량했다. 1861년에는 원산(元山)에 러시아함대가 나타나 통상을 요구했으며 1866년에는 미국 상선 제너럴 셔먼호가 대동강을 거슬러 올라 평양성 바로 앞에 나타났다. 이 불의의 사태에 놀란 지방 민중이 셔먼호를 습격하여 불태워버렸다. 거듭된 외국함정의 출현으로 민심이 동요되자 조정에서는 그 나름대로 대책을 세우지 않을 수 없었다. 임금이 직접 「척사윤음(斥邪綸音)」을 내려 민심을 수습하려고 하였다. 그러나 그것으로 술렁대기 시작한 민심은 안정되지 않았다.

1866년에는 천주교 신부 학살을 빌미로 삼고 프랑스함대가 강화도에 나타났다. 그들은 강력한 화력으로 우리 포대를 포격, 침묵시킨 다음, 육전대를 상륙시켜 섬 일대를 장악하기까지 했다. 이런 사태는 그 후에도 미국의 로저스 제독이 이끄는 아시아함대의 강화도 침공으로 이어졌으며 마침내 1975년 일본의 전함 운양호(雲揚號)의 강화도 포격과 영종도(永宗島) 유린으로 그 극에 달했다. 운양호 사건을 겪게 되자 우리 조정과 서민들은 크게 술렁대기 시작했다. 특히 정권을 장악한 지도층이 크게 동요했다. 엄청난 화력을 앞세운 외국군함의 무력시위가 계속되자 그 직전까지 결사항전을 외친 우리 정부도 쇄국의 빗장을 풀지 않을 수 없었다. 그 결과가 병자수호조약(丙子修好條約)으로 나타났다.

물론 19세기 말에 이루어진 문호개방(門戶開放)은 서구열강과 일본의 무력시위 앞에 우리가 굴종한 형태로 이루어진 것이었다. 그러나 그것이 기틀이 되어 우리 사회에는 우리보다 한 시대를 앞선 서구 근대문화가 물밀듯한 기세로 쏟아져 들어왔다. 특히 문호개방으로 우리 문화와 문학, 예술이 받은 충격은 컸다. 그를 계기로 우리 사회는 오랜 봉건의 허울을 벗고 새로운 시대를 맞이할 채비를 갖추기 시작했다. 우리 주변의 문학이 낡은 허울을 벗고 새시대에 걸맞은 예술로 탈바꿈을 기도한 것도 이때부터였다. 한국현대문학 개항기 기점설은 이런 사실에 근거하여 제기된 것이다.

2. 개항기 기점설: 임화(林和)와 백철(白鐵)의 경우

우리보다 앞선 세대로 문학사를 엮은 사람 가운데 개화기 기점설에 가담한 대표적 예로는 두 사람의 이름이 떠오른다. 그 하나가 카프의 소장파 출신인 임화(林和)이며 다른 하나가 그 역시 한때 카프에 관계한 백철(白鐵)이다. 임화는 일제 말기 조선일보를 통해 연재를 시작한 「조선신문학사」에서 한국 신문학의 단초가 19세기 말 우리 사회의 문호개방, 근대적 개혁시도와 함께 열린 것이라고 보았다.[01] 백철의 『조선신문학사조사(朝鮮新文學思潮史)』는 그 뼈대를 서구의 근대문예사조를 표준으로 하여 이루어졌다. 『조선신문학사조사』에서 백철은 우리 문학사의 근대를 서구에서 낭만주의와 사실주의문학이 전경화된 18세기 말에서 19세기에 걸치는 시기로 잡았다. 그는 우리 근대문학의 기점을 19세기 말로 보고 있는 것이다.[02] 다 같이 19세기 말 개항기로 한국현대문학의 기점을 잡고 있음에도 불구하고 임화와 백철은 그 논리 전개에서 미묘한 차이를 드러낸다. 임화는 후에 그의 비평집 『문학의 논리(論理)』에 수록된 글을 통해서 그가 생각하는 근대의 개념을 다음과 같이 정리했다.

신문학사의 대상은 물론 조선(朝鮮)의 근대문학이다. 무엇이 조선의 근대문학이냐 하면 물론 근대정신을 내용으로 하고 서구문학의 장르를 형식으로 한 조선의 문학이다.[03]

여기 나타나는 바와같이 임화는 한국근대문학＝서구근대문학의

---

01 임화(林和), 「개설신문학사」, 『조선일보』 연재(1938.11.19). 여기서 임화는 신문학의 기점을 개항과 함께 교육, 문화제도의 개혁도 그를 통해 이루어진, 개화사상이 형성된 1870년 전후로 잡았다.

02 백철(白鐵), 『조선신문학사조사(朝鮮新文學思潮史)』,(수선사, 1948), pp.30-31.

03 임화, 신문학사의 방법(新文學史의 方法), 『문학(文學)의 이론(理論)』(학예사, 1940), p.819.

수용형태로 보았다. 우선 그는 형식면에서 한국근대문학을 서구문학의 모방, 이식으로 단정하고 그것을 특징짓는 말로 이식문화(移植文化)라는 용어를 사용하기까지 했다. 다음은 그가 신문학사 방법의 한 항목으로 작성한 「환경」의 한 부분이다.

신문학사(新文學史)의 연구에 있어 문학적 환경의 고구(考究)란 것은 신문학의 생성과 발전에 있어 부단의 영향을 받아온 외국문학의 연구다. 신문학이 서구적(西歐的)인 문학장르[구체적으로는 자유시(自由詩)와 현대소설(現代小說)]를 채용하여서부터 형성되고 문학사의 모든 시대가 외국문학의 자극과 영향과 모방으로 일관되었다 하야 과언이 아닌 만큼 신문학사란 이식문화(移植文化)의 역사다.[04]

위의 인용으로 드러나는바 임화는 형식을 자기 나름대로 해석하여 장르와 동격으로 생각했다. 그런 다음 우리 신문학이 철저하게 서구의 모방이라고 규정해 버린 것이다. 장르는 양식으로 번역될 말로 그 자체가 형식과 같은 말이 아니다. 그렇다면 그가 정신이라고 한 의식을 임화는 어떻게 보고 있는가.

「토대(土臺)」의 항목에서 그는 카프 출신의 비평가답게 "신문학(新文學)은 새로운 사회경제적 기초 위에 형성된 정신문화의 한 형태"[05]

04 상게서, p.827.
05 상게서, p.824.

라고 규정했다. 그가 쓴 정신문화의 개념을 우리가 일반적인 의미의 관념이라든가 의식의 문제로 받아들여서는 안 된다. 임화는 여기서 정신문화를 "사회경제적 기초 위에 형성"된 것이라고 정의했다. 그에게 사회경제적 기초란 바로 유물사관의 개념으로 물질적 토대를 말한다. 그러니까 임화는 여기에서 철저하게 문학작품의 뼈대를 이루는 의식 내용을 마르크시즘에 입각하여 규정하고 있는 것이다. 마르크시즘은 말할 것도 없이 급진적 외래사조일 뿐이다. 이렇게 보면 임화의 신문학사는 그 방법에서부터 철두철미하게 우리 민족의 고유성을 망각한 채 이식문화사관에 젖어 있는 셈이다.

임화와 비슷하게 백철도 한국의 근대문학을 서구의 충격에 의한 개화의 영향 아래 형성된 것으로 보았다. 임화의 신문학사가 그랬던 것처럼 그 역시 우리 근대문학의 선구양식을 신소설로 잡았다. 그런 관점에서 이인직(李人稙)의 「은세계(銀世界)」와 고전소설 「사씨남정기(謝氏南征記)」 사이에 나타나는 문체상의 차이점을 문제 삼고 있는 것이다. 그에 따르면 「사씨남정기」는 3·4조와 4·4조를 주조로 한 율문체의 문장으로 이루어져 있다. 그에 반해서 이인직의 작품 어느 장면은 자연주의 작가의 기법에 대비가 가능한 사실적 묘사가 이루어져 있는 것이 된다. 그런데 이런 해석을 내린 바로 다음 자리에서 백철은 임화와 얼마간 다른 입장을 취했다. 『조선신문학사조사』 첫째 권 제1장에서 그는 고대소설과 대비시키면서 신소설의 긍정적 면을 지적했다. 그에 따르면 우리 고대소설은 주제면에서 권선징악적이며 등장인물들 역시 일정한 틀을 가지고 있다. 그와 아울러 작품의 결미가 해피엔드로 끝나는 점도 우리 고대소설의 공통특질이다. 고대소설에 대비되는 신소설 역시 백철은 권선징악의 틀을 시원스럽게 벗지 못한 것이라고 지적한다. 그럼에도 백철은 신소설 작품에 최저한의 현대적 단면이 검출된다고 보았다.

신소설이 전연 근대문학과 몰교섭(沒交涉)하게 등장했는가 하면 그런 것이 아니고 동시에 그것은 신문학(新文學)으로서의 요소도 갖고 있는 문학인데 그중에서 중요한 한 가지는 작중인물(作中人物)이나 사건이 현대적이라는 것이다. 고대소설은 "화설 명나라 가정 연간에 라든가…"라든가 (「사씨남정기」), "화설 해동 조선국 세종대왕 시절에"「장화홍련전(薔花紅蓮傳)」이라든가 대개 중국이나 조선의 고대(古代) 이야기에서 취재(取材)해서 서술한 것인데 신소설은 으레 현대의 인물, 현대의 사건을 제재로 삼고 있다는 사실이다.[06]

이에 이은 문장과 문체론을 통하여 백철은 신소설의 작가들이 그 표현에 있어서 언문일치(言文一致)의 감각을 살린 문장을 썼고 그 문체 또한 고대소설식인 율문체가 아니라 산문문학에 가까운 것이 되었으며 표현도 비교적 현실적인 데 도달한 것으로 평가했다.[07] 이

---

06 백철, 신소설문학(新小說文學)의 등장, 『조선신문학사조사』, p.40.
07 상게서, pp.38-39.

렇게 보면 임화가 우리 근대문학을 일방적으로 서구 근대문학의 모방, 추수로 보고 있는 데 반해서 백철은 신소설로 대표되는 한국 근대소설이 시발기에서부터 얼마간의 우리 자체 문화의 감각도 가진 것으로 평가한 셈이다. 다 같은 개항기 기점설을 폈음에도 두 사람 사이에는 얼마간의 시각상의 차이가 있는 것이다.

3. 영정시대(英正時代) 소급론(遡及論)

김윤식(金允植)과 김현에 의한 『한국문학사』는 1970년대 접어든 다음 출간된 현대문학사다. 제목만으로 보면 이 책은 고전문학과 현대문학을 아우른 것인가 하는 의문을 일으키게 할 것이다. 그러나 실제로 이 책을 보면 시대구분의 상한선이 18세기 후반기로 나타난다. 이것으로 우리는 이 문학사가 제목과는 다르게 현대문학사로 쓰여진 것임을 알게 된다.

『한국문학사』의 허두에 놓인 시대구분론에서 김윤식과 김현은 한국근대문학의 첫째 단계를 근대의식의 성장기라고 보았다. 그러면서 그 연대를 영정시대로 소급시키고 있는 것이다. 그 논리적 근거의 하나로 김윤식과 김현은 조선왕조가 영정시대에 이르자 우리 사회에서 구조적 모순이 드러나기 시작했다고 지적하였다.

영정조(英正祖) 시대에 이르면서 조선시대 사회의 기반을 이루고 있던 신분제도가 혼란을 일으키기 시작한다. 소위 경영형부농(經營型富農)이 생겨나고, 양반이 소작농으로 전락하는 예도 생겨난다. 그리고 이러한 변화는 그 사회의 모순과 갈등을 해소하려는 한국사회 자체의 동적 능력이다. 그러한 동적 능력은 조선조 후기의 단편소설들에 분명하게 표현된다. ② 상인계급이 대두하기 시작하여, 화폐가 전국적으로 유통된다. 직업의식이 점차로 생겨나, 전통적 신분제도에 대한 확신을 흩어지게 만든다. 이것은 특히 박지원(朴趾源)의 여러 소설들을 지배하고 있는 테마이다. ③ 상류계층에서는 몰락한 남인계(南人系)의 양반이 주가 되어, 조선조 사회의 여러 문물제도를 근본적으로 회의하기 시작하는 소위 실사구시파(實事求是派)가 성립된다. 그것은 이조사회가 원래 지향한 이상국으로 조선조 사회를 되돌이키려는 노력이지만, 그 노력은 당대의 사회적 제반 제도에 대한 회의를 표명한다. ④ 관영수공업(官營手工業)이 점차 쇠퇴하고 독자적인 수공업자들이 점차 대두하여 시장경제의 형성을 가능케 한다. ⑤ 시조, 가사 등의 재래적 문학 장르가 집대성되면서, 점차로 판소리, 가면극, 소설 등으로 발전된다. 김만중(金萬重)의 폭탄적인 자국어선언(自國語宣言)이 있은 후 몇십 년 뒤의 일이다. ⑥ 가장 중요한 것으로는 서민계급이 점차로 진출하면서 서민과 양반을 동일한 인격체로 보려는 경향이 성행해 간 것을 들 수 있다. 인간평등에 대한 서서한 자각과 욕망의 노출(남녀 간의 애정, 가정

생활, 성관계뿐만 아니라 돈에 대한 관심도 포함된다)은 동학의 인내천사
상(人乃天思想)으로 집약된다. 동학으로 인한 한국적인 신성한 것의
노출.[08]

이런 지적과 함께 『한국문학사』에는 앞선 문학사, 특히 임화와 백
철의 문화사에 대한 상당히 강도가 높은 비판 공격의 목소리가 담
겨 있다. 그에 따르면 임화의 문학사에는 무의식적으로 한국문화의
근대를 서구화와 동일시한 점이 발견된다는 것이다. 소급론자들에
의한 백철의 평가는 더욱 가혹하다. 임화의 견해를 서구추수주의라
고 못 박은 다음 자리에서 "임(林)의 견해는 백철에 의해 더더욱 극
단화된다"라고 판정했다.[09] 여기서 우리는 영정시대소급론의 동기
일부를 짐작해 볼 수 있다. 그들에게 한국문학은 서구근대문학의
추종형태에 그치는 것일 수가 없었다.(그들은 한국문학을 서구의 추수형태
가 아니라 그와는 거리가 있는 주변문학이라고 보았음—'시대구분론' 2절의 2항 제목
이 "한국문학은 주변문학은 벗어나야 한다"로 되어 있음에 주의). 그들에게 우리
문학은 우리 자신의 말로 우리 자신의 정서를 담아 펴는 주체적 예
술이어야 했다. 그럼에도 임화와 백철의 신문학사에는 서구근대문
학 이식이 곧 한국의 근대문학이라는 생각이 전제가 되었다. 그러
니까 『한국문학사』는 그 서론에서부터 임화와 백철을 향해 직설적

08 김윤식, 김현, 『한국문학사』(민음사, 1993), pp.20-21.
09 상게서, p.18.

인 문장으로 그 부당성을 말하지 않을 수 없었다.

소급론의 바닥에 깔린 의식은 그 뿌리가 민족주의에 연결되어 있다. 한국현대문학사를 구상하는 단계에서 두 문학사가는 문학사의 개념을 어떻게 잡을 것인가로 고민한 듯 보인다. 임화나 백철과 달리 이들 두 문학사가는 문학사가 문학과 역사라는 다분히 이질적 요소의 문맥화 작업이라는 사실을 명백히 인식하고 있었다. 문학은 말할 것도 없이 예술의 한 양식이다. 예술의 한 양식이기 때문에 문학은 필연적으로 감동의 세계를 다룬다. 그것은 또한 강하게 개별성을 가지며 어떤 의미에서든지 평균치의 차원에 머물기를 거부한다. 그에 반해서 역사는 시대와 집단의 감각과 행동양태를 두루 수용할 필요가 있다. 그런 까닭에 역사는 독자적이며 특수성에 의거하기보다 그 구성원 집단, 시대에 두루 통용되는 감각과 시각을 토대로 해야 한다. 여기에서 나타나는 바와 같이 역사는 특수성에 의거하기보다 보편적인 논리체계에 입각해야 한다. 그에 반해 문학은 개체의 가능성에 의거하며 시나 소설에서처럼 독창성 쪽에 무게를 싣지 않을 수 없는 것이다.

김윤식과 김현은 『한국문학사』의 첫머리에서 문학사에 대해 "문학사(文學史)는 실체가 아니라 형태이다"[10]라는 선언성 발언을 했다. 여기서 문학사가 실체가 아니라는 말은 무엇을 뜻하는가. 문학사가

10 상게서, p.8.

아닌 일반 비평에서 시와 소설은 얼마든지 그 독자적인 정서와 가락, 예술작품으로서의 맛과 멋을 지닌 실체일 수가 있다. 그러나 문학사는 문학과 역사를 동시에 포괄하지 않을 수 없기 때문에 예술의 일방통행 논리만을 휘두를 수 없게 되는 것이다. 이 경우 우리는 '형태'의 의미에 대해서도 각별한 주의가 필요하다. 문학사가 문학과 역사의 기능적인 문맥화라고 할 때 그렇다면 이때 문제되는 형태화의 속뜻은 어떻게 잡아야 할 것인가.

문학사에서 시와 작품이 일반 역사의 사실이나 사건과 동음이곡(同音異曲)으로 해석되는 것은 절대 금물이다. 그것은 문학사의 길이 아니라 정치사, 제도사, 사회사가 되기 때문이다. 문학사에서 역사는 문학의 예술성을 최대한 살리는 가운데 역사의 구성단위가 되는 사건과 사건을 문맥화시키는 데 필요한 연결고리가 되어야 한다. 이때에 문제되는 연결고리는 문학 자체가 아니라 철학이나 이념 등 문학 이외에서 기술의 기준을 빌려 쓸 수밖에 없는 그 무엇이다. 특히 한국문학사에서 문학이란 우리 겨레의 말을 바탕으로 우리 자신들의 감정을 담은 시와 소설을 가리킨다. 그와 아울러 역사기술의 중심개념이 되는 철학이나 의식도 헤겔식 세계정신의 차원이 아니라 우리 민족의 문화전통을 쳐버리지 않을 테두리 안에서 그 시각을 확보해 내어야 한다. 『한국문학사』는 이런 문학사의 기술방식을 염두에 두고 형태화라는 말을 쓴 것이다.

이제 우리는 『한국문학사』가 전제로 한 문학과 함께 철학의 개념을 파악할 수 있게 되었다. 단적으로 말하면 이 경우 한국문학은 한국현대문학과 등식관계가 된다. 그와 함께 철학은 바로 우리 민족의 문화 전통에 바탕을 둔 민족의식의 다른 이름이며 주체성에 그 뿌리가 닿은 개념이다. 얼핏 보아도 나타나는 바와 같이 김윤식과 김현의 소급론에는 그 나름대로 한국문학 인식의 새 국면을 타개하려는 의욕이 엿보인다. 그 고민은 앞선 세대의 서구 추수론(追隨論)을 극복하여 우리 문학의 독자성을 살려보고자 한 시각과 상관관계를 가지는 것이기도 하다. 그렇다면 실제로『한국문학사』의 영정시대 기점론에서 이론적 근거가 된 논리와 그 시기의 작품들이 갖는 실제가 그에 부합되는가. 이렇게 제기되는 물음에 해답을 마련하기 위해 우리는『한국문학사』를 좀 더 자세하게 분석, 검토해 보지 않을 수 없다.

4.『한중록』과 주자학적(朱子學的) 이데올로기

소급론이 영정시대 기점설을 제기한 까닭의 하나는 이미 드러난 바와 같다. 이 시기에 우리 사회의 구조적 모순이 발생했다는 것이다. 그 보기의 하나로 소급론은 조선왕조의 지배이념인 주자학적 이데올로기의 균열현상을 들었다. 본래 주자학 내지 유학적 행동이념의 실천강목이 된 것은 삼강오륜(三綱五倫)이다. 그 첫머리를 부자유친(父子有親)과 함께 군신유의(君臣有義)가 차지하고 있음은 두루 알려진 바와 같다. 유학적 윤리관에 따르면 아버지와 아들의 사이는 상대적이 아니라 절대적이다. 아들은 아버지를 섬기되 하늘에 사무칠 정도의 효성으로써 해야 한다. 그에 대해서 아버지 또한 아들을 지극한 사랑으로 아끼고 보살펴야 하는 것이다. 둘 사이의 사랑은 하늘이 내린 것으로 인륜(人倫)의 차원을 넘어서 있다. 그것을 우리는 천륜(天倫)이라고 한다. 이 천륜의 논리를 연장시킨 선상에 충군애국(忠君愛國)을 골자로 한 군신유의의 행동강목이 있다.

소급론자들에 따르면 영정시대에 주자학적 이데올로기를 바탕으로 한 유학적 강목에 파열 현상이 일어났다. 부자유친, 군신유의의 철칙이 흔들리기 시작한 것이다. 그 예증으로 소급론자들은 『한중록』을 들었다. 『한중록』은 영조조(英祖朝)의 세자빈인 혜경궁홍씨가 지은 궁정문학작품 가운데 하나다. 이 작품의 줄거리 가운데 가장 극적인 부분이 영조의 맏아들이었던 사도세자(思悼世子)가 부왕의 명으로 죽게 된 일이다. 『한중록』에 따르면 사도세자는 동궁(東宮)으로 책봉된 다음 곧 정신질환의 일종인 의대증(衣襨症)을 앓기 시작했다. 그는 영조의 건강에 이상이 생기자 세자의 몸으로 조정일을 관장하는 섭정(攝政)일을 보았다. 그 갈피에서 병상이 드러나 때때로 불같이 화를 내고 주변을 괴롭혔다. 그 정도가 가속화되면 사람의 목숨까지를 빼앗는 끔찍한 일도 저질렀다. 영조 34년에는 소현세자 누이인 화순옹주(和順翁主)가 그의 남편 월성위(月城尉)

의 병몰을 당하여 그 스스로의 목숨을 끊은 일이 있었다. 『한중록』에는 그때 일을 적은 부분이 있다.

이때 의대병이 극하시니 그 어인 일일런고 의대병환(衣襨病患)의 말씀이야 더욱 형용(形容) 없고 이상한 괴질이시니 대저 의대 한 가지나 입으려 하시면 열 벌이나 이삼십 벌이나 하여 놓으면 귀신인지 무엇인지 위하여 놓고 혹 소화(燒火)도 하고 한 벌을 순(順)히 갈아입으시면 만행(萬幸)이요 시종 드는 이가 조금 잘못하면 의대(衣襨)를 입지 못하서 당신이 애쓰시고 사람이 다 상하니 이 아니 망극한 병환이냐. 어떤 때는 하많이 하니 무명인들 동궁 세간에 무엇이 많으리오. 미처 짓지도 못하고 필(疋) 것도 얻지 못하면 사람 죽기가 호흡 사이에 있으니 그를 아모쪼록 하려 하기 마음이 쓰이는지라.[11]

신사년(辛巳年)이 되니 병환이 더욱 심하오신지라 이어(移御)하신 후는 후원(後苑)에 나가오서 말 달리기 군기(軍器)를 붙이로나 소실(消失)할까 하시다가 칠월 후 후원도 잠가오시니 그도 신신치 않으서 생각 밖에 미행(微行)하려 하시고 처음 놀랍기 어이없으니 어찌 다 형용하리오. 병환이 나오시면 사람을 상하고 마오시니 그 의대 시종을 현주의 어미가 들더니 병환이 점점 더하오서 그것을 총애하신

---

11 이병기(李秉岐), 김동욱(金東旭)(교주), 『한중만록(閑中漫錄)』(민중서관, 1973), p.199.

것도 잊으신지라 신사 정월에 미행을 하시니 의대(衣襨)를 가오시
다가 증(症)이 나서서 그것을 죽게 치고 나가오서 즉객에 대궐서 그
릇되니 제 인생이 가련할 뿐 아니라 제 자녀가 있으니 어린 것들 정
경이 더 참혹한지라. 어느 날 들어오실 줄 모르고 시체를 한때도 못
둘 것이니 그 밤을 겨우 세워 내녀고 용동궁(龍洞宮)으로 호상소임
(護喪所任)을 정하여 상수(喪需)를 극진히 하여 주었더니 오서서 들으
시고 어떻다 말씀을 아니하시니 정신이 다 아니 계시니 사사(事事)
히 망극하도다.[12]

차기 정권을 담당할 세자로서 있을 수가 없는 난행, 광태가 이와
같이 거듭되자 부왕인 영조는 한때 그를 엄하게 경책하여 대궐에서
축출하고 마침내는 뒤주에 가두기까지 했다. 그에 대해서 사도세자
는 절체근신으로 처신해야 할 몸임에도 병장기와 잡기를 모아들이
는가 하면 부왕의 허락도 받지 않은 채 서도로 길을 떠나는 일을 감
히 했다. 이것은 유교국가에서 있을 수가 없는 강상(綱常)의 붕괴며
천륜의 부정이었다. 이것을 한국문학사가 주자학적 이데올로기의
전면적인 부정현상으로 잡고 있는 것이다.

임오화변(壬午禍變)으로 기록되어 온 사도세자의 비극에 대해서는
그간 우리 주변에서 몇 가지로 다른 원인규명설이 있어 왔다. 그 하

12 상게서. p.223.

나가 나경언(羅景彦)의 세자 반역행위를 골자로 한 고변설(告變說)이며, 두 번째가 세자의 생모인 영빈이씨(暎嬪李氏)가 영조를 충동하여 그렇게 끔찍한 일을 벌였다는 견해다. 이와 함께 영의정 홍봉한(洪鳳漢-사도세자의 장인)이 영조에게 참소하는 말을 올린 결과라는 주장과 영조의 후궁인 문여(文女) 난애의 이간책이 작용한 나머지 사도세자가 비극적 최후를 맞게 되었다는 견해가 나왔다. 이들 견해에 대해서는 일찍 김용숙(金用淑) 교수가 합리 타당한 논거를 제시하면서 그 부당성을 말했다. 그는 교주 『한듕록』의 권두에 실린 해설을 통해 "이상과 같은 세 가지 설이 전하여 내려오기는 하지만 하나하나 검토해 보면 어느 설도 그 대화변(大禍變)의 절대적인 이유는 안 되는 것이다"라고 지적했다.[13] 그에 따르면 나경언의 고변이 영조의 사태 결정에 얼마간의 영향이 될 수는 있었다. 그러나 「한듕록」의 본문에도 이미 지적된 바와 같이 고변 얼마 뒤에 이 사실은 반대 정치세력의 무고임이 드러났다. 그렇다면 부왕인 영조가 무고로 아들인 사도세자를 뒤주에 가두어 목숨을 빼앗아 버렸다는 것은 논리의 근거 자체가 성립되지 않는 것이다.

영빈이씨 무고설과 홍봉한의 참소설에 대해서도 첫 번째 경우와 비슷한 논리가 성립된다. 이에 대해서는 혜경궁홍씨 자신의 충정 어린 의견이 나와 있지만 세상에 어떤 생모가 아들의 목숨을 빼앗

---

13 김용숙(金用淑), 「한중록 해설」, 김동욱(金東旭) 교주, 『한듕록』, p.9.

아 버리라고 그것도 아들의 아버지에게 간청을 할 것이며 어떤 장인(丈人)이 딸이 하늘로 받들고 섬기는 사위(사도세자)를 죽음의 구렁텅이에 떨어트리도록 무고, 음해를 할 것인가. 이렇게 제기되는 물음의 답은 명백히 「아니다」가 된다. 그렇다면 「한듕록」의 뼈대가 되는 사도세자의 비극적 죽음은 그 원인이 어디에 있는 것인가. 김용숙 교수는 이에 대한 해답을 사도세자의 정신질환에서 구하고 있다.

이 병환은 작자가(사도세자의 정신질환을 가리키며 작자는 혜경궁홍씨—필자주) 화증(火症)이라고도 말하고 의대증이라고 말하고 있으나 이는 일종의 강박증과 우울증이라고도 할 것이다. 시초는 아버지가 아들을 미워하는 본능(本能), 즉 오이디푸스콤플렉스(Oedipus Complex)로 말미암아 부왕(父王)의 사랑을 받지 못하는 욕구불만(Frustration)이 차츰 강박관념을 조성하고 이것이 의복에 대한 공포로 이행하고 의복 하나를 입는 데 수십 벌씩 소화(燒火)하지 않으면 안 되었다. 이러한 어두운 그림자로 다시 마음이 우울해져 이를 풀기 위하여 궁중 밖에 미행(微行)을 하고 우울한 심정을 유흥으로 발산하고 이것이 악화되어 평양을 갔다오는 등 탈선행동까지 이르렀다. 또 기녀(妓女)나 니승(尼僧)을 데려오고 궁녀(宮女)를 보되 학대하고 피를 보고 다시 이를 가까이 하는 등 사디즘적인 행동도 있었다. 또 궁중에서 움을 파서 광중(壙中)같이 하고 그 위를 떼로 덮어 등까지 달아

놓고 비밀실을 가졌으니 작자(혜경궁홍씨–필자주) 말로는 부왕의 눈을 기이기 위하여 병기(兵器)붙이 같은 완호지물(玩好之物)을 감추는 이외 별 뜻이 없었다고 하건만 "그 일로 망극한 말이 많았으니"라 하고 있듯이 이 병의 성적 착란(性的錯亂)의 통성(通性)으로 무슨 일이 있었는지 모를 일이다. 한 나라의 국본(國本)으로서의 세자가 별감(別監)들과 놀이하고 사람을 죽이고 여염(閭閻)을 출입하고 이리하여 당시 장안의 불량배들이 가짜 세자 행각을 하고 다녔다는 사회상까지 연출하였다.[14]

혜경궁홍씨는 사도세자에게 내린 영조의 최후 처결이 어떤 것이었던가를 그의 수기에서 자세히 밝히지 않았다. 그러나 『한듕록』에는 사도세자가 부왕에게 불려가면서 그것이 그의 마지막이 될 것임을 예감한 증거가 남아 있다. 그 정경을 「한듕록」은 "대조(大祖)께서 휘령전에 좌(坐)하시고 말을 안(按)사오시고 두 다리 노시며 그 처분을 하시게 되니 차마 망극하니 이 경상을 내 차마 어찌 기록하리오"[15]라고만 기록해 놓고 있다. 이것만으로는 부왕이 사도세자를 두고 품은 감정이 유교식 부자관계의 파기였는가 아닌가가 명백하게 가늠될 길이 없다. 여기서 우리에게는 재질문의 필요를 느끼게 하는 부분이 생긴다. 영조는 그가 품은 미움으로 하여 어떻든 아들

14 상게서, p.12.
15 상게서, p.263.

에게 죽음의 길을 택하게 했다. 그런데 그 다음에 그는 며느님인 세자빈에게 폐서인의 조치를 내리지 않았다. 뿐만 아니라 오히려 세손을 극진하게 거두어 그의 곁에 두게 한다(얼마 후 창덕궁으로 보낸 것은 혜경궁홍씨가 영조에게 주청함으로써 이루어진 일이다). 특히 사도세자가 죽은 다음 영조가 세손을 두고 보인 자상한 눈길은 여느 조손간(祖孫間)에서는 찾아보기가 어려울 정도로 곡진하며 지극하기까지 한 것이었다. 그렇다면 『한중록』을 유교식 인륜강상(人倫綱常)의 단절 현상으로 해석한 소급론자들의 해석에는 재고의 여지가 있는 것이 아닌가.

여기서 우리는 하나의 가설을 세워보고자 한다. 영조는 두루 알려진 바와 같이 조선왕조의 정통(正統) 적자(嫡子) 출신이 아니었다. 그는 잡역을 맡은 무수리의 몸에서 태어난 방계 출신이다. 그런 그가 우여곡절을 거친 다음 뜻밖에도 천명을 받들어 지존(至尊)의 자리에 올랐다. 어려서부터 남다른 의욕을 타고났을 것으로 보이는 그에게는 가슴에 사무치는 염원이 있었을 것이다. 그것이 지치정치(至治政治)를 펴서 그의 왕국을 평화와 번영의 길로 이끄는 일이었다.

영조는 살아생전 그 자신의 염원을 실현시키려고 안간힘을 다하였다. 그러나 현실정치의 특수한 사정으로 인해 재위기간(在位期間) 동안 그의 꿈을 얼마간밖에 실현시키지 못했다. 그러자 그는 자신의 염원이 살뜰하게 승계되어 그 다음 단계에서 성공적으로 꽃피기를 바라게 된 것 같다. 다행히 그에게는 의젓하고 영민한 세자가 있었다(어렸을 적 사도세자는 온건하고 슬기로웠다고 전함). 영조는 그에게 그의 꿈이 승계, 실현되기를 바란 것이다. 그런데 남다른 기대를 건그 세자가 정신착란증에 걸렸다. 이 뜻밖의 사태에 직면하자 영조는 창황망조, 마음의 갈피를 잡지 못했을 것이다. 몇 차렌가 세자를 타이르고 또한 엄하게 꾸짖기도 했다. 그럼에도 세자의 정신착란, 탈선행위는 그와 정비례로 더욱 그 정도가 심해지기만 했다. 그것으로 지치정치를 실현시키려는 자신의 꿈이 물거품이 되지 않을까하는 상태가 되자 영조는 마음의 심한 갈등을 겪지 않을 수 없었을 것이다.

어떻든 세자의 정신착란으로 그의 이상정치 일정에 차질이 생기자 영조 자신이 심한 정신적 혼란을 겪게 된 것 같다. 벼랑 끝에 내어 몰린 지치정치(至治政治)의 꿈을 제대로 실현시키기 위해 그는 일대 용단을 내리지 않을 수 없었다. 그것이 극약처방의 형태로 나타난 것이 세자를 뒤주에 유폐한 사건이다. 영조가 세자를 뒤주에 가둔 것은 애초부터 사사(賜死)가 목적이 아니었다. 그것으로 세자의 정신착란을 교정하려고 한 조치였던 것이다. 그러나 결과는 엄청난 비극이 되어 아들인 세자가 목숨을 잃었다. 이렇게 보면 『한듕록』에 나타나는 부왕과 세자의 관계는 유교적 강상의 폐기가 아니다. 오히려 그 반대로 해석되어 영조의 도저한 부정(父情)이 그렇게 끔찍한 사건을 일으킨 것이라고 보는 것이 마땅하다. 이런 이유에서 영정시대 기점론의 한 시각이 된 『한듕록』=유학적 인생관에 따른

가족제도 붕괴설에는 재고의 여지가 생긴다.

5. 영정시대의 한문학과 소설

소급론자들이 주목한 영정시대는 조선왕조 후기를 특징짓는 일대 변동과 개혁의 시대였다. 그것을 지도한 이가 바로 당시의 지존인 영조였다. 조선왕조 21대 왕으로 등극하자 그는 곧 붕당정치의 폐해를 타파하기 위해 탕평책을 썼다. 인재등용을 통한 새시대를 열기 위해 신진사류(新進士流)를 널리 맞이해 들였다. 신분의 굴레로 하여 차별대우를 받는 서얼들에게 기회 균등의 길을 터주기 위해 탕평과(蕩平科)를 신설하여 시행했다. 거듭되는 부패관리와 양반들의 횡포에 시달리는 일반 서민들의 고통을 덜어주기 위해 균역법(均役法)을 설치, 시행했으며 태종 때 개설했다가 그 후 폐기되어 버린 신문고(申聞鼓)도 다시 열어 일반 백성들의 생각들을 듣고자 했다.

영조의 주동으로 개혁정치가 펼쳐지자 그의 주변에는 후에 실학파(實學派)로 지칭된 여러 신진기예의 사류(士流)들이 모여들었다. 성호 이익(星湖 李瀷)을 정점으로 한 일군의 실학파는 『목민심서(牧民心書)』의 정다산(丁茶山), 『동사강목(東史綱目)』의 안정복(安鼎福), 『연려실기술(燃藜室記述)』의 이긍익(李肯翊), 『해동역사(海東繹史)』의 한치윤(韓致奫), 『발해고(渤海考)』, 『경도잡지(京都雜誌)』의 유득공(柳得恭), 『택리지(擇里志)』의 이중환(李重煥), 『강계고(疆界考)』, 『훈민정음운해(訓民正音韻解)』의 신경준(申景濬), 『화음방언자의해(華音方言字義解)』, 『자모변(字母辨)』의 황윤석(黃胤錫), 『팔도분도(八道分圖)』의 권상기(權尙驥), 『대동여지도(大東輿地圖)』, 『대동지지(大東地志)』의 김정호(金正浩), 『색경(穡經)』의 박세당(朴世堂), 『임원십육지(林園十六志)』의 서유거(徐有渠), 『언문지(諺文誌)』의 유득공(柳得恭) 등으로 구성되었다. 이들을 우리는 성호학파(星湖學派)라고 한다.

성호학파와 다른 갈래를 이룬 실학파 가운데는 북학파도 있다. 이들은 외교사절의 일원으로 북경에 파견되어 통신사의 일원이 된 사람들이다. 서명응(徐命膺), 홍양호(洪良浩), 홍대용(洪大容), 박지원(朴趾源), 박제가(朴齊家), 이덕무(李德懋), 유득공(柳得恭) 등이 그들이다. 이들은 당시 청나라에 수용된 서구의 선진문화에 접하고 상당한 충격을 받았다. 그때 받은 충격을 토대로 박제가는 『북학의(北學議)』를 지어 그가 목격한 현지에 수용된 서구 문화에 대한 소감을 적어 당대 학문의 실용화를 도모했다. 박지원도 연경사신의 일원으로 참여한 가운데 보고 듣고 느낀 바를 장편 기행일록인 『열하일기(熱河日記)』에 담았다. 그에게는 당시의 사회상을 신랄하게 비판하고 풍자한 한문으로 된 사실주의계의 소설이 있다. 「양반전(兩班傳)」, 「호질(虎叱)」, 「허생전(許生傳)」, 「예덕선생전(穢德先生傳)」 등이 그것이다.[16]

---

16 이가원(李家源), 「실학사상(實學思想)과 실학적 문학(實學的 文學)」, 『조선문학사(朝鮮文學史)(중)』 (태학사, 1997), pp.1198-1212.

박지원을 중심으로 한 개혁지향 신진사류들은 당시 우리 주변에서 활거한 사대부들의 시, 사, 부와 논, 책들의 문체와 문장이 지나치게 격식 위주가 되어 구태의연하다고 생각했다. 그들은 우리가 쓰는 글이 시대의 감각을 반영시켜야 한다고 믿었다. 그 나머지 일상기록이나 소설은 물론 관용문서에까지 현장성을 가진 새 문장을 사용하고자 했다. 이 문체개혁 시도는 후에 정조(正祖)에 의한 문체반정(文體反正) 교시로 좌절되었다. 그러나 그들이 오랫동안 조선왕조 사족들의 불문율로 전해진 한문의 고루한 법식을 타파하고 새 시대의 호흡을 담을 수 있는 문장을 쓰고자 한 노력은 높이 평가되어야 한다. 여기서 참고로 밝힐 것이 있다. 박지원과 신진사류의 문장개혁 시도에 대해 정다산은 표면상 그에 가담하지 않았다. 그러나 이때 다산(茶山)이 보인 유보적 태도는 어디까지나 표면적인 것이었다. 박지원의 문장개혁 시도가 있기 전부터 그는 일부 작품에서 그때까지 음풍영월을 주조로 한 시(詩), 사(詞)의 표현방식을 고쳐보고자 했다. 특히 정치적 탄핵을 받아 남도지방에서 유배생활을 할 때 쓴 시와 사에 그런 단면이 두드러지게 나타난다.

아침에 보리 물 죽	朝日溢麳
저녁에도 보리 물 죽	暮日溢麳
보리죽도 못 이을 걸	麳將不繼
배부르기 바랄손가	遑敢求飫

있는 물건 다 팔아서	靡物不賣
보리 사러 나갔더니	言市其麥
내 돈은 값이 없어	我質弗售
조약돌만 못하다네	如瓦如礫
보리값은 날개 돋혀	爾粟其翔
비싸기가 보배같고	如圭如璧
보리자루 한자루에	一囊之麥
모여든 자 백일레라	聚者維百

정다산은 또한 우리가 쓰는 한시가 맹목적으로 중국식 작품의
모방, 아류에 그칠 수는 없다고 생각했다. 그의 그런 일면은 「노
인일쾌사(老人一快事)」의 "나는 본디가 조선 사람이니 / 기꺼이 조선
의 시를 짓겠네(我是朝鮮人 / 甘作朝鮮詩)"라고 한 구절을 통해 잘 드러
난다.[17]

영정시대의 계층 이동 현상과 그 연장선상에서 이루어진 문체 변
혁, 서민들의 생활 현장을 반영한 작품 쓰기는 소설분야에서 더욱
뚜렷한 양상으로 나타난다. 이 시기에 이르자 박연암의 체제 비판
한문소설과 함께 매체를 국문으로 한 소설도 양산(量産)되었다. 그
를 대표하는 작품들이 「춘향전」, 「심청전」, 「흥부전」, 「토끼전」 등

---

17 이에 대한 자세한 것은 졸고, 「다산 정약용의 문학과 문학관」, 『한국근대문학논고(韓國近代文學論
考)』(서울대출판부, 1985), pp.100-101 참조.

이다. 다 같은 국문소설이라고 해도 조선왕조 중기의 소설들은 「구운몽」, 「사씨남정기」, 「창선감의록」 등과 같이 대체로 그 작가가 알려진 것이었다. 그에 반해서 영정시대의 서민소설로서 작자가 알려진 것은 하나도 없다. 왜 이와 같은 현상이 일어났는가. 이것은 영정시대의 서민소설들이 민중의 공동 참여로 이루어진 구비문학으로 전하다가 그 다음 단계에서 문자로 정착된 것임을 말해준다. 민중의 공동 제작 형태를 취한 작품은 한 개인이 단독 서명으로 발표될 수가 없다. 영정시대 서민소설이 모두 작자 미상인 것은 그런 데에 그 까닭이 있다.

민중의 공동 참여로 이루어진 것임에도 영정시대 서민소설의 문장에는 한문식 고사성어가 매우 많이 사용되어 있다. 그 어투 역시 서민들이 일상에서 쓰는 구어체가 아니라 문어체에 가깝다. 이런 경우의 좋은 보기가 되는 작품에 「춘향전」이 있다.

숙종대왕 즉위 초에 성덕(聖德)이 넙우시사 성자성손(聖子聖孫)은 계계승승(繼繼承承)하사 금고옥족은 요순시절(堯舜時節)이요 이관문물은 우탕(禹湯)의 버금이라 좌우보필은 주석지신(柱石之臣)이요 용양호위(勇良護衛)는 천성지상(千城之將)이라 조정에 흐르는 덕화(德化)는 향곡(鄕曲)에 폐엿시니 사해(四海) 굳은 기운이 원근에 어려잇다. 충신은 만조(滿潮)하고 효자열녀 가가재(家家在)라 미재미재(美哉美哉)라 우순풍조(雨順風調)하니 함포고복(含哺鼓腹) 백성덜은 처처에

격양가(擊壤歌)라.[18]

「춘향전」의 주인공은 말할 것도 없이 성춘향이다. 그는 기녀의 몸에서 태어났으나 사대부가문 출신인 이도령과 혼인하여 하루아침에 신분을 바꾸는 기적의 여주인공이 되었다. 그럼에도 이도령이 임기를 끝내고 서울로 돌아가는 부친과 함께 상경하자 그는 졸지에 혼자 남게 되고 새로 부임한 사또인 변학도로부터 수청들기를 강요당한다. 성춘향이 열녀불경이부(烈女不更二夫)의 계율을 내세우고 그것을 거부하자 변학도는 춘향을 투옥한다. 그가 성춘향에게 모진 고문을 가하게 되자 그 목숨이 바람 앞의 등불이 되어 버렸다. 이 절체절명의 자리에 암행어사가 된 이도령이 나타난다. 암행어사 출도를 높이 외치는 이도령을 맞게 되자 성춘향은 위기에서 벗어나 사랑의 승리를 구가하게 되는 것이다.

소설 『춘향전』의 1차적 주제는 정절(貞節)이었다. 그러므로 서민 소설로서 당시의 민초들의 궁핍상이 기능적으로 반영되지는 못했다. 이것으로 우리는 춘향전이 다소간 사실성이 부족하다는 판정을 할 수 있다. 그러나 다른 면으로 보면 『춘향전』은 그 나름의 장점을 가지고 있다. 이 소설 마지막장에서 성춘향은 그를 겁박하는 변학도를 향해 소리 높이 그 무도를 꾸짖는다. 그에 이은 자리에서 암행

18 조윤제(趙潤濟)(교주), 『춘향전(春香傳)』(박문서관, 1939), pp.16-17.

어사 출도를 높이 외치고 이도령이 나타나는 것이다. 이것으로 이 소설은 다른 고전소설에서 찾아볼 수 없을 정도로 극적인 반전을 갖는다. 그를 통해서 영웅서사시의 한 장면을 방불케 하는 절정의 순간을 갖게 되는 것이 이 소설이다.

『춘향전』과 아울러 영정시대 서민소설을 대표하는 것이 『흥부전』이다. 이 작품은 판소리 사설집에 그 이름이 『박타령』으로 올라 있다. 그 주인공인 흥부는 가난하기 그지없는 생활을 한다. 그런데 그의 형은 소문난 부자이며 탐욕스럽기 그지없다. 흥부는 그와 담을 쌓고 지내는 처지여서 항상 굶주리며 배가 고프다. 그런 그에게 하늘이 내린 기회가 생긴다. 강남 제비가 그의 집에 깃을 치고 새끼를 낳았는데 그 가운데 하나가 떨어져 다리를 다친다. 착한 흥부는 제비 새끼를 거두어 다리를 매어주고 또한 살뜰하게 보살펴 주었다. 다음 해가 되자 그 제비가 박씨를 물어다 준다. 그것을 심어 가을에 거두었다. 그 박을 타보았더니 그 안에서 금은보화가 쏟아져 나왔다. 욕심 많은 놀부가 그 얘기를 듣는다. 그는 스스로 제비새끼를 잡아 다리를 부러뜨려 버렸다. 그 다음에 제비가 흥부에게 한 것처럼 박씨를 물어주자 기대에 들뜬 놀부가 그것을 심고 가을 추수기가 되자 박을 갈라 보았다. 그러자 거기서는 오물이 쏟아져 나오고 잡귀들이 나타났다. 놀부는 금은보화는커녕 그들에게 엄청난 봉변을 당했다.[19]

그 줄거리로 짐작되는 바와 같이 흥부전의 표면적 주제는 유교의 덕목 가운데 하나인 우애에 있는 듯 보인다. 그러나 이 작품은 가진 자의 몰인정과 비도덕적인 면을 빈궁한 가운데도 선량하게 살기를 기한 사람의 생활과 대조시키고자 한 의식을 그 바닥에 깐 것이다. 이 작품의 또 다른 특색은 그 문장에 나타나는 사실성이다. 어느 날 흥부는 그의 형인 놀부집에 구걸을 갔다가 오히려 몽둥이찜질만 당한다. 다음은 흥부의 아내가 그의 집에서 먹을 것을 구해오리라 기대하면서 흥부를 기다릴 때의 정경을 묘사한 것이다.

이때에 홍보(興甫) 아내는 여러 날 굶은 가장을 형의 집에 보내고서 전곡간(錢穀間)에 얻어 오면 굶은 자식 먹일 걸로 여(閭)에 나서 기다린다. 스물다섯 되는 자식 다른 사람 자식 낳듯 한 배에 하나 낳아, 삼사 세 된 연후(然後)에 낳고 낳고 했어야 사십이 못다 되어 그리 많이 낳겠느냐. 한 해에 한 배씩 한 배에 두셋씩 대고 낳아 놓았구나. 그래도 아이들은 칠칠일(七七日)이 지나며는 안기도 하여 보고, 백일(百日)이 지나며는 업기도 해 보고, 첫돌이 지나면 손잡고 걸어 보고, 삼사 세가 되면 의복(衣服) 입고 다녔어야 다리에 골이 오르고 몸이 활발할 터인데, 이 집 자식 기르는 법은 덕석을 결 때에 세 줄로 구멍을 내어 한 줄에 열 구멍씩 첫 구멍은 조그맣고 차차 구멍이

19 김기동(金起東), 「십팔세기(十八九世紀)의 국문소설(國文小說)」, 『한국문화사대계 언어문학사(韓國文化史大系 言語文學史)』(고려대민족문화연구소, 1967), p.1115. 여기서 김기동 교수는 「흥부전」이 몽고지방에서 전승된 민담 「박 타는 처녀」를 원천으로 하는 것이라는 견해를 적고 있다.

커 간다. 한 배에 낳은 자식 둘이 되나 셋이 되나 앉혀 보아 앉으며는 첫 구멍에 목을 넣고, 하루 몇 때씩을 암죽만 떠 넣으면 불쌍한 이것들이 울어도 앉아 울고, 자도 앉아 자고, 똥오줌이 마려우면 덕석 쓴 채 앉아 누어, 세상에 난 연후에 실오라기 하나라도 몸에 걸쳐 본 일 없고, 한 번도 문턱 밖에 발 디뎌 본 일 없고, 다른 사람의 얼굴 보아 소리 들어 본 일 없고, 그저 앉아 큰 것이라 때문은 여윈 낯이 터럭이 거칠거칠. 동시 섣달 강아지가 아궁에서 자고난 듯, 덕석 쓴 채 새고 나면 빼빼 마른 몸뚱이가 대강이를 엮어 놓은 듯, 못 먹고 앉아 크니, 원 무르게 되어서 큰 놈들은 스무 살씩, 작은 놈들은 열칠팔 세. 남의 자식 같으면 농사하네, 나무하네, 한참들 벌이를 하련마는 원 늦되어서 부르는 게 어메, 아비. 음식 이름 아는 것이 밥뿐이로구나. 다른 음식 알려 한들 세상에 난 연후에 먹기는 고사하고 보거나 듣거나 하였어야지. 밥 갖다 줄 때가 조금만 지나면 뭇놈이 그저 각(各) 청으로, "어메 밥, 어메 밥" 하는 소리, 비 오럴 제 방죽 개구리 소리도 같고, 석양천(夕陽天)에 떼 매미 소리도 같고, 언제라도 밥 들고 들어가도록, "어메 밥, 어메 밥" 하는구나.[20]

20 정한영(鄭漢永) 교주, 「신재효(申在孝) 판소리 사설 전집」(민중서관, 1971), p.345-347.

6. 영정시대의 시가양식(詩歌樣式)

영정시대에는 소급론이 지적한 소설이나 한문양식(漢文樣式)에서 나타나는 지각변동 양상이 시가(詩歌) 분야에서도 거의 비슷하게 나타난다. 그 첫째로 손꼽아야 할 것이 시조 작가의 계층상 이동현상이다. 조선왕조 전기까지의 시조작가들은 거의 모두가 그 출신이 양반사족 계층들이었다. 그것이 영정시대에 이르러는 작가들의 대부분이 평민과 서민계층으로 교체되는 현상이 일어났다. 구체적으로 이 시기의 시조작단을 주도한 것은 김천택(金天澤), 김수장(金壽長), 이정보(李鼎輔), 송계 연월옹(松桂烟月翁), 이세보(李世輔), 박효관(朴孝寬), 안민영(安玟英) 등이다. 이들 가운데 사족(士族) 출신의 시조작가는 이정보와 이세보가 손꼽힐 뿐이다.

이정보는 본관이 연안(延安)으로 문과에 급제하여 벼슬이 대제학에 이르렀다. 이세보는 왕족 출신으로 철종(哲宗) 때 외척들의 탄핵 대상이 되어 남쪽의 절도인 지신도까지 귀양을 갔다. 한때 경평군(慶平君)으로 봉해졌으니 그 역시 평민, 서얼 출신은 아닌 것이다. 그러나 이들을 예외로 잡고 보면 김천택, 김수장, 박효관, 안민영 등은 모두가 양반, 사족 출신이 아니다. 그럼에도 이들의 시조에서 그 말씨와 가락은 평민 편에 서 있다기보다 양반, 사족에 더 가깝다.

강산(江山) 조흔 경(景)을 힘센이 다톨양이면

내 힘과 내 분(分)으로 어이하여 어들손이

진실(眞實)로 금(禁)ᄒ리 업쓸쏜 나도 두고 논이노라

— 김천택(金天澤)

어리고 성 가지(柯枝) 너를 믿지 아녓더니

눈 기약(期約) 능히 지켜 두 세송이 피엇고나

촉(燭) 잡고 갓가이 사랑할 제 암향(暗香) 조차 부동(浮動)터라

— 안민영(安玟英)

얼핏 보아도 나타나는 바와 같이 위의 작품들 바탕이 되고 있는 것은 천지동근(天地同根), 물아일체(物我一體)로 정의될 수 있는 무념무상(無念無想)의 경지다. 세속적인 명리를 떠나 달빛과 꽃향기에 나를 맡기는 일은 서민들이 능히 할 경지가 아니다. 그것은 양반, 사족 가운데도 극히 소수만이 지닐 수 있는 풍류, 고사(高士)의 세계인 것이다.

영정시대 시조가 갖는 또 다른 단면으로 작가들의 작품 수가 불어난 현상을 들 수 있다. 영정시대 이전의 시조작가 가운데 많은 양의 작품을 가진 예로는 갈봉 김득연(葛峰 金得硏) 74수, 노계 박인로(蘆溪 朴仁老) 67수 등이 있다.[21] 이에 대비되는 영정시대 작가들의 작

---

21 갈봉(葛峰)의 시조와 가사에 대해서는 졸고, 「갈봉 김득연의 작품과 생애」, 『한국문학의 흐름』(문장사, 1980) 참조.

품 수는 김천택 72수, 김수장 124수, 안민영 180수 등으로 나탄다.
또한 독립 사화집으로 『풍아(風雅)』를 끼치고 있는 이세보는 귀양살
이 때의 기록인 『신도일록(薪島日錄)』에 작품을 남기고 있는데 그 숫
자가 놀랍게도 459수에 이르고 있는 것이다.[22] 이와 같은 양적 팽창
에 비해 이 시기의 작자들이 지은 시조의 수준은 크게 높지 못하다.
이것은 아마도 영정시대의 시조가 그에 앞선 시기에 등장한 송강
정철(松江 鄭澈)이나 고산 윤선도(孤山 尹善道)에 필적할 명장거벽(名匠
巨擘)을 갖지 못한 데서 빚어진 결과일 것이다.

영정시대 시조시단은 작품 활동의 외재적 여건 면으로 보면 긍정
적으로 평가될 여건들이 형성되어 있었다. 그 하나가 일부 시인들
의 동호인 모임이 이루어져 가단(歌壇)이 형성된 일이며 다른 하나
가 역대 시조들을 한자리에 모은 가집(歌集)이 편찬된 일이다. 이때
의 창작활동을 위한 소조(小組)로 최초에 나타난 것이 경정산가단(敬
亭山歌壇)이다.

경정산가단의 중심이 된 것은 김천택과 함께 김수장이었다. 이
들을 중심축으로 하고 당대의 가객들이 모여들었다. 탁주한(卓柱漢),
박상건(朴尙鍵), 김유기(金裕器), 이차상(李次尙), 김정희(金鼎熙), 김우규
(金友奎), 문수빈(文守彬), 박문욱(朴文郁), 김성후(金成垕) 등이 그들이
다. 이들 가운데 김천택과 김수장을 제외한 거의 모두는 창작이 전

---

22 이세보에 대해서는 진동혁(秦東爀), 『이세보시조연구(李世輔詩調硏究)』(집문당, 1983) 참조.

공인 시조 작가가 아니었다.[23] 그들은 창곡을 주로 한 가객들이었다. 다만 모임의 성격상 시조창이 이루어지는 자리에서 자연스럽게 작품들의 수사와 기법이 논의되고 격조가 평가되기는 했을 것이다. 그것이 당시의 창작 시조인에게 자극이 되었을 공산은 적지 않았으리라고 보아야 한다.

경정산가단이 한동안 활발하다가 퇴조상태가 되자 그 다음을 이은 것이 노가재가단(老歌齋歌壇)이다. 노가재가단의 명칭은 김천택과 함께 영정시대 가단의 쌍벽이었던 김수장의 호를 따서 붙인 것이다. 김수장은 만년에 화개동(花開洞)의 집을 개방하여 시인 가객들의 교유 공간으로 제공했다. 그는 성격이 부드럽고 따뜻하여 자연 주변에 사람들이 모여들어 가단이 이루어진 것이다. 그의 시조의 질적 수준에 대해서는 이 시기의 시조작가이면서 사림(士林) 출신인 조명리(趙明履)가 "말의 뜻이 선명하고 눈앞이 활짝 열리는 듯하다(辭意鮮明眼開闊然)"[24]라고 한 것이 있다.

영정시대에 이르기까지 우리 주변의 시문(詩文)은 양반, 선비 계층이 주도했다. 그들에게 시문이란 한문으로 된 시(詩), 사(詞), 부(賦)를 가리켰다. 그들에게 시조나 가사는 벼슬길에서 탈락한 은둔 사족이나 아녀자들이 짓는 것으로 언문 풍월에 지나지 않았다. 언문 문학의 일종이었기 때문에 양반, 사족들의 문집에서 그 대부분은

---

23 이에 대해서는 조윤제(趙潤齊), 『한국시가사상(韓國詩歌史綱)』(을유문화사, 1954) p.401 참조.
24 상게서, p.402.

제외, 수록되지 못했다. 임진과 병자의 양대 진란 뒤에 급격히 불어난 서민, 서얼의 경우에도 사정은 비슷했다. 그들은 사회적 여건, 특히 경제사정으로 문집을 상재(上梓)할 여유가 없었다. 그 나머지 대부분의 시조가 필사본으로 전할 뿐 판본에 올라 정리, 체계화되지 못했다. 영정시대에 이르러 이와 같은 국문시가의 소외 현상이 다소간 극복되었다. 이런 상황에 힘입어 『청구영언(靑丘永言)』과 『해동가요(海東歌謠)』의 편찬과 간행이 이루어진 것이다.

『청구영언』은 영조 4년(1728) 남파 김천택(南坡 金天澤)이 엮어 낸 역대 시조집이다. 판본으로 간행된 것이 없고 몇 개 필사본이 전한다. 오장환(吳璋煥) 본, 일석본(一石本), 가람본(嘉藍本), 석남본(石南本), 육당본(六堂本) 등이 그들이다. 이 가운데서 오장환이 수장한 『진본 청구영언(珍本靑丘永言)』이 가장 오래된 것으로 평가된다.[25] 이 청구영언에는 580수의 시조가 수록되어 있다.

이본에 따라 『청구영언』의 수록 작품과 편차(編次)에는 다소간의 차이가 나지만 대체로 그 머리에는 정윤경(鄭允卿)의 서문이 붙어 있다. 그 내용은 「우조초중대엽(羽調初中大葉)」으로 시작하며 그에 이어 나오는 것이 우조초수대엽이다. 여기까지는 작자가 밝혀 있지 않으나 「이수대엽」부터는 태종대왕, 효종대왕 등의 작자 이름이 나온다. 그 차례는 대체로 연대에 따른 것이며 작자에 곁들여 간단한 약

25　심재완(沈載完), 『시조(時調)의 문헌학적 연구(文獻學的 硏究)』(세종문화사, 1972), p.13.

력이 적힌 것도 보인다. 참고로 적어보면 성충(成忠), 「백제의 간관
으로 곡기를 끊고 죽었다(百濟諫官不食死)」, 정몽주(鄭夢周), 「호는 포
은, 자는 달가, 연일인으로 고려 조정의 시중이었고 이조 때 영의
정에 문충공으로 추존되었다(號圃隱 字達可 延日人 高麗侍中 李朝領議政 諡
文忠)」[26]와 같이 되어 있다. 조선왕조 전기에 그 기세가 오른 시조는
중기에 이르면서 단연 우리말 시가의 중심양식이 되었다. 이 분야
에는 이현보를 위시하여 퇴계와 율곡 같은 당대의 정상급 석학들
과 명류, 고사(高士)들이 참여했다. 또한 그 가운데는 서화담(徐花潭)
이나 황진이, 정송강, 박노계, 윤선도와 같이 절창을 만든 작자들이
포함되어 있다. 그럼에도 문헌사의 시각으로 볼 때 이 분야에는 꼭
하나 아쉬운 점이 있었다. 그것이 시조의 정리, 체계화 작업이 이루
어지지 못한 점이다. 『청구영언』의 편찬은 이 빈터에 개척의 괭이
를 내린 최초의 시도였다.[27]

　『해동가요(海東歌謠)』는 『청구영언』, 『가곡원류』와 함께 조선왕조
후기에 편찬된 3대 가집 가운데 하나다. 편찬자는 김천택과 함께
영정시대 가단의 쌍벽을 이룬 노가재 김수장(老歌齋 金壽長)이다. 그
는 일찍 병조(兵曹)의 서리(書吏)를 지냈다. 따라서 엄격하게 따지면

26　김태준(金台俊)(교주), 『청구영언(靑丘永言)』(학예사, 1939), pp.20-21.
27　단, 여기서 『청구영언』이 우리 문학사상 최초의 시조 정리, 집대성 작업이었는가에 대해서는 단서
　　조항이 붙는다. 근자의 한 조사에 따르면 『청구영언』에 앞선 역대 시조집으로 이치상(李致祥)의
　　『병와가곡집(瓶窩歌曲集)』이 있었다(1959년 발견). 편자의 생몰연대가 1653~1733인 점으로 미루어
　　이 가집의 편찬은 『청구영언』에 앞선다. 이 가집에는 170명의 시조작가작품 1,099수가 실려 있다.

서민이 아니라 중인계층이었던 것이다. 그는 이 가집 편찬을 1746년에 시작하여 1770년에 완성했다. 이 가집에는 작자를 밝힌 작품 320수와 함께 무명씨 것을 합하여 626수의 시조가 수록되어 있다. 『청구영언』에 비해 수록 작품의 수가 80여 수 불어난 셈이다.

　『해동가요』는 이제까지 우리 주변에서 두 개의 이본으로 전해왔다. 그 하나가 주시경(周時經) 소장이었다가 육당 최남선(六堂 崔南善)이 입수 간행한 주씨본(周氏本)이다. 이와 함께 또 다른 이본으로 전해온 것이 일석 이희승(一石 李熙昇) 선생 소장의 『청구영언』이다. 이를 우리는 일석본(一石本)[28]이라고 한다. 지금 우리가 주씨본과 일석본을 대비해 보면 전자의 권두는 결장으로 되어 있다. 또한 주씨본에는 일석본에 없는 김천택의 작품 57수와 김수장의 작품 117수가 추가되어 있다. 이것으로 우리는 주씨본이 일석본을 만들고 난 얼마 뒤에 이루어진 보완편(補完偏)에 해당됨을 알 수 있다.

　『해동가요』는 『청구영언』과 비슷하게 내용의 편차를 초중대엽, 이중대엽, 삼중대엽으로 구분하고 있다. 초수대엽 다음에 나오는 작품 순서가 태종대왕, 성종대왕, 효종대왕 순서로 된 것 역시 두 가집 사이에 큰 등차가 나지 않는다. 이렇게 보면 결국 이 가집은 『청구영언』의 보완편인 동시에 그 후속집으로 시도된 것이라고 할 것이다.

28　일석본(一石本)은 6·25 동란 때 화재를 입어 소실되었다. 그러나 도남이 일찍 그것을 필사해 둔 것이 있어 그 후 김삼불(金三不) 등이 그것을 이용하여 교주본을 내어 지금도 대조가 가능하다.

7. 평민가단(平民歌壇)의 성립과 시조집 편찬

영정시대의 우리 사회에는 한 시대의 새 국면이 타개될 몇 가지 요소들이 그 나름대로 갖추어져 있었다. 당시 우리 주변에는 한 시대의 새 국면을 타개할 지적 역군(知的 役軍)인 신진사류들이 세력화되어 나타났다. 그들이 개혁군주인 영조와 정조의 비호를 받은 사실은 이미 밝힌 바와 같다. 그들 주변에는 또한 새 시대를 여는 데 매우 유용하게 작용할 외재적 상황, 여건이 마련되어 있었다. 그 가운데서 가장 뚜렷한 것이 바로 청나라를 통해 들어온 북학(北學)과 천주학(天主學)의 분위기였다. 영정시대에 우리 사회의 지적(知的) 분위기를 주도한 신진사류들은 거의 모두가 조선왕조를 지배한 유학의 관념론적 경향에 염증을 느꼈다. 그들은 당시 우리 사회를 새롭게 개조하고 도탄에 빠진 민생을 구제하기 위해 우리가 모름지기 경세치용(經世致用), 이용후생(利用厚生)의 길을 가야 할 것이라고 믿었다. 이것을 우리는 신진사류들에 의한 실사구시(實事求是)의 학풍 수립이라고 한다. 영정시대에 이루어진 신진사류들의 공리공담 배제와 실학적 학풍 수립은 우리 사회의 진보, 발전에 매우 기능적인 지적(知的) 지렛대 구실을 할 수 있는 것이었다.

18세기에 접어들자 우리 사회에는 여러 분야에서 변화와 동요의 증후도 나타났다. 임진왜란과 병자호란을 거친 다음이어서 국고는 탕진되었다. 기층 민중의 생활은 문자 그대로 도탄에 빠져들었다.

그럼에도 당시의 중앙과 지방 관리들은 붕당정치를 일삼고 사리사욕 추구에 급급했을 뿐 생활고에 허덕이는 서민들의 구제책은 마련하지 못한 채 방치해 두고 있었다. 이에 민심이 동요하여 각 지방에서 민란이 일어났다.

영조 3년(1727)에는 전라도 여러 곳에서 소작농들의 동시다발로 소요사태를 일으켰다. 그 다음 한 해 건너인 영조 5년에는 황해도에서 민란이 있었고 18년에는 오랫동안 평정지역으로 생각되어 온 강원도의 여러 곳에서 난리가 일어났다. 영조 23년에는 영풍(永豊)에서, 그리고 28년에는 왕성에서, 얼마 되지 않은 김포(金浦)에서까지 농민들에 의한 궐기사태가 벌어졌다.

이런 경우의 민란이란 말할 것도 없이 서민대중이 주동으로 일어나는 일종의 반정부, 반체제 운동이다. 지배계층의 입장에서 보면 그것은 명백하게 사회의 안녕질서(安寧秩序)를 뒤흔드는 일이다. 그러나 시각을 달리하면 서민들이 일으키는 민란이나 소요사태는 역사와 시대의 변혁, 개조를 위해서 어엿한 추동력(推動力) 구실을 한다. 조선왕조가 후기에 이르러 점차 사상체계, 정치, 경제, 사회 등 각 분야에서 활력을 잃어간 사실은 이미 드러난 바와 같다. 영정시대에 부쩍 그 수가 증가한 민란은 거기서 빚어진 사태를 감지한 서민들이 그들 나름대로 돌파구를 모색하고자 한 대응태세의 표출로 보아야 한다.

일반사가 가리키는 바에 따르면 한 시대의 변혁, 개조를 위해서는 기본적으로 요구되는 두 개의 요소가 있다. 그 하나가 낡은 사상 체계와 제도를 극복하고 새 문화 건설을 지향하는 지식인들의 집단적 참여다. 이것을 우리는 근대화의 추진단계에 나타나는 지성 동원(Intellectual Mobilization)이라고 규정한다.[29]

한 시대의 변혁, 개조가 기능적으로 이루어지기 위해서는 지식인들의 집단적 참여와 함께 또 하나의 요건이 갖추어야 한다. 그것이 선구적인 세계인식의 능력을 가진 진보적인 지식인 집단과 함께 그들과 보조를 같이 할 수 있는 서민 대중 내지 기층민중의 참여도 이루어져야 한다.

지식인 계층의 개혁 시도는 사회 개혁의 선구적인 시도임에 틀림이 없다. 그러나 따지고 본다면 그것은 어디까지나 소수집단의 움직일 뿐이다. 그들의 의도가 다수 대중의 호응을 얻지 못하면 그 개혁 시도는 어디까지나 한때의 현상으로 그치게 된다. 이런 경우의 좋은 보기로 우리는 프랑스혁명을 들 수 있을 것이다. 프랑스혁명에서 도화선 구실을 한 것은 몽테스키와, 볼테르 등의 세계인식론에 자극을 받은 소수의 지식청년들이었다. 그들의 자아각성을 통한 새 사회 건설 구상이 시민계층에 침투되어 이루어진 것이 서구 역사상 최초의 시민혁명으로 평가되는 프랑스혁명이다.

영정시대의 우리 사회에는 표면상 시민혁명의 두 요소가 제대로

---

29 Gregory Henderson, *Korea: The Politics of Vortex* (Harvard Univ. Press, 1960). 단, 여기서 핸더 슨은 지성 동원의 보기로 한말의 독립협회를 들었다.

갖추어진 경우로 생각될 수 있다. 그것이 실학파로 집약된 진보적 선비집단의 출현이며 민란과 소요사태를 야기시킨 서민계층의 형성이다. 문학 분야에서도 그런 측면은 뚜렷한 선을 긋고 나타난다. 그 구체적 예가 되는 것이 정다산(丁茶山)의 시에 나타나는 민생의식이며 박연암(朴燕巖)의 소설에 담긴 체제 비판 정신이다. 이에 대해서 국문소설이나 사설시조 등에 나타나는 서민 계층의 형성 현상도 뚜렷한 선으로 포착된다. 그럼에도 영정시대에 우리 사회는 한 시대의 개혁을 전경화(前景化) 시킨 다음 그것을 곧 우리 민족 전체의 근대차원 구축으로 탈바꿈시키지 못했다. 대체 왜 이런 사태가 야기되었는가. 이렇게 제기된 물음에 대해 우리가 직접적인 자료를 통해 그 해답을 얻어내는 일은 손쉽지 않다. 다만 간접적인 방법을 통해 얼마간의 추론을 이끌어 내는 일은 가능하다.

영정시대에 우리 사회가 가진 개혁시도가 부분 현상에 그친 원인규명에 매우 중요한 보기 구실을 하는 것이 문학분야에 나타나는 엇박자 현상이다. 그 가운데서도 시조분야에서 이루어진 가집 편찬의 사례에서 우리가 갖게 된 의문을 풀 실마리가 내재되어 있다. 영정시대에 형성된 경정산가단(敬亭山歌壇)과 노가재가단(老歌齋歌壇)의 중심이 된 것은 이미 지적된 바와 같이 김천택, 김수장 등 평민 계층 출신의 가객들이다. 그들은 분명히 보수 사족 출신이 아니라 평민계층에 속해 있었다. 그러니까 평면적으로 잡으면 그들의 작품에는 명백하게 반 사림의식(士林意識)이 담겨 있어야 했던 것이다.

그럼에도 김천택과 김수장은 작품활동을 통해서는 계층의식에서 괴리된 행동궤적을 넘겼다. 평민 출신임에도 그들은 양반, 사족의 전유 양식인 평시조만 썼다. 그들의 작품을 이룬 말씨나 문체에도 반지배계층 의식은 제대로 담기지 않았다. 이런 의식의 단면은 『청구영언』이나 『해동가요』에도 그대로 나타난다. 그들의 가집에서 허두를 차지한 것은 평시조들이며 그 작자도 태종대왕, 성종대왕 순서가 되어 있다. 여기서 우리는 한 가지 판단을 하지 않을 수 없다. 출신 계층이 평민임에도 불구하고 작품 활동의 실제를 통해 검출되는 김천택과 김수장의 사회의식은 오히려 반서민이었으며 사족, 지배계층에 기울어 있었다. 이것을 우리는 서구의 근대화 과정에 나타나는 계층 문제에 대비시켜 본다. 서구에서 근대화는 지식인이 선도 역할을 하고 일반 대중이 그에 호응하는 형태로 이루어졌다. 그에 반해서 영정시대로 대표되는 우리 경우에는 신진 지식인들과 서민 대중의 행동방향이 괴리되어 서로 다른 길을 걸었던 것이다. 이것이 영정시대에 우리 사회에 요구된 개혁을 성공적으로 이끌어가지 못한 결정적 이유가 된 것이다.

　　다시 화제를 문학에 국한시키기로 한다. 앞에서 논의한 시조의 경우 계층 간의 차이점과 함께 양식의 하위 단위 사이에도 괴리현상이 나타난다. 그 구체적 보기가 되는 것이 평시조와 사설시조 사이에 나타나는 단층현상이다. 새삼스레 밝힐 것도 없이 시조양식에는 세 갈래의 하위 유형이 있다. 평시조와 함께 엇시조, 사설시조가 그것이다. 평시조는 3장 6구로 이루어져 있다. 그 형태적 특성은 자수율로 나타나는데 그것이 초장 3, 4, 3, 4, 중장 3, 4, 3, 4, 종장 3, 5, 4, 3의 외형률을 엄격하게 지키는 점이다. 이에 반해서 엇시조는 초장과 중장 가운데 하나가 자수율에 의거하지 않고 파격을 한다. 그리고 사설시조는 종장의 첫 구만을 지키고(3, 5 자수율) 나머지가 모두 파격이 되는 것이다.

나무도 돌도 바히 업슨 뫼에

믜게 쫏친 불가토리 안과

대천(大川) 바다 한가온대 일천석(一千石) 시른 대중강(大中舡)이 노

도 일코 닷도 일코 돗대도 것고 뇽총도 끊고 키도 빠지고 바람부러

물결 치고 안개 뒤셧거 자자진 날의 갈 길은 천리만리(千里萬里) 남

고 사면(四面)이 거머어둑

천지적막(天地寂寞) 가치노을 떠난대

수적(水賊) 만난 도사공(都沙工)의 안과

엊그제 님 여흰 안이야 엇다가 가흘 하리오.

一身이 사쟈하니 뭀것 겨워 못견딜쇄

피(皮)ㅅ겨 가튼 갈랑니 보리알 가튼 슈통 니 줄인 니 가탄니 잔벼록

굴근벼록 강벼록 왜(倭) 벼록 긔는 놈 뛰는 놈에 비파(琵琶) 가튼 빈

대 삭기 사령(使令) 가튼 등에아비 갈따귀 샴의약이 셴박회 눌은박

회 바금이 거절이 불이 뾰족한 목의 달리 기다한 목의 야윈 목의 살

진 목의 글임애 뾰록이 주야(晝夜)로 뷘때 업시 물건이 쏘건이 빨건

이 뜻건이 심(甚)한 당(唐) 빌리 에서 얼여 왜라

그 中에 참아 못견될 손 육월(六月) 복(伏) 더위에 쉬파린가 하노라

사설시조의 기능적인 이해를 위해서 김천택과 김수장 등이 그들의 가집에서 이 양식을 '만횡청(蔓橫靑)', '언롱(言弄)' 등으로 묶어 놓은 것에 주목해야 한다. 김천택과 김수장은 그들의 가집에서 평시조를 '초중대엽', '이중대엽' 등으로 구분했다. 평시조의 구분을 그들은 가창의 전제가 되는 곡조를 기준으로 한 것이다. 그에 반해서 만횡청, 언롱 등은 곡조를 가리키지 않는다. 이 경우 만횡청, 언롱 등은 그 말씨가 깔끔하지 않다든가 농지거리가 섞여들었음을 가리키는 것이다. 고전문학에 나타나는 이런 유의 언어구사는 점잖고 기품을 가진 양반, 선비계층의 경우와 정반대가 된다. 이것으로 우리는 사설시조의 문장이 철두철미하게 서민독자적인 입장에서 쓰여졌음을 알 수 있다. 사설시조의 또 하나의 특성은 그 작자가 거의 모두 미상이라는 점이다. 작자가 미상이라는 것은 사설시조가 평시조와 달리 처음부터 전문 작자에 의해 쓰여진 것이 아님을 뜻한다. 작품의 작자가 실명(失名)이 되었다는 것은 익명성을 누리는 경우에 얻게 되는 덤이 기대될 수 있다. 그것이 상층지배계층에 대해 거침없이 풍자, 공격을 가할 수 있는 점이다. 여기서 우리는 하나의 판

단을 가질 수 있다. 사설시조는 영정시대 서민문학을 대표하는 양식이다. 그것이 양반시조인 평시조와 형태, 내용면에서 아울러 특징적인 단면을 가지는 사실도 주목되어야 한다.

8. 소급론의 문제점과 주체성 해석

소급론자들의 영정시대 기점설에는 그 논리 전개 과정에서 적지 않은 문제점이 끼어들게 된다. 소급론자들이 한국근대문학의 기점을 18세기부터로 잡은 것은 당시 우리 사회가 일대 변혁기에 접어든 것이라는 판단에서다. 소급론자들은 그 한 사례로 우리 사회의 계층상 이동현상을 들었다. 그들에 따르면 당시 우리 사회의 지배계층에 속한 보수 사림들의 퇴조 조짐이 일어났다. 그 틈새를 파고들면서 신진사류들이 우리 사회의 정치, 사회제도의 개조를 시도하고 그 새 판짜기에 주역이 되었다. 그것은 소급론자들은 우리 사회의 근대화와 등식 관계로 파악한 것이다.

이때의 신진사류들에는 양반, 사족들뿐 아니라 서얼과 평민들까지가 포함되었다. 그 구체적 보기로 나타난 것이 실학파들이다. 이미 드러난 바와 같이 실학파에는 박제가(朴齊家), 이덕무(李德懋), 유득공(柳得恭), 이서구(李書九) 등 서얼 출신이 참여했다. 영정시대에 이르기까지 우리 가단은 양반, 사족들의 독단장이었다.

특히 평시조의 제작과 가창을 장악한 것은 강산 풍월을 즐겨 한 양반 사족들이었다. 그런데 영정시대에 이르러 그런 상황이 크게 바뀌었다. 김천택, 김수장이 가단을 주도하게 되자 시조 창작과 가창은 평민출신인 그들의 무대가 되었다. 이것을 소급론자들은 영정시대에 일어난 문학 예술의 서민화로 보고 있는 것이다.

여기서 우리가 지나쳐버릴 수 없는 것이 있다. 문학사에서 문제되는 시와 소설의 변모양상이 반드시 시대상황이나 사회 구성원들의 생활 여건과 그 이해가 일치하는 것이 아니다. 문학사에서 작자가 만든 시와 소설은 일단 결과가 된다. 이때 시와 소설의 원인이 되는 것이 작자의 의식이며 그 외재적 여건을 이루는 것이 시대상황이다. 이때의 시와 소설은 결과일 뿐 시대상황이나 그 사회의 한 부분인 집단과 그들의 의식 자체가 아니다. 그럼에도 소급론자들은 양자를 같은 것으로 보고 있다. 이것은 명백하게 논리적 전제에서 오판을 일으킬 소지를 지니고 있는 경우다.

본래 문학의 변화는 의식만으로 결정되는 것이 아니다. 이때의 변화는 작자의 사상, 이념이 문체와 형태로 표현되어 양식화되어야 한다. 그런데 영정시대의 문학에는 그 예외 현상이 빈번하게 나타난다. 이런 경우의 한 보기가 되는 것이 다산 정약용(茶山 丁若鏞)이다. 정다산은 『목민심서』로 대표되는 바와 같이 영정시대를 대표하는 사회, 정치의 개혁론자였다. 그런 그가 박지원(朴趾源) 등의 문체 개혁 운동에는 동조하지 않았다. 그 분야에서 정다산(丁茶山) 정조의 문이재도(文以載道)식 정통 의고체(擬古體) 문장을 고집하고 초기의 시와 논(論), 책(策) 등에 전혀 변격 문장을 쓰지 않았다. 그대로였다면 신진사류 가운데서 모범적인 정통 경학파 문장을 고집한 예가될 것이었다. 그런데 한때 조정에서 탄핵을 받고 지방으로 추방당하자 그의 글에 변화가 생겼다. 이미 살핀 바와 같이 「전간기사(田間紀事)」가 그 좋은 보기다. 거기서 그는 학정에 시달리는 민초들의 생활상을 가차 없이 폭로, 고발했다. 그런데 그런 의식이 담긴 작품의 틀은 엄격하게 정통 한시의 형태를 지키고 있는 것이다. 이것으로 우리는 작가의 개혁 사상과 시대의식이 반드시 작품의 문제와 형태와 일치하지 않음을 각명하게 알 수 있다.

시인과 작가의 출신 계층과 문학의 실제 역시 상응, 조화만으로 이루어지지 않는다. 김천택과 김수장의 경우가 그 좋은 보기다. 평민계급 출신임에도 불구하고 그들은 『청구영언』, 『해동가요』 등을 엮는 자리에서 출신 계층과는 무관하게 왕들과 사족을 머리에 놓았다. 서민들의 참여로 이루어진 엇시조와 사설시조를 뒷전으로 돌려 끝자리에 붙였다. 거듭 드러난 바와 같이 평시조는 서민 계층의 양식이 아니라 양반, 지배계층이 쓰고 즐긴 양식이다. 그것을 김천택과 김수장은 즐겨 부르고 썼다. 그것이 모두 100수를 웃도는 것도 지나쳐볼 일이 아니다. 이것은 문학활동의 실제에서 작가의 의식이 시와 소설 등 문학의 실제와 상응관계에 있는 것이 아니라 어긋날 수 있다는 단적인 예증이 아닐 수 없다.

앞에서 드러난 바와 같이 소급론자들은 영정시대 기점론의 근거로 『춘향전』, 『심청전』, 『홍부전』 등 서민소설을 들었다. 엇시조와 사설시조 등도 그 테두리에 포함시켰다. 여기서 우리는 영정시대에 전경화(前景化)된 서민소설들의 몇 가지 특징을 정리해 볼 필요가 있다. 첫째 이 유형에 속하는 작품들은 모두가 그 표현매체를 한글로 삼고 있다. 이것을 소급론자들은 국어국자의식의 결과로 잡고 있다.

서구문학사에서 중세문학과 근대문학의 경계선으로 지목되는 것 가운데 하나가 표현매체가 라틴어인가 아닌가이다. 근대에 접어들면서 이태리, 프랑스, 영국과 독일 등 여러 나라의 문학은 그 표현매체를 라틴어가 아닌 자국어를 택해 사용하기 시작했다. 이것을 각 민족국가 단위의 국어국자운동이라고 하는 것이다. 소급론자들은 서민소설에 나타나는 한글 사용을 바로 이에 대비시킨다. 이것은 소급론자들의 생각에 그들 나름의 논거가 있음을 뜻한다. 소급론자들은 이와 아울러 서민소설의 바닥에 깔린 의식도 문제 삼았다. 우리 문학사에서 영정시대 이전에 국문소설이 나온 예는 아주 없지 않았다. 그 단적인 보기가 되는 것이 『홍길동전』과 『구운몽』, 『사씨남정기』, 『창선감의록』 등이다. 그런데 이들 소설의 작자는 모두가 서민이 아니라 지배계층에 속하는 양반, 사족들이었다. 그 내용들도 서민들과는 거리를 가지는 지배계층의 생활상을 반영하여 품격을 지닌 쪽에 있었고 천민들이 즐긴 음담패설이 거기에 섞여든 예는 나타나지 않는다. 그런데 이들과는 달리 영정시대의 서민소설에는 피지배계층에 속하는 서민들, 민초(民草)들의 생활상이 농도를 짙게 하고 나타난다. 또한 거기에는 전시대의 국문소설과 달리 비속어와 음담패설들도 거침없이 사용되어 있다. 이 경우 우리에게 좋은 보기가 되는 것이 『홍부전』과 함께 『변강쇠』다.

천생음골(天生陰骨) 강쇠놈이 여인 양각 벗듯 들고 옥문관을 굽어보며 이상히도 생겼다. 맹랑히도 생겼다. 늙은 중의 입일는지 털은 돋고 이는 없다. 소나기를 맞았던지 언덕 깊게 파이었다. 콩밭 팥밭 지났던지 돔부꽃이 비치었다. 도끼날을 맞았던지 금 바르게 터져 있다. 생수처(生水處) 옥답(沃畓)인지 물이 항상 괴어 있다. 무슨 말을 하려관대 옴질옴질하고 있노 천리행룡(千里行龍) 내려오다 주먹바위 신통하다. 만경창파 조갤는지 혀를 뻐쯤 빼었으며 임실(任實) 곶감 먹었던지 곶감씨가 장물이요.[30]

여기서 우리가 읽을 수 있는 것은 거침없이 쏟아낸 상소리들이다. 이것이 체면을 최우선으로 삼는 양반 지배 계층에 대한 반발 현상인 것은 사실이다. 그러나 문학과 문화의 근대성이란 그것이 곧 체제 부정만을 뜻하지는 않을 것이다. 이런 견지에서 영정시대 서

30 강한영(姜漢永), 『신재효(申在孝) 판소리 사설집』, p.537.

민소설의 파격이 곧 우리 문학의 근대와 등식 관계가 되는 것은 아니다. 영정시대의 서민소설들은 국문작품으로 정착을 보기까지의 두 단계의 과정을 거쳤다. 그 첫 단계에서 이들 소설은 민담이나 설화가 이야기 줄거리를 가진 가운데 사건과 등장인물을 부각시키는 구비전승의 기간을 가진 듯하다. 이런 추론의 근거로 우리는 앞에 든 『흥부전』과 함께 『별주부전』을 들 수 있다.

『흥부전』의 근원설화는 앞에서 이미 언급된 바와 같이 몽고지방에 전승되어 온 『박 타는 처녀』다.[31] 그와 달리 『별주부전』의 원천으로 생각되는 용과 원숭이, 자라와 원숭이 설화는 『자타카 본생경(本生經)』에 나온다. 이 계열에 속하는 「귀토설화(龜兎說話)」가 『삼국사기』에 나오는 것으로 보아 이 민담의 근원은 인도였을 것이다.[32] 이런 사실들로 미루어 우리는 영정시대 서민소설들이 그 전 단계에서 구비전승기를 거친 사실을 짐작할 수 있다. 구비전승기를 거친 다음 단계에서 문자를 표현매체로 한 문장으로 정착된 서민소설은 본격 고전소설로서의 줄거리를 가지고 인물과 사건을 등장시키며 독특한 문체를 개발하게 되었다. 그 주역이 된 작가가 바로 신재효(申在孝)였다.

신재효는 순조조 출생으로 본관이 평산(平山)이었다. 그는 부친대에 전라도 고창 지방으로 이사한 몰락 양반의 후예였다. 가세가 넉

---

31 『흥보전』이 몽고의 민담 「박 타는 처녀」를 개작, 윤색한 것이라는 점은 이 논문 각주 19) 참조.
32 이에 대한 것은 김기동(金起東), 전게서, p.1128 참조.

넉하여 여유 있는 생활을 누렸다고 한다. 그 재력으로 이웃을 보살 피고 여러 사람들에게 인심을 얻었다. 그 공덕이 평가되어 오위장 (五衛將)이 되고 가선대부(嘉善大夫)를 제수받았다. 신재효의 진면목 은 당시 광대가 부른 창극의 대사 곧 판소리 사설을 정리, 체계화한 점에 있다.[33] 그는 당시까지 심하게 개인과 지역 간에 차이가 나는 여러 창극의 가사를 채록하였다. 그것을 여섯 책에 모은 다음 그 나름대로 문장을 다듬고 줄거리를 세웠다. 그리하여 등장인물과 사건 의 전후맥락이 서고 극적인 요소도 첨가된 작품들을 만들어 낸 것 이다. 단적으로 말하여 신재효가 정리하기 전 우리 주변의 서민소 설은 잡다한 자료집인 감이 더 많았다. 그의 등장으로 이런 민간전 승 형태의 구비소설이 정리, 체계화된 것이다.

여기서 우리는 영정시대에 이르기까지의 서민소설이 문자 그대 로의 근대소설인가 하는 문제를 제기해야 한다. 영정시대의 서민 소설에 지배계층을 향한 풍자, 비판의 단면이 검출되는 것은 사실 이다. 『흥부전』에서 검증된 바와 같이 그 가운데는 세궁민(細窮民)의 궁핍한 생활상을 적나라하게 묘사한 것도 있다. 문장과 문체를 통 해 드러나는 파격성도 간과해서는 안 될 일이다. 『구운몽』이나 『사 씨남정기』는 그 표현매체를 다 같이 한글로 했다. 그럼에도 그 문장 은 대체로 품격을 지닌 선에 쓰여졌고 그 어떤 자리에도 욕설에 그

---

33 이병기(李秉岐), 『국문학전사(國文學全史)』, pp.178-179.

치는 욕설, 음담패설류의 말씨는 사용되지 않았다. 『춘향전』, 『심청전』, 『변강쇠전』 등은 명백한 테두리를 가진 등장인물이 있다. 그들이 주역이 되는 벌어지는 사건들에는 그에 앞선 소설과는 달리 현실적으로 살아 움직이는 인간들이 있는 것이다. 이런 의미에서 영정시대의 서민소설이 한 시기의 문학사의 독특한 양상이라는 이야기는 가능할 것이다. 그러나 이것만으로 영정시대의 서민소설 곧 근대적 문학이라는 등식 관계가 성립되는 것은 아니다.

두루 알려진 바와 같이 서구에서 근대적인 것과 그 이전의 소설 사이에서 경계선 구실을 한 것 가운데 하나가 성격과 사건을 객관적으로 그릴 수 있는 문장 의식이 있는 것인가 아닌가이다. 희랍서사시의 경우 근대소설과 꼭 같이 거기에는 인간이 등장하고 그들이 엮어가는 사건이 전개되었다. 그런데 희랍의 서사시는 그것을 대체로 율문형태로 처리했다. 근대에 접어든 다음 서구에서는 시민계층의 대두와 함께 이루어진 객관 묘사 의식과 그 문체판인 산문이 등장했다. 그것으로 성격이 부조되고 작품의 사건이 묘사되자 비로소 근대소설의 본론화가 이루어진 것이다. 이런 기준에서 보면 『춘향전』과 『심청전』의 문장은 아무래도 전근대적인 면을 내포하고 있다.

소설론에서 근대와 전근대의 경계선을 짓는 또 하나의 요소에 플롯의 개념이 있다. 플롯이 가지는 의의에 대해서는 이미 앞에서 지적된 바와 같다. 다시 되풀이하면 사건과 사건 사이에 인과율이 적용될 수 있어야 플롯이 성립된다. 그런데 『춘향전』, 『심청전』, 『장화홍련전』 등 대부분의 영정시대 서민소설에는 그것이 뚜렷한 선으로 나타나지 않는다. 『심청전』에서 심청은 효성이 지극했기 때문에 왕비가 되고 그 아버지의 눈을 뜨게 한다. 『춘향전』의 춘향이는 포악, 무도한 변학도에 항거하여 그 정절을 지켰으므로 어사또가 된 이도령을 맞아 사랑의 승리자가 된다. 이것을 우리는 인과율이 작용하지 않았다고 할 수는 없다. 그러나 그 인과관계에는 근대소설이 요구하는 현실성이 희박하게밖에 나타나지 않는다. 시민사회에서 효가 칭예되기보다는 그 반대의 결과를 낳는 경우가 더 많다. 여자의 정절은 사회에서 보상을 받기보다 비극적 결과를 낳기가 일쑤다. 이것은 『심청전』이나 『춘향전』의 줄거리가 본격 플롯의 감각에서 거리를 가졌음을 뜻한다. 『홍보전』에 대해서도 위의 경우와 거의 같은 이야기가 가능하다. 이 작품에도 흥부의 궁핍상 묘사는 그 자체로 이루어져 있지 않다. 지루하기까지 한 그의 가난 묘사는 그가 착한 일을 한 나머지 얻게 된 제비의 보은을 최대한 극화시키기 위한 수사적 절차라는 느낌이 짙다. 이것은 이 소설의 주제의식이 권선징악적인 것임을 가리킨다. 권선징악식 이야기 줄거리는 결과로서의 사건을 새로운 각도에서 포착해내지 못한다. 거기서 원인은 낡은 세계관이나 도덕률의 틀에 갇혀 전근대적인 풍경으로 나타나게 될 뿐이다.

　이것으로 우리는 영정시대의 소설이 지니는바 근대적 의의를 가늠할 수 있게 되었다. 이상 살핀 바와 같이 이 시기의 소설에 근대적인 징후가 나타나기 시작한 것은 사실이다. 그러나 그런 징후는 제자리를 잡고 근대문학으로서의 차원에 이르기 바로 전 단계에서 멈추어 버렸다. 이것은 소급론자들의 또 다른 논거에도 논리에 허점이 있음을 뜻한다. 시조 양식에 나타나는 문체와 형태상의 파격 현상 역시 소급론의 논거로 제시되었다. 이때의 논거가 된 것은 구체적으로 엇시조와 사설시조들이다. 소급론자들이 논거로 든 작품의 하나가 "댁들에"로 시작하는 사설시조 한 수다.

댁들에 동난지 사오 져 쟝스야 네 황후 긔 무서시라 웨는다 사쟈 외골 내육 양목(外骨 內肉 兩目)이 상천 전행 후행(上天 前行 後行) 소(小)아리 이족청장(二足靑醬) ᄋ스슥ᄒᄂ 동난지 사오 쟝스야 하거북이 웨지 말고 게젓이라 ᄒ렴은[34]

이 작품은 초장, 중장, 종장이 모두 심하게 파격이 되어 있다. 그 위에 어조에도 시조가 평시조의 기조가 된 율문으로서의 가락도 느껴지지 않는다. 그 정도가 매우 심한 점이 바로 소급론자들이 영정시대 문학의 근대적 단면을 말하는 자리에서 이 작품을 이끌어들인 까닭이 되었을 것이다.

34 심재완(沈載完)(편), 『교본역대시조전서(校本歷代時調全書)』, p.308.

서구의 시가 근대에 접어들면서 정형시의 틀을 깨고자 한 것은 부정될 수가 없는 사실이다. 그러나 정형의 틀 파기가 곧 시의 근대화와 동의어가 되지는 않는다. 정형의 틀을 깨면서 서구의 근대시는 자유시를 지향했다. 이때의 자유시란 그대로 시의 형식을 산문에 맡기는 것을 뜻하지 않았다. 정형시가 지녀온 운율상의 의장을 외형률에서 내재율로 바꾸면서 보다 기능적으로 작품의 의미구조를 그 음성구조에 밀착시켜 그 언어가 갖는 구조적 탄력감을 제고시키고자 한 것이 자유시의 지향이었다. 이 경우 우리는 산문론에서 H. 리드의 생각을 참고할 필요가 있다. 그에 따르면 시는 산문과 달라서 말들을 서술적이지 않은 각도에서 쓴다. 이것을 H. 리드는 산문의 말이 건축적인 데 반해서 시의 언어가 농축적이라고 했다.[35] 이때의 건축적이란 여러 자재나 소재가 그 질량을 변화시키지 않으면서 이용되는 것을 말한다. 우리가 집을 지을 때는 벽돌이나 돌과, 나무, 철근, 시멘트, 모래, 진흙, 석재(石材) 등이 필요하다. 그런데 이들은 대체로 그 본래의 성질을 그대로 유지시킨 상태에서 지붕이 되고 벽이 되며 방이 된다. 산문에 쓰이는 언어는 바로 이런 속성을 가진다. 그러나 시의 경우에는 사정이 이와 크게 달라진다. 가령 김광균(金光均)의 시 한 부분인 "분수(噴水)처럼 쏟아지는 푸른 종소리"에서 소재는 분수와 종소리다. 그러나 문맥화가 이루어지면서 이

35　Herbert Read, *English Prose Style* (Boston, 1967), p.10.

두 말의 속성은 전혀 원형을 가지지 못한 상태가 된다. 이 작품에서 '분수'와 '종소리'는 서로 상호작용을 하는 가운데 질적 변화 내지 화학적 변화를 일으킨다. 그리하여 그 의미내용이나 가락이 빚어내는 탄력감은 산문의 경우에 대비가 되지 않을 정도의 긴장감과 탄력성을 가지는 것이다. 이것을 C. D 루이스는 "조그만 공간(空間)에 많은 뜻을 집중시키는 것"[36]이라고 에둘러 말했다. 우리가 이런 감각을 가질 때 사설시조의 문학사적인 의의가 어떻게 해석될 수 있는가. 사설시조가 우리 근대문학사에서 제 나름의 의의를 가지려면 거기에 자유시의 예비적 의장이 검출되어야 했다. 그것이 자유시의 기본의 하나인 언어의 농축감임은 달리 설명이 필요하지 않을 것이다. 그러나 앞에서 본 예와 같이 영정시대에 나온 이 양식은 지나치다고 할 정도로 해사적(解辭的)이며 산문적이다. 이런 이유에서 우리는 소급론자들의 논거가 된 사설시조=근대적인 양식의 시라는 등식관계 주장을 받아들일 수가 없다.

이제 우리가 한국근대문학의 영정시대 기점설에 가위표를 치고자 하는 경우 꼭 하나 거기에는 아쉬운 점이 생긴다. 본래 우리 주변에서 소급론이 제기된 것은 개항기 기점설에 문제가 있다고 본 생각의 결과다. 이미 살핀 바와 같이 우리나라의 개항과 개국은 서구와 아서구화한 일본의 무력적 도발을 막지 못한 굴종 형태로 이

---

36 C. Day Lewis, *The Poetic Image* (London, 1966), p.40.

루어진 것이다. 이렇게 보면 개항기 기점설은 주체성을 상실한 한국 문학사 엮기에 가담하는 일이 된다. 그렇다면 우리가 여기서 과연 영정시대 기점설을 배제하고 개항기로부터 우리 근대시와 근대문학의 여명이 열린 것으로 보아야 하는가. 이렇게 제기되는 의문에 대해 우리는 그동안 우리 주변에서 형성된 통념(通念) 가운데 하나를 재검토해 볼 필요가 있다.

새삼스레 밝힐 것도 없이 일체의 문화와 문학적 현상은 상호교류, 방사(放射)와 수용(受容)을 전제로 한 가운데 생성, 전개되는 것이다. 생리적으로 문학과 문화는 자아가 좁은 틀에 갇히는 것을 싫어한다. 창작활동의 필수 요건인 낡은 틀에서 벗어나기 위해 문학과 문화는 언제나 자체 역량의 개발과 함께 외래적인 요소의 수입과 수용을 지향한다. 이렇게 보면 개항기의 한국 문학 내지 시가가 서구의 충격을 받았다는 것이 곧 비주체적인 것은 아니다. 다만 충격을 받은 다음 그 후의 변화 양상이 문제되기는 한다. 만약 서구의 충격이 가해진 다음 우리 시나 문학이 완전히 자아를 상실한 채 외래추수주의에 떨어졌다면 그것은 비주체적일 수밖에 없다. 그러나 이런 시각이 그대로 참이 아님은 현대에 접어든 다음의 우리 시와 문학의 전개 양상이 각명하게 증명한다.

거듭 확인된 바와 같이 19세기 말 개항과 함께 우리는 엄청나게 강한 서구적 충격을 받았다. 그럼에도 그런 상황과 여건을 무릅쓰고 우리 문학과 시가는 착실하게 민족문학으로서의 보폭을 유지하면서 오늘에 이르렀다. 엄청난 충격을 무릅쓴 가운데도 해외문학의 모방, 아류가 되지 않고 굳건하게 제몫을 지켜온 것이 우리 현대시며 문학과 문단이다. 이런 문학적 현실을 뒷전에 돌린 채 소급론은 개항기 기점설을 비주체적인 것으로 돌린다. 이것은 아무리 대범하게 보아도 선입견이 개입한 결과이며 논리의 비약이다. 소급론은 명백하게 한국 근대시와 문학의 한 요인인 서구 수용을 그 자체로 전면화시켜서 그 원인으로 자아망실이라는 실재하지 않은 결과로 판정해버린 것이다. 여기에 이르러 우리는 우리 나름의 결론을 내리지 않을 수 없다. 얼마간의 문제가 있는 것은 사실이다. 그러나 그런 사실들이 감안되어도 한국현대문학과 시의 기점은 19세기 말에 이루어진 개항기로 잡혀야 한다.

제 2 장

—

한국현대시 연구 입문
-원전 정리와 방법론 익히기

20대의 중반기경 별로 이렇다고 내세울 전망도 갖지 않은 채 나는 한국 현대시의 역사 쓰기를 지망했다. 당시 우리 주변의 연구 여건이나 상황은 문자 그대로 초창기에 그쳐 있었다. 어느 도서관에도 현대문학 관계 연구 논문들 목록이 비치되지 않고 있었다. 학부나 대학원 과정에서 개설된 강좌에도 관계 교과목은 거의 없었다. 이미 거론된 바와 같이 우리 연배에 앞선 세대의 업적으로는 그 서론만 쓰다가 방치된 임화(林和)의 신문학사 서설(新文學史 序說)이 있었다. 그에 이어 나온 백철(白鐵)의 『조선신문학사조사(朝鮮新文學思潮史)』 상, 하권이 유일하게 한국현대문학의 종합사에 해당되는 업적이었다. 당시까지 우리 주변에서 한국현대시에 관한 개별 양식사는 한 권도 나오지 않았을 때였다.

　　나는 8·15 다음에야 모국어를 새롭게 배운 세대에 속해 있었다. 당시 우리 주변에는 자유의 이름과 함께 어디에나 이데올로기의 물결이 범람했고 그것이 좌와 우의 편 가르기로 나타나 무의미한 사회 정치·사회적인 혼란을 부채질했다. 1950년 여름 동족상잔의 슬픈 전쟁이 터졌다. 아비규환의 싸움판에서 우리 또래의 거의 모두는 가랑잎처럼 휘날리고 휩쓸렸다. 수도 서울이 수복된 직후 나는 어렵사리 학부에 진학했다. 뚜렷이 전공의 방향을 결정하지 못한 상태로 학부생활이 두어 해가 지나갔다. 그런 다음 뜻밖에도 한국현대시의 정리, 체계화라는 미개척 공간이 우리 세대 앞에 남아 있음을 발견했다. 처음에는 어렴풋이, 그리고 차차 그런 사실이 어엿한 테두리를 가지며 내 시야에 들어왔다. 어느 순간 그런 사실을 깨치게 되자 나는 극지탐험가가 새로운 대륙이라도 발견한 듯한 기분이 되어 마음속으로 '이것이다'라고 부르짖은 기억이 있다. 내 한국현대문학, 또는 근대문학 연구는 그렇게 제대로 된 청사진도 마련하지 못한 상태에서 6, 7할 이상의 어림짐작과 풋내로 가득 찬 희망을 앞세우고 첫걸음을 내딛는 것으로 시작되었다.

1. 입사식(入社式) 전후의 상황

전공의 방향을 한국현대시의 역사 쓰기로 잡게 되자 내 앞에는 거의 숙명처럼 두 개의 과제가 응답을 요구하는 형태로 나타났다. 그 하나가 당시까지 전혀 정리가 되지 못한 여러 문헌자료를 정리, 체계화하는 일이었다. 한마디로 문헌자료라고 하지만 한국의 근대문학에 관계되는 것들은 그 대부분이 개인 소장으로 되어 있거나 일제의 검열을 거치는 가운데 압수, 삭제되어 원형이 마모되거나 파손이 되어 본문의 확정이 어려운 상태였다. 그 소장처를 탐문·확인하여 열람하고 정리, 체계화하는 일은 그러므로 나와 같은 현대문학 전공 지망생이 반드시 거쳐야 할 입사식(入社式)에 해당되었다.

이와 함께 또 하나 내가 해결해야 할 과제가 현대시를 읽고 해석하여 그들을 체계화하는 데 필요한 이론의 틀을 확정짓는 일이었다. 그 무렵까지 나의 시에 대한 지식이나 안목은 입문서에 속하는 책들에서 얻어낸 수준에 그쳐 있었다. 학계나 평단의 해석 수준도 그 주변을 맴돈 느낌이 들었을 때다. 학부를 졸업하고 나는 어느 여자고등학교에서 교편을 잡은 적이 있다. 그때 1학년용 국정교과서에 위당 정인보(爲堂 鄭寅普)의 「자모사(慈母思)」 몇 수가 발췌로 실려 있었다.

설워라 설워라 해도 아들도 딴 몸이라
무덤풀 욱은 오늘 이 살 부터 있단말가
빈말로 설은양 함을 뉘나 믿지 마옵소

『담원시조집(薝園時調集)』을 보면 「자모사」의 마흔 번째 작품이 되는 이 시조에는 살이 「　」괄호로 묶여 있고 그 다음 주(1)의 표시와 함께 '기육(肌肉)'이라는 부기가 있었다.[01] 여기서 '기육'은 말할 것도 없이 화자의 몸에 붙은 살을 가리킨다. 그렇다면 이 시조는 어머님

---

01 정인보, 『담원시조(薝園時調)』(을유문화사, 1948), p.18. 본래 이 작품은 『신생(新生)』 7호부터 발표되기 시작한 것으로 그 후 100수가 모두 발표된 것인지는, 지금 그 후의 『신생』 보관본이 전하지 않아 확인할 길이 없다.

이 돌아가셨음에도 멀쩡하게 살아 있을 뿐 아니라 평소처럼 몸에 살이 붙어 있는 채로 먹을 것, 마실 것을 즐기며 살아가는 자신의 모습을 자책하는 노래다. 이런 문맥을 감안할 때 여기 나오는 '-부터'는 체언에 붙여 쓴 조사가 아니다. 이 말은 명백하게 '붙어'로 표기되어야 할 것으로 '조사'가 아닌 '동사'로 쓰인 것이다.

위와 비슷한 예가 당시의 우리 평단에서도 그대로 나타나고 있었다. 8·15 직후의 비평계는 문학가동맹의 제패상태에 들어 있었다. 그쪽의 지도 분자 가운데 경성제대 영문학과 출신의 김동석(金東錫)이 있었다. 마침 그 무렵에 청년문학가협회 소속인 박목월(朴木月), 조지훈(趙芝薰), 박두진(朴斗鎭) 등의 『청록집(靑鹿集)』이 나왔다. 김동석은 그 가운데 조지훈의 시를 들어 그 특유의 필치로 그것을 비판, 공격했다. 그에 따르면 조지훈은 인민이 굶주리고 헐벗고 있는데 음풍영월(吟風咏月)의 세계를 맴도는 보수반동의 순수시인이었다.[02]

김동석은 조지훈 비판의 경우와 달리 일제 강점기에 순수시로 일관한 정지용을 높이 평가했다. 그 보기의 하나로 그는 「카페·프랑스」를 들었다. "나는 나라도 집도 없단다 / 대리석(大理石) 테이블에 닿는 / 내 뺨이 슬프구나 // 오오 이국종(異國種) 강아지야 / 내발을 핥어다오 / 내 발을 핥어다오." 김동석은 여기 나오는 '이국종 강아지'를 일본인 여급이라고 단정했다. 일본 여급에게 발을 빨아달라

02 김동석(金東錫), 「비판의 비판—청년문학가에게 주는 글」, 『예술(藝術)과 생활(生活)』(박문출판사, 1947), pp.108-109.

고 했으니 이 작품이 순수시에 그치지 않고 항일저항시가 된다는 해석을 하고 있는 것이다.[03]

이 작품이 항일저항시의 갈래에 들 수 없음은 6·25 후 우리 평단에 등장한 영문학 전공 출신의 비평가에 의해 논증되었다. 김종길 (金宗吉) 교수의 견해에 의거하면 '이국종 강아지'를 일본 여급이라고 본 김동석의 지적은 논리의 근거가 성립되지 못하는 경우다. 군국주의의 본고장이라고 하지만 일본 본토에서 사는 카페 여급들은 침략주의 식민지 통치자들과는 등식화될 수 없는 피지배 계층이며 서민들일 뿐이다. 그런 여급에게 식민지의 지식 청년들이 발을 빨게 한다는 것이 무슨 반제의식의 표현인가. 더욱이나 식민지 청년의 민족운동은 그 장소가 당시로서는 고급 술집인 카페에서 이루어질 수 없는 것이다.[04]

김동석에 대한 비판은 이런 논리를 토대로 제기된 것이다. 김동석의 정지용론으로 대표된 것이 내가 한국현대시의 역사 쓰기를 지망했을 때의 우리 평단과 학계의 수준이었다. 물론 내가 출발 초기부터 우리 주변의 이런 지적(知的) 과도기 현상을 제대로 인지했다는 것은 아니다. 그러나 적어도 당시 나는 우리 주변의 시와 문학 해석에 상당히 허술한 구석이 있다는 사실을 느끼기는 했다. 이것이 내 풋정열을 자극하여 훗날 내가 한국현대시 연구를 지망토록

---

03 김동석, 「시와 자유」, 상게서, pp.179-180.
04 김종길(金宗吉), 「의미」, 『시론(詩論)』(탐구당, 1965), pp.18-19.

만든 자극제 구실을 한 셈이다.

2. 본문비평(本文批評),『님의 침묵』읽기

내 현대시 연구의 준비 작업은 우리 학교와 국립도서관 등에 수
장된 관계 자료들을 열람, 복사하는 일로 시작되었다. 그 단계에서
나는 낡은 가방에 노트와 잉크병, 그리고 펜을 준비하고는 속절없
이 걸서행각(乞書行脚)에 나섰다. 당시 내가 읽고자 한 작품들의 거
의 모두는 보관상태가 좋지 않았다. 뿐만 아니라 그 가운데는 총독
부 도서과의 검열을 거친 나머지 중간 생략이 된 것과 복자(伏字)로
처리된 것이 상당수 있었다. 그 위에 또 하나 악조건이 겹쳤다. 그
것이 여러 간행물에 오식과 오기가 섞여든 점이었다. 흔히 고전문
학(古典文學) 연구에는 마모, 파손된 글자들을 판독, 복원(復元)하는
것으로 연구가 시작된다. 그것을 우리는 본문비평(本文批評)이라고
한다. 현대시 공부를 시작하기 전 나는 그런 작업이 고전연구에만
필요하고 현대문학 연구와는 전혀 상관이 없는 줄 알았다. 그러나
막상 공부를 시작하고 나자 사정이 판이하게 달랐다.
우리 연배가 공부를 시작했을 때 중요 참고서 가운데 하나가 백
철 교수의『조선신문학사조사』였음은 이미 밝힌 바와 같다. 그런
데 막상 그 책을 연구 참고용으로 삼게 되자 거기에는 곳곳에 오자

와 오식에 속하는 것들이 나타났다. 그 책 첫머리 부분에는 김기진(金基鎭)의 「백수(白手)의 탄식(嘆息)」이 인용되어 있었다. 「백수의 탄식」은 두루 알려진 바와 같이 사회개혁을 지향한 청년이, 그러나 이론만으로 혁명을 말하면서 말을 행동으로 옮기지는 않는 실상을 풍자한 작품이다. 이 작품의 각 연에는 후렴귀로 "Café Chair Revolutionist / 너희들 손이 너무 희여"가 붙어 있다. 그런데 백철 선생이 인용한 「백수의 탄식」은 그 3연의 마지막 줄이 빠져 있었다. 뿐만 아니라 인용된 것 중 제4연에도 오식이 나타났다.[05]

아마 육십년전(六十年前)의 옛날
노서아(露西亞) 청년(青年)의 「백수(白手)의 탄식(嘆息)」은
미각(味覺)을 죽이고서 내려가 서고자 하던
여력(餘力)을 다하던 전력(全力)을 다하던 탄식(嘆息)이었다.

인용 부분 첫머리에 나오는 '아마'는 '아아'의 잘못이며 마지막 줄의 첫머리인 '여력(餘力)'도 '전력(全力)'의 오식이었다. 그러니까 한 작품이 두 연, 여덟 행에 자그마치 오자, 오식이 세 군데나 나온 것이다. 이에 대한 경계 심리는 불가피하게 나로 하여금 내가 대하는 텍스트에 대하여 신경을 곤두세워 가며 읽도록 만들었다. 그것이

05 백철, 「조선신문학사조사」, pp.13-14.

나를 본문비평의 현장으로 몰고 간 절대 요인이 된 것이다.

이 과정에서 내가 본문비평의 필요를 가장 심각하게 느낀 것이 만해 한용운(萬海 韓龍雲)의 경우였다. 그 이전의 우리 근대시는 개화 계몽의식에 사로잡혀 있거나 서구추수주의의 한 갈래인 세기말, 퇴폐적 낭만주의에 기운 듯 생각되었다. 그에 반해서 한용운은 불교식 제일원리의 세계를 노래한 경우였다. 마침 카프식 경제적 여건 일체주의에 회의를 갖게 된 무렵이었으므로 나에게는 만해의 시에 내포된 그런 단면이 적지 않게 인상적으로 생각되었다. 그런데 막상 『님의 침묵』을 제대로 읽고자 했을 때 나는 거기서 뜻밖에 많은 양의 오식과 오자가 나타나는 데 놀랐다.

참고로 밝히면 시집 『님의 침묵』 초판본은 1926년 5월 회동서관(滙東書館)에서 발행되었다. 4·6판으로 「님의 침묵」 이하 89편의 작품을 수록한 이 책의 부피는 본문이 168면이며 그 머리에 서문에 해당되는 '군말'이 실려 있다.[06]

회동서관판에 이은 『님의 침묵』 재판은 1934년 7월 한성도서에서 나왔다. 출판사가 바뀌었음에도 『님의 침묵』의 초판과 재판 사이에 판형이나 면수와 체제상의 변동현상은 아주 미미하게 나타난다. 꼭 하나 예외격으로 나타나는 것이 '군말' 부분이다. 초판에서는 '군말'이 붉은 잉크로 인쇄되었다. 그것이 재판에서는 다른 본문

---

06 이에 대한 자세한 것은 김용직, 「님의 침묵」, 그 바로 읽기의 길을 찾아서, 『님의 침묵 총체적 분석 연구』(서정시학, 2010), pp.18-19 참조.

과 마찬가지로 검은 잉크 인쇄로 되어 있다. 또한 초판과 달리 재판 '군말'에 한해서 철자법상 손질이 가해졌다. 고 송욱(宋稶) 교수의 검토에 따르면 이때 이루어진 개정 현상이 '긔른 것'→'기른 것', '조은'→'좋은', '자유(自由)에'→'자유(自由)의', '않너냐'→'않느냐', '있너냐'→'있느냐', '거림자'→'그림자', '돌어가는'→'돌아가는' 등이다.[07]

제3판 『님의 침묵』은 1950년 4월 둘째 판을 낸 것과 같은 한성도서에서 발행되었다. 이 판은 첫째나 둘째 판과 같은 4·6판이었으며 본문 조판 역시 앞서 판의 형태를 지키는 선에서 이루어졌다. 다만 본문의 어려운 한자가 괄호 안에 들어갔다. 그 보기가 되는 것들이 '맹서(盟誓)', '미풍(微風)', '파문(波紋)', '자비(慈悲)', '백호광명(白毫光明)', '악마(惡魔)' 등이다. 이와 아울러 구식표기가 맞춤법 통일안에 준하는 형태로 시정되었다. 또한 된시옷이 현행과 같이 고쳐졌으며 띄어쓰기도 제대로 이루어져 나왔다. 이것은 셋째 판 『님의 침묵』이 혁신, 결정판을 지향한 가운데 발간되었음을 뜻한다. 그러나 모처럼의 개정시도에도 불구하고 이 셋째 판에는 여러 곳에 탈락과 오식들이 섞여 들었다. 초판의 표기들이 무슨 이유에선지 개악된 곳이 있으며 어떤 작품에는 구절과 행을 누락시키는 착오까지가 생겼다. 구체적으로 그것들을 적어보면 다음과 같다(앞의 것이 초판, →표 다음이 3판의 것).

---

07 송욱, 『님의 침묵 전편 해설』(과학사, 1974), p.4.

글자를 잘못 읽은 경우

서정시인(敍情詩人)→숙정시인(叔情詩人)(「예술가」제3연). 이것은 서정시(抒情詩)가 서정시(敍情詩)로 표기되는 것을 모르고 숙정시(叔情詩)로 읽은 데서 빚어진 착오일 것이다.

단어의 뜻을 잘못 잡은 경우

나의 마음을 가저가랴거든 마음을 가진 나한지 가저가서요→님이여 나의 마음을 가져가랴거든 마음을 가진 나에게서 가져가서요.[「하나가 되어주서요」(제1행)]

여기 나타나는 바와 같이 제3판에서 '나한지'가 '나에게서'로 바뀌어 있다. 꼭 같은 손질이 넷째 줄의 '님한지'→'님에게'도 되풀이되어 나온다. 이때의 '-한지'는 충청도 방언이며 표준어로 고치면 '-함께'가 된다. 이 역시 3판 『님의 침묵』이 범한 지나쳐볼 수 없는 오류다.

한 작품에서 구절, 또는 한 연을 송두리째 누락시킨 경우

「리별」은 초판, 재판에서 아울러 8연으로 되어 있다. 이것이 3판에서는 7연으로 축소되어 버렸고, 그 위에 8연은 아예 누락되었다. 이때 누락된 8연 3행을 여기서 제시해 보면 다음과 같다.

아아 진정한 애인(愛人)을 사랑함에는 주검은 칼을 주는 것이요, 이

별은 꽃을 주는 것이다.

아아 이별의 눈물은 진(眞)이요 선(善)이요 미(美)다.

아아 이별의 눈물은 석가(釋迦)요 모세요 짠다크다.

이렇게 3행으로 된 한 연이 누락되어 버렸기 때문에 제3판 『님의 침묵』은 초판이나 재판과 달리 그 부피가 한 면 줄어들었다. 그 결과 168면이던 이 시집이 제3판에서 167면이 되었다. 이미 앞에서 지적된 바와 같이 이 판은 명백하게 초판을 참조한 가운데 이루어졌다. 그럼에도 편집과 교정과정에서 이렇게 면수가 줄어든 까닭을 편자와 출판사가 전혀 검토를 하지 않고 새 판을 만들어 책을 낸 까닭이 무엇인가가 아직도 수수께끼로 남는다.

한 구절 또는 몇 개의 단어들이 누락된 경우

앞에서 이미 결함이 지적된 3판의 「리별」 20면 첫 줄과 둘째 줄은 다음과 같다.

아아 진정한 애인(愛人)을 사랑함에는 주검은 칼을 주는 것이오 이별은 꽃 생명(生命)보다 사랑하는 애인(愛人)을 사랑하기 위하여는 죽을 수가 없는 것이다. (밑줄 필자)

이 인용에서 하선을 친 전반부와 후반부는 전혀 뜻이 통하지 않는다. 이것을 초판과 대조해 보기로 한다. 이때 우리는 하선을 그은 부분이 그 실에 있어서 21면 마지막 줄을 송두리째 삽입한 결과임을 알 수 있다. 그 결과 이 부분에서 착오가 일어났을 뿐 아니라 이하 이 작품의 한 연이 송두리째 누락되어버린 것이다.

이와 꼭 같은 착오가 「사랑의 끝판」에도 되풀이되어 나타난다. 초판 『님의 침묵』 마지막에서 두 번째 작품인 「사랑의 끝판」 제2연은 다음과 같이 되어 있다.

님이여, 하늘도 없는 바다를 거쳐서, 느름나무 그늘을 지어버리는
것은
달빗이 아니라 새는 빛입니다.
홰를 탄 닭은 날개를 움직입니다.
마구에 매인 말은 굽을 칩니다.
네 네 가요, 이제 곧 가요.

3판 『님의 침묵』에서는 이 부분의 첫째 줄이 '그늘을 지어버리는 달'로 끝나고 '빛이 아니라 새는 빛입니다'가 탈락되고 없다. 그리하여 3판에서는 '그늘을 지어 버리는 달'로 165면이 끝난다. '빗이 아니라' 이하는 그 다음인 166면으로 이어져야 할 구절이다. 그것을 탈락시킨 것은 재래식 인쇄과정에서 일어난 실수로 생각된다. 어떻든 이것으로 이 작품도 의미맥락이 통하지 않는 부분을 안게 된 것이다.

3. 비교문학 공부

문학사 쓰기가 본격화되기 전의 예비 단계에서 나는 문학사의 이론과 함께 비교문학 공부를 동시 진행하였다. 본래 비교문학은 문학사의 한 보조수단으로 전경화(前景化)된 것이다. 비교문학은 그 출발선상에서 문학을 자국문학(自國文學)과 그렇지 않은 것, 곧 외국문학으로 나누어 생각한다. 이 경우 외국문학이란 자국문학의 상대개념이다. 민족 단위의 문학에서 자국문학과 표현매체를 달리하며 다른 문화전통을 바탕으로 이루어진 국경선 밖의 문학이 곧 외국문학이다.

두루 알려진 바와 같이 한 민족문학의 형성, 전개는 그 자체의 힘만으로 이루어지는 것이 아니다. 모든 문화 활동의 형성, 전개는 끊임없이 국경선 밖의 문학, 또는 문화와의 교섭, 수용, 때로는 갈등과 마찰을 통해 이루어진다. 그 사이의 관계를 밝히는 일은 한 민족문학의 형성, 전개를 기능적으로 파악하는 데 매우 긍정적인 힘으로 작용한다. 비교문학이 자국문학의 역사기술 방법으로 개발된 이유가 바로 여기에 있다.

내가 현대문학 연구의 초입에서 비교문학에 관심을 갖게 된 데는 당시 우리 학계에서 형성된 여건이 상당한 자극제가 되었다. 우리 세대가 학부의 막바지 학년이 되었을 때 방 띠겜의 『비교문학』이 번역되어 나왔다[역자 김동욱(金東旭)]. 바로 이 해에 우리 대학의 의과 대학 구내 대강당에서 한국비교문학의 창립총회가 열렸다. 당시 우리나라의 학회들은 회원들의 자격 요건으로 학력을 문제 삼지 않았다. 그에 힘입어 우리 또래 몇몇은 학부 재학생의 신분으로 그 발표대회에 나가 입회 신청을 하고 한국비교문학회의 회원이 되었다.

새삼 밝힐 것도 없이 비교문학의 기본 개념이 되는 것은 '발신자'와 '수신자', '중개자' 등이다. 한 작가 또는 작품이 다른 나라의 작가나 문학운동에 영향을 준 경우, 우리는 그것을 원천(源泉)이라고 하며, 다른 이름으로 발신자(發信者)라고 부른다. 발신자에 대해 그것을 수용하여 영향을 받는 경우를 수신자(受信者)라고 한다. 이것은 한 나라의 작가나 시인이 국경선 밖의 문학이나 문화로부터 영향을 받는 경우를 가리킨다. 비교문학에서는 이 관계를 살피는 일을 원천(源泉 – Source), 또는 전거의 연구라고 한다.

초창기의 우리 근대문학 연구에서 원천연구의 좋은 보기가 되는 것이 김시습(金時習)의 『금오신화(金鰲新話)』이다. 이 소설의 형성을 자국문학의 테두리 안에서만 그 요인을 찾으면 작품해석의 기본 요건인 인과관계 파악이 제대로 이루어지지 않는다. 김태준(金台俊)은 그의 『조선소설사(朝鮮小說史)』에서 이 작품의 선행 형태가 명나라 구우(瞿佑)의 전등신화(剪燈新話)라고 밝혔다. 그에 따르면 『금오신화』를 이루는 「만복사저포기(萬福寺樗蒲記)」 이하 다섯 편의 소설이 『전등신화』의 「슬목취유취경원기(膝穆醉遊聚景園記)」 이하 여덟 편과 대비가 된다.08 이 경우 김시습의 『금오신화』는 수신자가 된다.

그에 대해서 구우(瞿佑)의 『전등신화』가 발신자다.

중개자(仲介者), 또는 매개체란 수신자에게 발신자의 문학을 읽도록 만드는 역할을 한다. 한 나라와 다른 나라(또는 그 이상의 나라) 사이에 교류와 영향 관계가 이루어지기 위해서는 그 사이에서 전달자의 역할을 하는 매개체가 필요하다. 비교문학에서 말하는 중개자는 그에 해당되는 것으로 많은 경우 개인이 그 역할을 담당한다.[09] 그러나 때로 집단이 이에 참여하는 수가 있으며, 주변 여건과 문화 환경이 작용하기도 한다. 이제까지 우리 주변에서 그 중심으로 생각된 것을 우리는 번역이라고 생각해 왔다.

얼마동안 비교문학을 공부하는 과정에서 나는 발신자나 수신자 파악이 크게 어려운 것이 아니라고 생각했다. 그러나 과제가 중개자 쪽으로 옮겨지면 사정이 크게 달라졌다. 우리 시와 시단의 근대화 과정을 추적하는 과정에서 나는 개화가사 → 창가 → 신체시로 이어지는 개화기 시가를 일종의 과도기적 형태로 보았다. 나는 그 지양, 극복이 상징주의 시를 중심으로 한 자유시운동으로 이루어졌으리라는 가설을 세웠다. 그러나 막상 그 중심이 된 것이 누구인가를 포착하는 일은 생각처럼 쉽지 않았다. 방 띠껨의 『비교문학』을 보면 중개자, 또는 매개체 역할을 하는 것은 성공적으로 문필활동

---

08 김태준, 『조선소설사』(학예사, 1939), pp.59-60.

09 여기서 방 띠껨은 개인 외에 사회적 환경, 신문과 잡지를 통한 비평, 번역자 등도 있는데 그 어떤 경우보다도 능력 있는 개인의 힘이 크다고 보았다.

을 한 사람이 아닐 수도 있다. 때로 그에 해당되는 자가 무명의 개인일 수가 있고 문단이나 학계에서 거의 존재가 확인되지 못하는 단체나 배경, 여건일 수도 있는 것이다.[10]

이미 드러난 바와 같이 방 띠겜식 비교문학은 자국문학과 외국문학의 상관관계(이것을 우리는 영향관계라고 한다)를 다룬다. 그러나 20세기 중반기에 접어들면서 영미계가 중심이 된 비교문학의 새로운 경향이 생겼다. 거기서는 발신자와 수신자의 관계가 외적 증거를 통해서 확인되지 않아도 두 문학을 대비시키는 방법을 적용할 수 있다. 양자 사이에 내재적인 상관관계가 발견되기만 하면 그것을 비교문학 연구에 포함시키게 된 것이다. 이것을 대륙식 비교문학과 달리 일반문학(一般文學, General Literature)이라고 한다. 이때에 문제되는 두 문학의 비교를 일반문학에서는 비교가 아닌 대비(對比, Parallelism)라고 차별화시켜 말하는 것이다.[11] 일반문학에서 대비는 문학분야에 국한되지 않는다. 여기서는 예술 상호간의 비교가 활발하게 시도된다. 구체적으로 문학과 미술, 문학과 음악 등의 상호영향관계가 그 과제로 떠오르게 된 것이다. 뿐만 아니라 20세기 후반기부터는 그 연구 범위가 문화와 문명론으로까지 확산되었다.

우리 주변에서 비교문학 논의가 활성화되고 있었을 때 나는 현대문학 연구의 자료를 어느 정도 모아 놓은 상태였다. 그것을 바탕으

---

10 상계서, pp.211-231.
11 René Wellek and Austin Warren, *Theory of Literature* (London, 1955), pp.38, 43, 44.

로 나는 우리 현대시사의 중요 국면을 어떻게 검토, 논의해 볼까를 생각하게 되었다. 지금 그들을 항목별로 열거해 보면, 19세기 말 개항과 함께 이루어진 서구적 충격(西歐的 衝擊)과 우리 문학의 표현매체인 국어국자운동의 상관관계, 개화기 시가의 형성과 전개, 20년대 초두의 자유시 운동과 상징파 시의 수용, 1930년대에 나타난 시문학파(詩文學派)와 김기림(金起林) 등의 시론의 상관관계 등이 생각난다. 또한 당시 나는 단편적으로 읽은 두보(杜甫)와 이백(李白)의 시에 상당한 매력을 느끼고 있었다. 그들의 영향이 우리 현대 시인들의 시에 어떻게 수용되었으며 그 결과 우리 현대시에 어떤 변화가 일어났는가를 검토해 보는 일에도 나는 상당한 매력을 느꼈다.

물론 위에 든 몇 개의 항목이 그대로 내가 만든 논문들의 내용으로 직결되지는 않았다. 그 가운데는 개항기의 서구적 충격 문제와 같이 아직 본격 연구 논문으로 꾸려내지 못한 것이 포함되어 있는 것이다. 다만 비교문학 읽기를 시작한 초기에 내가 가진 감각이 그 후 내가 집필한 근대시사에 적지 않은 힘이 된 것은 사실이다. 『한국 근대시사』의 첫머리에서 나는 창가와 신체시를 서구 근대시의 자유시화 과정과 함께 일본의 신시와 대비시키면서 살피기로 했다.[12] 상징파 시의 경우에는 서지적 조사를 바탕으로 했지만 김억(金

---

12 구체적으로 나는 개화기 시가의 한 양식인 창가를 기독교와의 상관관계 속에서 논했으며 최남선과 이광수 등의 신체시를 서구와 일본의 자유시 운동과 연결 지어서 보았다. 「해에게서 소년에게」를 바이런의 「대양(大洋)」과 대비 검토한 것은 그 보기가 된다. 김용직, 제2장 개화기 시가 『한국근대시사』(상, 학연사, 2002).

億)의 역시집 『오뇌(懊惱)의 무도(舞蹈)』의 내용 검토를 그 뼈대로 삼았다.[13] 시문학파와 김기림의 경우에도 비슷한 이야기가 가능하다.

1974년도에 초판을 낸 『한국현대시 연구』에는 이에 관계되는 논문으로 「시문학파 연구(詩文學派 硏究)」와 「모더니즘의 시도(試圖)와 실패(失敗)」가 수록되어 있다. 전자는 문헌자료의 제시와 함께 시인들의 작품을 이미지즘, 모더니즘의 시각에서 해석하려고 한 것이다.[14] 또한 김기림론에서 나는 우리 시사에 끼친 그의 비중이 시인으로보다 비평가인 데에 더 무게가 실리는 것으로 보았다. 이 단계에서 나는 김기림이 지향한 것이 낭만파 기질, 또는 감상주의적 세계의 지양, 극복이라고 전제했다. 몇 편의 시론을 분석하고 나는 김기림이 T. E. 흄을 기점으로 하는 신고전주의 이론을 수용하려는 시도에 주력한 것으로 보았다.[15] 그 나머지 정지용이나 이상의 시가 그에 의해서 고평(高評)되고 백조파의 작품 경향이 상대적으로 격하된 것이라고 해석한 것이다.

두보(杜甫)와 이백(李白)에 대한 나의 관심을 가늠자로 한 자리에서도 내 생각의 일부에는 비교문학의 감각을 포함시킨 면이 있다. 나는 일제 식민지 체제하에서 작품 활동을 한 대부분의 시인들 작품

13 상게서, 제8장 해외시의 수용의 본론화와 그 양상.
14 김용직, 「시문학파 연구」, 『한국현대시연구』(일지사, 1974) 참조.
15 김용직, 「모더니즘의 불꽃심지, 김기림(金起林)」, 『한국현대시인 연구』(상)(서울대 출판부, 2000), pp.128-130. 이와는 별도로 김용직, 『김기림(金起林): 모더니즘과 시의 길』(건국대출판부, 1997)이 있음.

에 국권 상실 의식이 바닥에 깔려 있음을 발견했다. 그 대표격으로 떠오른 시인이 이상화(李相和)였다. 나는 그의 「빼앗긴 들에도 봄은 오는가」가 두보(杜甫)의 「춘망(春望)」허두의 두 줄에 대비될 수 있지 않나 생각해 보았다.[16] "나라가 깨어지니 산과 가람만 남고 / 성틀에 봄은 깊어 풀과 나무들 욱어있네(國破山河在 / 城春草木深)"를 "지금은 남의 땅 빼앗긴 들에도 봄은 오는가"와 대비시켜 생각한 것이다.

김소월의 「초혼(招魂)」에도 나는 항일저항의 가락이 담겨 있다고 생각했다. 그 첫 줄에 나오는 '산산히 부서진 이름'을 빼앗긴 나라에 대한 절규라고 본 것이다(이에 대해서 좀 더 자세한 논의는 다음 자리에서 이루어질 것임). 또한 일부 연구자들이 보편적인 세계를 노래한 것이라고 해석한 이육사의 「광야(曠野)」를 작품의 구조분석을 통해서 고조된 민족의식을 바탕으로 한 항일저항시라고 밝힐 수 있었다(이에 대한 구체적 논증은 다음 자리에서 이루어질 것임).

위에 든 내 글들은 어느 편인가 하면 간접적으로 비교문학의 감각을 이용한 것들이다. 이 무렵에 쓴 내 글 가운데 유일하게 대륙식 비교문학의 테두리를 충실하게 지킨 것이 있다. 그것이 「한국현대시에 끼친 R. 타골의 수용」이다. 현대시사 쓰기를 뜻하면서 관계문헌을 검토하는 과정에서 나는 뜻밖에도 초창기의 우리 발표 매체에 타골의 이름이 빈번하게 나타나고 있음을 발견했다. 그 효시를 이

---

16 김용직, 「시와 시대의식, 이상화론」, 『한국현대문학의 좌표』(푸른사상, 2009), pp.69-71.

룬 것이 『청춘(靑春)』에 발표된 진학문(秦學文)의 타고르 회견기였다. 이때 진학문은 동경유학생 신분이었는데 육당 최남선(六堂 崔南善)의 요청으로 당시 일본을 방문한 타고르를 만났다.[17] 이때 진학문은 타골의 시를 우리말로 옮기고 또한 직접 면담까지 하여 자세한 해설을 곁들인 글을 『청춘』을 통하여 발표했다.

1920년대 초두에 만해 한용운(萬海 韓龍雲)도 타고르의 수용에서 중개자 역할을 했다. 이때 만해(萬海)는 그가 주재한 『유심(惟心)』에 타고르의 「생(生)의 실현(實現)」을 번역 소개했다(단, 이때 번역 소개는 2회로 끝났다. 참고로 밝히면 『유심』 3호에는 박한영(朴漢永)의 「타골의 시관(詩觀)」이 수록되어 있다).[18] 그 다음 단계에서 『창조』 동인인 오천석(吳天錫), 김유방(金惟邦) 등이 타고르의 수입, 소개에 가세했으며, 이어 김억의 『기탄잘리』와 『신월(新月)』, 『원정(園丁)』 등 세 권의 타고르 시집이 한꺼번에 번역, 출간되었다. 그것으로 우리 주변의 타고르 수입이 성수기를 맞은 것이다.

우리 현대시사상 최초의 전문 시 동인지인 『금성(金星)』의 출현과 함께 타고르의 시는 한때 치열한 논쟁의 불씨가 되기도 했다. 이때 논쟁의 오른편에 선 것이 김억이다. 그가 금성 동인들의 타고르 번역을 문제 삼자 양주동(梁柱東)이 상대역으로 등장했다. 논쟁의 과정에서 『금성』 동인들은 그들의 번역이 적어도 원전에 의거한 것이라

---

17 이에 대한 자세한 것은 김용직, 『한국현대시 연구』, pp.93-97.
18 『유심』(3) (1918. 12). 이때 박한영은 필명으로 석전(石顚)을 썼다.

고 주장했다. 그에 반해서 김억의 타고르 번역은 그 문맥으로 미루어 일어역(日語譯)을 다시 중역한 것으로 못 박았다. 금성 동인들은 이때에 '개똥번역'이라는 막말까지를 썼다. 김억의 번역이 잘못된 일어역을 보고 그에 의거해서 또 하나의 오역을 한 것이라는 판단으로 그렇게 말한 것이다.[19]

타고르를 주인공으로 한 내 논문은 1960년대 말경에 완성되었다(1969). 당시 나는 30세 중반을 넘긴 나이였으나 우리 학계에서는 제대로 자리를 잡지 못한 일개 학구에 지나지 않았다. 논문이 탈고되자 나는 그것을 국어국문학회 전국대회에 나가 발표했다. 그리고는 그 발표 석상에서 제시된 의견들을 수용하여 적지 않은 부분을 보강한 다음 고려대학교 아세아문제연구소 발행의 『아세아연구(亞細亞硏究)』(1941-1973)에 제출하여 활자화가 되었다. 어떻게 그것을 입수해서 읽게 되었는지 내 논문을 읽은 타고르의 손자가 그 직후 고맙다는 인사를 겸한 긴 사연의 편지를 보내주었다. 그 가운데 한 구절은 지금도 잊혀지지 않는다. "우리 할아버지의 시와 평론이 인도와는 아득히 먼 한국에서 읽히며 논의되고 있다는 것을 알게 되어 가슴이 벅차오릅니다. 고맙습니다. 고맙습니다." 봉함엽서에 그가 쓴 이런 내용의 사연들은 40년 가까운 세월이 흐른 다음인 오늘에도 나에게 즐거운 추억거리가 된다.

---

19 이에 대한 자세한 것은 졸고, 「타고르의 수입, 소개」, 「『금성』 동인들의 참가와 번역시 논쟁」, 『한국근대시사』(상)(학연사, 2002) 참조.

4. 시론, 또는 비평 방법 탐색

1960년대 초부터 나는 한국 현대시의 문학사적 정리를 구체화시키기로 했다. 그 전제 작업으로 시인들을 유파별로 분류하고 그 작품 경향을 파악하고자 했으며 그와 아울러 당시의 정치, 사회적 상황 여건을 기술하기 위한 관계 정보도 수집, 분석, 검토하기 시작했다. 그런데 이 과정에서 한 가지 문제가 생겼다. 그 하나가 바로 방법론의 문제였다. 당시 우리 주변의 한국문학 연구는 그 주류가 고전문학 연구로 이루어져 있었다. 그리고 그 연구 경향은 대체로 어떤 작품을 쓴 작가의 전기 연구이거나 또는 사회사상, 시대 배경에 비추어 작품을 논하는 쪽이었다. 이에 대한 반발이 당시 우리 대학 캠퍼스에서 일어나고 있었다. 영미계의 객관주의 분석비평의 수용 시도가 바로 그것이었다.

1950년대 말의 우리 대학 문학부에서 화제의 초점이 된 것은 두 가지였다. 그 하나가 사르트르와 까뮈, 말로 등이 주도한 실존주의 문학이었고 다른 하나가 "꽃을 꽃으로만 본다"라는 캐치프레이즈와 함께 등장한 뉴크리티시즘이었다. 나는 실존주의 문학론을 거의 모두 번역판으로 읽었다. 그런 다음 거기 담긴 이론이 내가 시도하는 현대시 분석, 검토와는 거리가 있는 것으로 판단했다. 그러나 뉴크리티시즘은 그렇지 않았다. 이 비평의 표제어가 된 "꽃을 꽃으로만 본다"는 시를 시로만 보는 것을 뜻했다. 그 실천 목표가 작품을 다른 외재적 여건들과 독립시킨 다음 그것을 엄격하게 객관적인 척도를 이용하여 구조를 분석하기를 기하는 것이 뉴크리티시즘이었다. 이 비평 이론에 접하기 전까지 나는 시를 어떻게 읽어야 할지 전혀 갈피를 잡지 못한 채였다. 그런 나에게 뉴크리티시즘은 낯선 뱃길을 떠나는 항해사에게 나침반 구실을 할 것 같았다. 그런 생각과 함께 나는 내 한국시 연구의 기본 안내판으로 뉴크리티시즘을 공부하기로 마음 먹었다.

일단 객관주의 분석비평의 공부를 시작하게 되자 나는 곧 그 방법에 상당히 짙은 흥미를 가지게 되었다. 이 단계에서 나는 시를 보는 시각이 작품의 구조분석으로 이루어지는 경우와 그와 달리 작품을 작자나 시대, 사회여건에 비추어 논하는 작품을 그 작자와 이원론이 있다는 사실들을 알게 되었다. 시대나 사회여건론이 빚어낸 갖가지 부작용을 발견하게 되면서 나는 작품제일주의에 해당되는 신비평의 방법에 공감하고 그에 대해서 상당한 보람까지를 느꼈다. 그러나 얼마간 뉴크리티시즘에 관계되는 책을 얻어 읽고 나자 내 머리에는 한 가지 의문이 일어났다. 그 이전에 나는 시인론을 뜻하고 얼마간의 전기 비평에 관계되는 책을 읽어 보았다. 이미 밝힌 바와 같이 신비평을 읽기 전 나는 비교문학을 익히려 했으며 문학사에 대해서도 내 나름의 감각을 가져보려는 노력도 가졌다. 그렇다면 그들 비평방법과 뉴크리티시즘은 어떤 상관관계가 있는 것인가. 객관주의 분석비평 방법을 택한 다음 단계에서 나는 재래식 문학연구 방법을 모조리 포기, 배제해야 하는 것인가. 일단 이런 의문이 머리에 떠오르자 나는 여러 시론과 비평 방법에 대해 내가 어느 정도 수준급에 오른 판단능력을 가져야겠다고 생각하게 되었다. 그 나머지 나는 현대 비평 방법을 다룬 책들을 가능한 한 많이 입수해서 읽기 시작했다.

5. M. H. 에이브람스의 이론

비평방법에 대해 종합적 안목을 가져야겠다고 생각한 나에게 가장 좋은 길잡이 구실을 한 것이 M. H. 에이브람스의 『거울과 램프(The Mirror and Lamp)』였다. 이 책에서 에이브람스는 그가 생각한 비평의 유형을 네 가지로 나누어 제시했다.[20]

세계(Universe)

작품(Work)

작가(Artist)　　독자(Audience)

20　M. H. Abrams, *The Mirror and Lamp* (Oxford Univ. Press, 1971) p.6; James J. Y. Liu, *Chinese Theories of Literature* (The Univ. of Chicago Press, 1975), p.10.

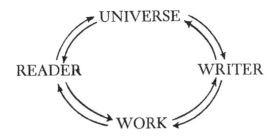

이 도표의 가운데에 나타나는 작품 중심의 비평은 시를 시로만 문제 삼는 비평을 가리킨다. 이것으로 이 비평의 중심에 놓인 비평 방법이 좁은 의미의 뉴크리티시즘임을 알 수 있다. 다음 시인 또는 예술가를 중심으로 한 비평이란 말할 것도 없이 전기적 시각을 중심으로 한 비평을 가리킨다. 이와 아울러 청중, 곧 독자의 편에 선 비평은 반응론에 속한다. 우주라고 번역이 가능한 Universe에 대해서는 약간의 주석이 필요하게 된다. 유약우(劉若愚)는 이것을 독자나 작가, 작품론과 같은 차원에 속하는 비평의 네 유형 가운데 하나로 보았다. 그의 책에는 위에 제시된 바와 같은 도표가 나온다.[21]

여기 나타나는 바와 같이 유약우는 에이브람스의 도식에 나오는 Universe를 작가나 독자에 대응되는 개념이 아니라 작품과 대응되는 개념으로 파악하고 있는 것이다. 실제 그의 저서 제2장은 에이브람스의 universe에 해당되는 장이다. 그런데 그는 이 장의 제목

---

21 유약우, 이장우(李章佑)(역), 『중국문학(中國文學)의 이론(理論)』(범학사, 1978), p.31.

을 「형이상학적 이론」이라고 했다.[22] 뿐만 아니라 그 이론의 도입부에서부터 그는 역경(易經)을 인용하고 있다. 한마디로 유약우는 여기서 Universe를 형이상의 세계, 곧 제일원리의 차원으로 잡고 있는 셈이다. 그러나 이것이 방향 착오임은 에이브람스가 이 항목에서 객체적 이론(objective theory)이란 말을 쓴 것으로 보아 그 사이의 사정이 명백히 드러난다.[23] 에이브람스의 도표를 차용한 유약우가 Universe를 형이상의 영역으로 잡은 것은 명백히 잘못된 해석이다. 여기서 그것은 작품의 제재를 뜻하는 여러 사물들을 가리킬 뿐이다.

에이브람스의 분류 방법에 따르면 이제까지 우리가 가져온 시론, 또는 비평 방법은 네 유형으로 구분이 가능하다. 그 첫째가 객체론이다. 먼저 시를 객체 곧 제재로 논한다는 것은 무엇을 뜻하는가. 화가가 그린 꽃의 모양과 빛깔이 얼마나 생생하게 또는 아름답게 그려져 있는가를 말하는 것이 이 유형에 속하는 비평의 기본전제가 될 것이다. 얼핏 보아도 드러나는 바와 같이 이 비평은 시의 기본 속성이 시인이 보고 느끼는 외재적 실체를 노래하는 데 있다고 본다. 실재하는 것을 모사 또는 모방하는 것을 시라고 보는 것이므로 우리는 이것을 모방론(模倣論)이라고 바꾸어 말할 수도 있다.

다음 흔히 작가 중심의 비평에서 문제되는 것은 그의 의도나 사

---

22 James J. Y. Liu, *Chinese Theories of Literature* (The Univ. of Chicago Press, 1975), p.16.
23 M. H. Abrams, *op. cit.*, pp.26-27.

상, 이념 등이다. 시는 그것들을 언어, 문자를 매체로 표현한 특수 구성, 조직이다. 이 비평의 주체가 되는 것은 시의 화자인 시인 자신이다. 이 비평은 시를 시인 자신의 사상, 감정이 표출된 기록으로 보는 것이다. 그리하여 이 유형에 속하는 비평에는 표현론(表現論)의 이름이 붙는다.

우리 모두가 알고 있는 아리스토텔레스의 시론에는 카타르시스 이론이 나온다. 아리스토텔레스는 비극이 독자의 감동을 자극하는 정도로 시의 성패가 가늠될 수 있다고 보았다. 이 비평은 시를 시로 만 보지 않고 청중, 곧 독자에게 어떤 반응이 일어난 것인가를 문제로 삼았다. 따라서 일종의 효용론(效用論)이라고 할 수 있다. 신비평은 이들 세 유형을 지양, 극복의 과제로 삼고 시작된 비평이다. 이제 우리는 그 실상을 차례에 따라 검토하는 절차를 밟아 보기로 한다.

6. 모방론(模倣論)

사전을 찾아보면 모방의 뜻은 "다른 것을 본뜨거나 본받는 것"으로 되어 있다. 이와 유사어로는 모본(模本)과 함께 모사(模寫)가 나온다. 이런 시각에 따르면 시는 시인에게 제재가 되는 것, 곧 현존하는 것, 또는 원상(原象)에 해당되는 것들을 언어, 문자로 그려내어 독자에게 전달하는 것이라는 정의가 가능하다. 그런데 시에서 제재가 되는 것, 원상에 해당되는 것은 그 숫자가 거의 무진장이다. 우리는 흔히 시내와 들꽃, 구름을 노래한 시를 대하게 된다. 이때의 원상에 해당되는 것은 시내와 들꽃, 구름 등 자연 현상들이다. 그러나 또 어떤 서정시는 애정을 노래한다. 그런가 하면 일제치하를 산 많은 우리 시인들은 그들의 작품에 민족에 대한 감정을 저며 넣었다. 뿐만 아니라 어떤 시인들은 그의 시에서 종교적 신념을 불태우기도 했으며, 우리 선인들 가운데는 도저한 형이상의 세계를 창작의 재질로 쓴 예도 나타난다. 이렇게 보면 모사 내지 모방의 실체가 된 여러 현상은 거의 무궁무진이라고 할 수 있다. 우리가 모방론의 영역에 대해서 universe라는 이름을 붙이는 까닭이 여기에 있다.

모방론은 시론, 또는 문학론에서 가장 오랜 역사를 가진 경우다. 동양에서는 이미 공자가 『논어』에서 시에는 초목, 화훼(花卉)에서부터 인간 세계의 여러 현상이 두루 담겨 있다고 말한 바 있다. 서구에서 이 용어가 쓰인 예는 플라톤까지로 소급된다. 그는 공화국 10장에서 유명한 시인추방론(詩人追放論)을 제기하였다. 그 전제가 되고 있는 것이 바로 모방의 이론이다. 플라톤의 공화국은 인간이 가져야 할 이상적 국가 형태를 가리킨다. 플라톤의 공화국에서는 진리와 정의의 실현이 국가 경영의 기본 이념이 된다. 그런데, 플라톤의 생각에 따르면 진리란 사물 속에 내재하는 본질적인 것이다. 그것을 우리는 손쉽게 포착해 낼 수가 없다. 다만 순수한 이성을 가진 철인(哲人)만이 그것을 포착, 제시할 능력을 가진다. 이렇게 철인만이 확보 가능한 정신의 경지를 플라톤은 이데아의 차원이라고 정의했다. 그런데 플라톤에 따르면 시 또는 문학은 일차적으로 눈에 보이는 사물이나 현상만을 대상으로 삼는 데 그친다. 그러니까 시인의 시는 이데아와 거리가 있다는 생각이다.

플라톤은 그의 생각을 설명해 내기 위해서 우리가 가지는 세계 인식에 몇 개의 단계가 있다고 보았다. 이때의 한 예로 그는 탁자의 경우를 들었다. 여기서 우리는 세 단계에 걸쳐서 탁자를 만든 자를 생각해 볼 수 있다. 첫째 '만든 자'는 탁자라는 사물의 이데아를 지니고 있는 자다. 이것을 플라톤은 창조주의 몫이며, 철인의 차원이라고 생각했다. 그 다음에 생각될 수 있는 것이 이데아에 따라서 실제로 탁자를 만들어 내는 사람이다. 현실적으로 그는 목수에 해당된다. 그리고 셋째 단계로 우리가 생각할 수 있는 것이 화가나 시인이다. 시인이나 화가는 이데아에 따라, 목수가 만들어 놓은 탁자를 그리거나 노래한다. 그들은 목수 다음 단계에서 탁자를 모방하는 것이다. 이제 그 사이의 사정을 도식화해 보면 다음과 같다.

탁자의 이데아를 지닌 자	제1단계	창조주
실제로 탁자를 만든 자	제2단계	목수
탁자를 그리거나 노래한 자	제3단계	화가, 또는 시인

여기 나타나는 바와 같이 예술가의 창작이란 그 실에 있어서 이

데아, 곧 진리의 차원에서 3단계나 벗어난 위치에 있는 것이다. 따라서 그들의 모방은 허위며 가식에 지나지 않는다. 이런 생각에서 플라톤은 이데아가 실현되어야 하는 공화국에서 화가나 시인이 추방되어야 할 것이라는 시인추방론(詩人追放論)을 주장한 바 있다.[24]

되짚어 보면 플라톤의 시인추방론에는 그 자체에 한계가 있다. 우선 그는 스스로가 생각하는 절대 관념의 세계, 곧 이데아의 개념을 시에 선행시키고 있다. 그에게 문제인 것은 우주에 대한 궁극적 인식이었고 진리의 변증법적 이해였을 뿐이다. 그는 시 자체가 갖는 독자적 존재 의의를 전혀 인정하지 않았다. 말을 바꾸면 플라톤은 그의 시론에서 미학적인 배려를 도무지 갖지 않고 있는 것이다. 그가 남긴 소크라테스와의 대화편을 보면 오직 하나의 명제가 강조되어 있다. 그것이 인간의 완성과 사회의 질서화라는 단일 명제다. 그에게 시는 예술의 양식(樣式)으로서가 아니라 진리나 정의, 덕성이라는 개념을 통해서만 논단되고 있다. 이것은 아무리 좋게 보아도 우리 자신이 펼치는 여러 정신 활동의 존재 의의의 독자성을 부정하는 일이다. 따라서 우리는 그 지양, 극복을 꾀하지 않을 수 없다.

뿐만 아니라 플라톤의 생각은 그 자체에도 자가당착 같은 것을 내포하고 있다. 그가 공화국을 다스릴 자는 이데아를 가진 자, 곧

---

24 이에 대해서는 David Daiches, *Critical Approaches to Literature* (London: Longmans, 1967), pp.13-15 참조.

철인(哲人)이라고 한 것까지는 수긍이 간다. 그의 생각에 따르면 철인만이 진리를 파악, 구현할 수 있는 자이기 때문이다. 그 다음 자리를 차지해야 될 자로 플라톤은 장인(匠人)들을 들었다. 시인이나 화가들보다 장인들이 진리와 정의에 한 단계 가까이 있기 때문이라는 생각에서였을 것이다. 그러나 실제 그의 대화편을 보면 장인들은 아주 저차원(低次元)의 정신세계를 가지는 자로 간주되어 있다. 이것은 도무지 논리의 전후가 엇갈려 있는 경우다.

여기서 우리가 시와 철인의 세계를 대비시켜보면 명백하게 그 사이에는 등차(等差)의 개념이 생긴다. 구체적으로 목수들이 만든 탁자나 의자를 보고 우리가 그 자체에 정신의 승화를 맛보는 법은 거의 없다. 아주 훌륭하게 만들어진 공작품에 대해서도 그저 잘 만들었다고 하는 정도에 그치는 것이다. 그러나 한 편의 훌륭한 시에 대해서는 사정이 전혀 달라진다. 많은 경우 우리가 명작이라고 평가하는 시는 사람의 입에서 입으로 전해진다. 그리고 많은 사람들이 그에 감동한 나머지 찬탄과 흠선의 말을 아끼지 않는다. 한마디로 우리를 움직이고 그 정신세계에 영향을 미치는 정도로 보아서 시인의 작품과 장인(匠人)의 공작품 차이에는 현격한 차이가 생긴다. 플라톤의 주장에는 이 엄연한 진실이 몰각 상태로 매몰되어 버린 것이다.

플라톤의 생각은 그 후 다른 사람들에 의해 손질이 가해졌다. 그 허두에 나타난 것이 아리스토텔레스다. 널리 알려진 바와 같이 그는 모든 과학의 아버지라고 칭예되어 왔다. 그는 플라톤과 달리 인간의 정신활동 영역을 여러 갈래로 나누었다. 우선 그는 2분법을 써서 인간의 정신활동을 제일원리(第一原理) 쪽에 속하는 것과 그렇지 않은 것으로 나누었다. 시는 후자에 속하는 것으로 그 상위개념(上位概念)이 기예(art)의 세계다. 아리스토텔레스는 기예를 다시 응용적인 분야와 심미적(審美的)인 분야로 나누었다. 응용분야에 속하는 것이 곧 장인(匠人)의 영역이다. 그리고 심미적인 경우가 시의 영역에 속한다. 그러니까 아리스토텔레스는 플라톤의 단선적 정신문화 이해가 범하게 되는 오류를 어느 정도 극복하고 있는 것이다. 그는 시와 철학이 정신범주에 있어서 서로 다르다는 사실을 명백히 하였다. 아리스토텔레스는 심미적 기예의 세계(fine art)가 모방예술의 갈래에 속한다고 보았다. 그러면서 그는 모든 모방예술, 곧 서정시나 서사시, 극시들은 어떤 실체를 모방하는 것이 아니라 그 자체의 가치 체계와 존재 이유를 갖는다고 생각했다. 여기서 문제되어야 할 것이 그가 생각한 모방의 뜻이다. 아리스토텔레스에 따르면 시는 작품 외의 실체나 이데아를 모사해야 되기 때문에 모방예술이 아니다. 다만 그것은 여러 형태의 소재들을 이용하기 때문에 모방예술일 뿐이다.[25]

---

25 이 단계에서 아리스토텔레스는 모방의 수단, 곧 매체(媒體)를 중요시한다. 그에 따르면 모방예술은 색과 형태를 매체로 하는 것 – 회화(繪畵), 리듬을 매체로 하는 것 – 무용, 리듬과 하모니를 이용하는 것 – 음악, 일상 쓰는 말을 매체로 하는 것 – 운문과 산문 등으로 구분된다.

그렇다면 모방은 왜 하게 되는가. 여기서 아리스토텔레스는 본능설을 내세웠다. 그에 따르면 모방은 진리와 정의, 덕성을 실현시키기 위해서 하는 것이 아니다. 가령 우리가 죽은 말을 보는 것은 끔찍한 일이다. 그러나 그 말을 실제로서가 아니라 아주 그럴싸하게 모사해 놓으면 사람들은 그것을 훌륭하다고 하면서 감탄까지 한다. 이것이 인간에게 모방의 본능이 있음을 뜻한다는 것이다.

이와 함께 시는 그 소재를 우주의 삼라만상과 인간의 내면세계까지를 포함한 전 영역에 걸쳐서 빌려 쓴다. 그렇다면 시는 그들과 어떤 관계에 있는 것인가. 여기서 아리스토텔레스는 시 독자적 현상설(獨自的 現象說)을 내세웠다. 그에 따르면 이 세상에 존재하는 모든 것은 그 존재 이유와 존재 가치를 가지고 있다. 모든 사물들은 어떻든 질료를 가지고 있는 것이다. 그리고 질료를 가진 모든 것은 반드시 형식 내지 형태도 가지게 마련이다. 그것은 이름 없는 푸나무에서부터 하늘에 걸린 천체(天體)에 이르기까지 다 그런 것이다. 하물며 예술은 인간이 빚어내는 정신 노작(勞作) 가운데 하나다. 그렇다면 당연히 시에는 그 독자적인 존재 의의가 인정되어야 한다. 좋은 시인은 그것을 구현시키는 사람이다. 여기에 바로 그가 『시학』을 통해 구성이라든가 형태의 이론을 펴고 있는 까닭이 있다.

아리스토텔레스는 플라톤과 달리 시에서 사물들의 형식이 외부적 영역과 직접 관계되는 게 아니라고 보았다. 그에 따르면 모든 사물은 그 자체에 형식적 요소도 내포시키고 있다는 것이다. 이렇게 보면 아리스토텔레스는 시(詩)＝형태적으로 완성된 것, 형태＝시가 자율적으로 확보해 낼 수 있는 것이라는 견해를 가졌던 것이다. 그가 시를 정신의 영역으로만 보지 않고 기법(技法)으로 논하게 될 실마리가 여기에 이미 엿보이고 있는 것이다. 아리스토텔레스는 시나 예술이 자연을 모방하는 게 아니라고 본 대신 실용예술(實用藝術)이 그 영역에 속한다고 생각했다. 실용예술에서 자연은 재조직 편성되지 않는다. 거기서 자연은 있는 그대로의 상태를 가리킨다. 그것을 모방하면 피상적인 것이 되어 그 자체가 과오를 범할 소지를 남기게 된다고 본 것이 아리스토텔레스다.[26]

아리스토텔레스의 생각에 따라 모방이 구체적 세계를 배제하는 것이라면 그것이 우리에게 유의성을 갖는 까닭은 무엇인가. 여기서 아리스토텔레스는 개연성(probability), 또는 보편성(universality)의 이론을 내세웠다. 그가 역사와 시를 구분한 말은 너무나 유명하다. 그에 따르면 역사는 사실의 세계, 또는 오직 구체적으로 있었던 것들을 기술한다. 그에 반해서 시는 있을 수 있는 세계, 혹은 있음직한 차원을 표현한다는 것이다. 역사는 있었던 세계를 기술해야 하기 때문에 일회적이다. 그러나 시가 다루는 세계는 과거에 있었던 일이면서 현재에 일어날 수 있는 것이다. 그리고 미래에까지 그 가능성이 있는 것이기도 한다. 그 점이 곧 보편성의 세계이며 개연성의 뜻

---

26 이에 대한 요약은 S. H. Butcher, *Aristoteles Theory of Poetry and Fine Arts* (New York: Dover Publications, 1951), pp.115-116 참조.

이다. 그리하여 시는 역사보다도 더욱 우리에게 참임을 느끼게 한다. 그와 동시대에 절대적인 이념이나 종교적 신념 이상으로 시는 사람들을 움직이게 하는 힘을 가진다. 어떤 절대적 이념이나 종교적 신념도 시간과 공간의 제약을 받는 법이다. 그러나 시는 애초부터 그런 차원을 넘어선 경지, 곧 보편적 세계를 노린다. 이교도에게도 기독교의 찬송가가 아름답게 들리고, 셰익스피어의 작품들이 먼 동쪽 나라에서 그것도 현대에 이르기까지 널리 읽히는 까닭이 여기에 있는 셈이다. 이것이 아리스토텔레스가 플라톤의 시인추방론의 한계를 극복하기 위해 이루어낸 그 나름의 모방론이 갖는 기본 골자다. 물론 근대 이후 이런 고전적 모방론에는 크게 수정시도가 가해지고 심화(深化)가 이루어졌다. 신비평은 이런 사실들을 검토하면서 그 한계를 의식하고 전폭적으로 새로운 시론을 만들고자 한 것이다. 그 기도를 한마디로 줄이면 "꽃은 기후와 토양, 태양과 물의 등가물이 아니다. 꽃의 기능적인 이해, 평가는 그것을 꽃으로 보는 자리에서 이루어진다"가 된다.

7. 표현론(表現論)과 의도(意圖)의 오류

신비평의 기본적인 입장을 이해하기 위해서 우리는 다시 모방론에서 제기된 문제를 검토해 보기로 한다. 모방론의 한계로 지적된 것은 실체나 원상(原象)을 파악하고자 할 때 제기되는 난점이다. 아리스토텔레스가 말한바 시가 시인에게 내재된 실체나 원상을 토대로 하는 것이라면 그 단계에서 우리는 실체와 원상의 참임을 파악하는 자가 누구인가를 판정해 내어야 한다. 시인이나 장인이 제 나름대로는 그것이 실체며 원상이라고 믿은 것이라고 하더라도 그 가운데 의사실체(擬似實體)와 원상이 아닌 가원상(假原象)이 얼마든지 생길 수 있기 때문이다.

어떤 경우에도 자연과 삼라만상, 우주는 그 자체로 위에서 제기된 해답을 마련해 내지 못한다. 그렇다면 이렇게 제기되는 문제에 대하여 그것을 해결할 존재는 별도로 있어야 하는 것이다. 시와 예술론의 입장에서 보면 그 당사자는 바로 시인이며 예술가이다. 이것은 모방론이 그 다음 단계에서 반드시 제작자, 곧 시인과 예술가를 문제 삼지 않을 수 없는 단계에 이름을 뜻한다. 일단 이렇게 이야기가 되면 우리에게는 또 다른 질문이 제기된다. 구체적으로 시를 시인 또는 예술가의 몫으로 돌린다는 것은 무엇을 뜻하는 것인가. 그것은 시인의 내면세계가 어떤 국면에 이를 것을 요구한다. 그러나 그것만으로는 충분하지 않다. 잘 익은 그의 내면세계는 다음 단계에서 반드시 표출되어야 한다. 어쩌면 그것은 W. 워즈워스가 말한 것처럼 "감정의 자발적인 넘쳐남"일지 모른다. 그리고 그를 통해서 비로소 한 편의 시가 탄생할 기틀이 마련되는 것이다. 이것이 우리가 모방론을 극복하고자 하는 단계에서 시인 중심의 비평방법을 생각하지 않을 수 없는 근본적 이유다.

여기서 우리는 시의 기능적인 이해를 위해 제재를 문제 삼을 것이 아니라 시인론 쪽으로 눈길을 돌려야 할 단계를 맞이했다. 그렇다면 시인에게 시는 무엇인가. 그것은 그가 자신이 지닌 생각과 감정을 언어, 문자로 표현할 것이 요구되는 차원의 예술이다. 이것을 우리는 표현이라고 한다. 시인론의 다른 이름을 표현론이라고 하는 이유가 바로 여기에 있다. 이제 우리는 표현론의 내용을 파악해야 할 단계에 이르렀다. 먼저 근대비평사에서 표현론의 입장을 취하고 시를 논한 예로는 W. 워즈워스를 손꼽을 수 있다. 그가 제 나름의 시론을 편 것은 1798년에 코울리지와 함께 낸 「서정민요시집(抒情民謠詩集)」의 서문을 통해서다. 거기서 그는 당시 영국 시단을 지배한 신고전주의를 가차 없이 비판했다. 이 단계에서 그는 후에 낭만파 시의 행동강령이 된 시(詩), 곧 "강렬한 감정의 자발적인 넘쳐남"이라는 말을 썼다. 여기서 우리가 주목할 것은 '넘쳐남'이라는 말이며 동시에 '자발적'이라는 말이다. 그가 쓴 넘쳐남이란 말은 감정에 관련되는 언어를 가리킨다. 곧, 시는 감정처럼 유동하는 언어로 이루어짐을 뜻한다. 그리고 자발적이란 말은 자발성(spontaneity)의 개념을 성립시키는데, 이것은 시, 또는 감정이 독립적 존재임을 뜻한다. 그에 따르면 시의 성패를 결정짓는 것은 감정을 어떻게 표현해내느냐에 달려 있다. 그런데 이때의 표현은 어떤 사상, 또는 현실적 효용 가치를 떠나서 이루어져야 한다. 그러니까 워즈워스는 이것으로 모방론의 입장을 완전히 배제하고 있는 셈이다. 이와 같은 그의 시론을 우리는 감정을 전제로 한 자발성의 시론이라고 한다.[27]

위즈워스의 다음을 이어 표현론을 편 경우로 J. S. 밀이 있다. 그는 출발선상에서부터 신고전주의자들이 서사시나 비극을 문학의 대표적인 양식이라고 본 견해를 정면에서 반박했다. 서사시나 비극은 다 같이 사건과 이야기를 바탕으로 삼는 양식이다. 이때의 사건과 이야기란 인간의 현실 생활을 전제로 했을 때만이 성립되는 개념이다. 그런 생각은 서사시나 비극이 인간의 행동을 모사한다는 반영론의 발판이 된다. 여기서 밀은 시를 대표하는 양식이 서사시가 아니라 서정시라고 보았다. 그에 따르면 플라톤식인 단순모방의 이론은 음악, 조각, 회화, 건축 등의 여러 경우가 이미 그런 차원에서 벗어나 있었다. 그런데 시만이 그런 테두리에서 맴돌 수는 없는 일이다. 그렇다면 이런 요구에 부응할 수 있는 시는 서사시나 비극이 아니라 서정시일 수밖에 없게 된다. 이것이 밀로 하여금 시(詩) = 서정시의 등식 관계를 세우게 만든 기본 발상이다.

J. S. 밀의 생각에 따르면 시와 외부 세계와의 관계는 처음부터 직접적인 것이 아니다. 시의 소재들인 사물들은 작품에 수용되면서 예술이 되는 과정에서 사물화되거나 거의 모두 소멸되어 버린다. 이것은 모방론에 반기를 든 표현론의 당연한 귀결이다. 그렇다면

---

27 이에 대한 집약적 제시가 이루어진 것이 David Daiches, 전게서, 제5장 The Vindication of Pleasure이다.

시, 곧 서정시와 외부 세계와는 전혀 무관한 것인가. 반드시 그렇지는 않다. 시는 그 외부 세계와 접촉함으로써 자극을 받을 수가 있다. 그러나 그것은 어디까지나 부차적인 것으로 끝난다. 정작 시를 가능하게 하는 것은 그런 대상을 관조하는 시인의 정신이다. 여기서 우리는 사자(獅子)를 예로 들어 볼 수가 있다. 시인이 사자를 노래한다는 것은 그것을 전문적인 입장에서 다루는 것을 뜻하지 않는다. 그는 사자에 의해서 자극을 받은 그의 정신 상태를 묘사하거나 읊조리는 것이다. 따라서 시, 곧 서정시의 진실이 되는 것은 감각적 대상이 아니다. 그것은 인간, 곧 시인의 정서나 감정인 것이다.[28]

시를 시인의 감정과 등가물로 본 J. S. 밀의 시각은 다음 단계에서 서정시가 독백의 형태를 취할 수밖에 없는 양식이라는 해석을 낳게 한다. 그에 따르면 시는 외로운 감정을 표출시켜야 하는 양식이다. 먼저 시는 감정의 자발적인 넘쳐남이기 때문에 본질적으로 시인 자신만을 위한 양식이다. J. S. 밀에 의하면 시, 특히 서정시의 궁극적 독자는 단독자로서의 우리 자신이다. 이때의 단독자는 바로 시인 자신을 가리킨다. 또한 시, 곧 서정시는 관조를 전제로 해야 하기 때문에 외부 세계, 특히 사회적인 것이거나 역사적 사실들과 거리를 두어야 한다. 결국 시인이 단독자로서 명경지수(明鏡止水)와 같은 경지에 이르렀을 때만 서정시의 여건이 확보될 수 있는 것

28 David Daiches, *op. cit.*, pp.23-25.

이다. 그리고 거기서 빚어진 감정을 시인 자신이 자신의 몫으로 토로하는 단계에 이르러서야 비로소 서정시는 그 필요하고도 충분한 여건을 확보할 수 있다. 이렇게 되면 시는 철두철미하게 시인이 그 스스로의 내면세계를 밖으로 표출하는 양식이 된다. 그리하여 우리는 시를 독백이라고도 이야기할 수 있게 되는 것이다.

낭만파에 의한 시=시인의 전유물설은 신비평가들에 의하여 논리상 허점을 가진 것으로 비판되었다. 신비평가들 가운데 W. K. 윔세트와 M. C. 비어즐리가 그에 대해서 의도비평(意圖批評)이라는 이름을 붙였다. 그들에 따르면 시를 시인의 것으로 귀속시키는 것은 그 논리적 근거가 시를 시인의 의도나 계획이 무엇이며 어떤 것인가를 문제 삼는 것이 된다. 윔세트는 이 비평이 출발점에서부터 그릇된 시각에 의한 것이라고 비판했다. 그에 따르면 한 작품에서 작자의 의도를 파악하는 일부터가 쉽지 않은 일이다.

세상에는 작자 미상의 작품이 있는가 하면 작고한 작가도 있어 그 의도를 파악하기가 어렵다. 많은 경우 작가들은 작품을 쓸 때 그의 의도를 은폐한다. 또는 의식하지 않은 채 작품을 만들어 낼 수도 있다. 뿐만 아니라 작품이 착상, 진행될 때의 의도나 계획과 완성된 결과 사이에는 언제나 차이가 있기 마련이다. 심심풀이 비슷하게 시작한 작품이 많은 독자에게 감명을 줄 수가 있다. 그에 반해서 대단한 의욕으로 쓴 작품이 졸작이 되는 예도 결코 드물지 않은 것이다. 이것을 윔세트나 비어즐리는 기계설계사의 예를 이끌어 들여서 설명하고 있다. 기계설계사는 모두가 성능이 좋고 조작이 간편한 트랙터를 설계하고자 한다. 그러나 실제 공장에서 제작되어 나온 트랙터 가운데는 반드시 성능이 보장되지 않거나 부분적인 결함을 가진 것이 섞여 있다. 이때의 작자의 의도나 계획은 한 원인에 해당된다.[29] 그리고 작품은 그 결과로 제작된 것이다. 윔세트와 비어즐리는 의도비평이 결과를 원인만으로 이해·판단하려고 하여 원인이 결과와 어긋날 가능성을 고려에 넣지 못한 허점을 지적했다. 그들이 설정한 '의도의 오류(意圖의 誤謬, Intentional Fallacy)'의 이론은 바로 여기 근거한 것이다.

8. 효용론(效用論)과 감정의 오류

효용론의 바탕이 되고 있는 것은 시의 독자다. 독일문예학에서는 독자를 단순독자와 고급독자로 나눈다. 이 경우 단순독자는 시에 전문적 인식이 없이 소박한 수준에서 작품을 읽는 사람들을 가리킨다. 그에 대해서 고급독자는 문학전공자로 그 가운데서도 상당 수준의 해석, 평가 능력을 갖춘 경우를 뜻한다. 흔히 이 유형에 속하는 사람들을 시론가, 또는 비평가라고 한다. 어떻든 이 비평의 효

---

29 W. K. Wimsatt, *The Verbal Icon* (University of Kentucky Press, 1967), pp.4-5 참조.

용론의 지표가 되는 것은 독자의 반응이다. 한 시가 독자에게 어떻게 읽히는가. 그 작품이 호평이 되는가 또는 혹평을 받는가가 이 비평의 가늠자가 되는 셈이다. 그러나 문학작품을 평가하는 자리에서 이렇게 소박한 논리는 통용되지 않는다. 앞에서 우리는 거듭 시가 언어의 예술이란 점을 확인했다. 그런데 시의 언어는 우리가 일상 쓰는 말과 크게 다른 속성을 띠고 있다.

일상생활의 자리에서 쓰는 말이라면 우리는 어려서부터 그것을 수없이 듣고 말해 왔다. 따라서 거의 기계적으로 그것을 써도 청자는 그 내용을 어렵지 않게 이해할 수 있다. 따라서 아주 손쉽게 청자의 반응을 기대할 수 있다. 그러나 시는 그와는 다른 예술의 한 양식이다. 특히 좋은 시는 그에 앞서 관습적인 면이라든가 평균치에 의한 소통의 상태를 벗어난 차원을 지향하는 언어 예술의 한 양식이다. 바로 여기에 시가 독자와의 상관관계에 신경을 써야 할 이유가 있다. 또한 시에는 반드시 창조적 측면, 개성이 확보되어야 한다. 그런데 그런 측면 역시 시인 혼자만이 결정할 수는 없다. 좋은 시는 그 울림과 속뜻을 기능적으로 파악할 수 있는 독자만이 제대로 알 수 있다.

시가 일반 독자의 공인 내지 찬동을 받아야 할 이유는 좀 더 근본적인 차원에서도 제기된다. 이미 밝혀진 바와 같이 시는 자연 그 자체가 아니다. 그것은 우리 인간이 만들어낸 특수 창작물에 속한다. 자연이라면 우리는 그것을 이용할 수도 있고, 그냥 버려둘 수도 있다. 그런데 일껏 우리가 힘들여서 만들어낸 시가 그렇게 될 수는 없다. 그것은 어떻게든 그 누구에게 유의성을 가지는 존재가 되어야 한다. 여기에 시가 독자와의 상관관계로 이야기될 수 있는 효용론(效用論)의 기틀이 마련되어 있는 셈이다. 나아가서 시의 속성을 생각해 보면 이런 요구는 이중으로 우리에게 유의성을 가진다. 아리스토텔레스식에 따르면 시는 실용적 기술(實用的 技術)의 갈래에 속하지 않는다. 이미 드러난 바와 같이 그것은 심미적인 차원을 지향하는 예술양식인 것이다. 처음부터 실용성을 생각하면서 만든 물건이라면 그들은 어떤 형태로든 일반 사람들이 찾게 될 것이다. 그러나 시는 처음부터 그런 차원을 사상(捨象)한 상태에서 만들어낸 예술의 한 양식이다. 그렇다면 거기에는 일반 사람들에게 사랑받을 수 있는 것이 될 가능성과 함께, 전혀 그렇지 못한 경우가 예상될 수 있다. 그리고 그것을 결정하는 것은 제작자가 아니라 독자들이다. 바로 여기에 시와 독자의 상관관계가 거듭 강조되어야 할 또 하나의 이유가 있는 것이다.

시가 독자에게 불러일으키는 효용에는 크게 보아 두 가지가 있다. 그 하나는 심리적 효과이며 다른 하나가 교훈적 효과이다. 시를 말하는 자리에서 이와 같이 이분법(二分法)을 써서 그 효용을 말한 최초의 사람은 로마의 시인 호라스다. 그는 「작시법(Ars Poetica)」으로 통칭되는 긴 서간체 글에서 "시인의 소원은 가르치는 일, 또는 쾌락을 주는 일, 또는 그 둘을 아울러 하는 일"이라고 말한 바 있다.

여기서 우리가 주목해야 할 것은 호라스의 포괄적인 입장이다. 분명히 그는 시가 교훈을 줄 수도 있고 쾌락을 줄 수도 있다고 쓰기는 했다. 그리고 그 포괄, 종합형태가 있다고 밝혀 두는 것도 잊지 않았다. 그러나 여기서 우리가 기억해야 할 것은 그의 이런 말이 작시법(作詩法)에서 나타나고 있는 점이다. 만약 그가 시의 교훈적인 면만을 강조하고 싶었다면 시를 효과적으로 쓰는 기술에 대한 언급은 거의 무의미한 게 된다. 왜냐하면 도덕 윤리상의 교육은 그 내용이 되는 훌륭한 알맹이가 주가 되기 때문이다. 본래 기술이란 교육의 영역이지 시의 영역이 아니다. 그런데 분명히 호라스는 같은 글에서 시는 미(美)를 추구해야 하며 그것만으로도 부족하다고 했다. "미(美)만으로 청중을 이끌고자 해도 그들은 그로써 만족하지 않는다." 이어서 호라스는 시가 그들을 울고 웃겨야 한다는 주장을 내세우고 있는 것이다.[30] 이것은 분명히 그의 시론이 기법보다 효용면을 향한 경사를 더 크게 가지는 것임을 뜻한다.

호라스에 이어 교훈 대 쾌락의 문제를 다룬 비평가에 P. 시드니와 J. 드라이든이 있다. 시드니는 호라스처럼 시의 교훈성을 부차적인 것으로 돌리지 않았다. 그 대신 그는 그것을 정서와 결부시켜서 논하고 있다. 이 경우 정서란 움직임(moving)에서 온 말이다. 시는

---

30 Ars Poetica의 원명은 Epitola ad Piosones (Epistle of Pisos)다. 그러니까 이것은 그가 귀족 자제인 Pisos에게 준 편지 형식의 글로 이루어진 것이다. 그 내용이 주로 작시법으로 되어 있어 위와 같은 명칭이 후에 붙었다. 우리 주변의 이에 대한 언급은 최재서, 「문학의 목적, 기능, 효용」, 「문학원론(文學原論)」(춘조사, 1957), p.23에서 이루어졌다.

어떻게든 독자를 감동시켜야 한다는 생각이다. 그에 의하면 인간에게 약이 되는 교훈 내용은 알맹이로 있는 것이다. 시는 그것을 정서라는 포장으로 싸서 독자가 즐길 수 있도록 만들어야 한다. 여기서 이 목적 달성을 위해 시드니는 시인이 생동감을 가지며 정열적 문체를 써야 한다고 주장했다.[31] 우리가 흔히 말하는 예술작품 당의정설(糖衣錠說)은 여기에 근거를 둔 것이다.

시드니의 생각은 일종의 윤리 우선주의라고 할 수 있다. 그가 생각한 시의 세계는 윤리, 도덕적으로 훌륭한 것이어야 했다. 그것으로 시가 독자를 교화할 수 있다고 본 것이다. 드라이든은 이에 대해서 일종의 심리주의를 택했다. 그는 주로 연극을 중심으로 문학론을 전개했다. 그런데 그에 따르면 작품이 우리에게 기쁨을 주는 까닭은 그 본질에 있어서 인간이 재현되기 때문이다. 연극에서 관객들은 공연물들을 보는 가운데 배우와 일체가 된다. 그리하여 그들의 심리상태와 똑같은 세계에 이른다. 여기에 바로 동조와 감동의 도식이 이루어진다는 것이다. 그러면서 드라이든은 표현과 형식의 문제를 강조한다. 그에게 있어서 내용은 형식에 우선한다. 그러나 그것이 관객과 청중, 독자들에게 널리 공감의 장을 일으키지 않고는 그 작품이 성공했다고 볼 수 없다. 이것은 시에 진리의 보편화를 위한 수속 내지 절차에 대한 요구가 추가됨을 뜻한다. 이때에 진

---

31 David Daiches, *Critical Approaches to Literature*, pp.70-71.

리의 세계가 구체화되는 상상적 방식이 바로 표현이다. 드라이든은 이 단계에서 구성과 문체, 허구와 시어(詩語) 등의 문제가 제기된다고 보았다. 여기에 나타나는 바와 같이 결국 효용론이란 어떻게 작품을 효과적으로 전달을 할 것인가 하는 문제를 남긴다. 그것은 현대 이전의 비평에서 수사학의 과제가 된다. 이제까지 우리가 흔히 효용론을 수사학적 관점으로 바꾸어 이야기하는 까닭이 여기에 있는 셈이다.

신비평가들은 시인론이 일으키는 부작용을 경계한 것과 꼭 같은 시각에서 효용론, 곧 독자론에도 난점이 있는 것으로 판단했다. 윔세트와 비어즐리에 따르면 그것은 독자가 갖게 되는 마음속의 효과와 시 자체의 짜임새를 혼동하는 일이다. 말을 바꾸면 원인, 결과 관계를 혼동하고 있는 것이다. 이때의 작품은 원인이다. 그에 대해서 독자의 반응은 결과에 해당된다. 윔세트는 효용론에서 빚어지는 오류가 바로 독자의 반응이라는 결과를 시와 혼동하는 것이라고 보았다. 이것을 그는 "감정(感情)의 오류(誤謬)(Affective Fallacy)"라고 정의했다.[32]

감정에 관한 오류는 시 작품과 그것이 낳는 결과를(그것이 있는 바의

---

32 W. K. Wimsatt, op. cit, p.21. The Affective Fallacy is confusion between the poem and its results (what it is and what it does). ··· It begins by trying to derive the standard of criticism from the psychological effects of the poem and ends in impressionism and relativism.

것과 그것이 하는 바의 것을) 혼동하는 것이다. … 그것은 비평의 기준을 시가 낳는바 심리적 효과에서 이끌어내고자 하는 것에서 시작하여, 인상주의나 상대주의가 되어 끝난다.

제 3 장

—

신비평의 이론과 실제

처음 리처즈와 브룩스 읽기로 시작된 내 신비평 익히기에는 뚜렷한 방향감각이 없었다. 애초부터 귀동냥에 지레짐작을 밑천으로 시작한 공부였다. 그 나머지 적지 않은 시행착오 과정을 거쳤다. 그런 상태에서 친구나 선배들을 찾아다니며 T. E. 흄, 에즈라 파운드의 책들을 얻어 읽었으며 르네 웰렉과 W. K. 윔세트의 비평사를 구할 수 있었다. 그 무렵 나는 같은 또래의 연구자 가운데 르네 웰렉의 『문학의 이론(Theory of Literature)』을 일곱 번째 읽고 있다고 말한 친구도 만났다. 그때까지 대부분의 책들을 건성으로 넘긴 나는 그의 말에 상당한 충격을 받았다.

1. 신비평과 위기 의식

초동단계의 내 신비평 읽기는 J. C. 랜섬의 『신비평(The New Criticism)』을 입수하게 되면서 제2단계에 들어갔다. 1941년에 초판이 나온 이 책은 초창기부터 신비평운동의 사령탑 구실을 한 J. C. 랜섬이 그가 지휘, 총괄한 신비평의 흐름을 집약·제시한 비평서였다. 이 책에서 랜섬은 그가 지향한 비평이 본체론에 입각한 것임을 명백히 했다. 이 책을 읽게 되자 나는 비로소 랜섬이 시를 세계 인식의 한 방법으로 생각한 비평가임을 알았다. 그가 나타나기 전 서구에서 근대문학과 시는 기계문명을 토대로 한 도시문화를 배경, 여건으로 삼고 형성된 것이었다. 그 이전 서구에서 시는 낭만파가 흔히 지향한 자연과 전원의 노래였다. 그것이 산업사회의 출현과 함께 낭만파의 목가조 서정시는 낡은 유형의 시로 규정되었다. 근대 기계문명의 집약판인 도시로 그 무대가 이동된 결과였다. 랜섬은 이런 상황을 자연에 기반을 두어야 할 문명의 위기이며 인간본성을 망각한 데서 빚어진 세계 인식의 혼란이라고 생각했다. 그 나머지 그는 반기계문명의 길을 모색하였고 그 방법의 하나로 서정시를 통한 세계 인식의 새 기틀 마련을 시도했던 것이다.[01] 『신비평』의 마지막 장을 통해서 랜섬의 그런 생각을 읽게 되자 나는 비로소 신비평의 노림수가 어디에 있는 것인지 가늠이 되었다. 한마디로 내 뉴크리티시즘의 공부는 그의 저서 한 권을 읽고 나서 비로소 제자리를 잡게 된 것이다.

이력서 사항을 살펴보면 랜섬은 미국의 남부 출신으로 아버지가 보수파 교회의 선교사였다. 20세기 초에 그는 내슈빌에 있는 벤더빌트대학에서 수학했다. 1910년 옥스퍼드에 유학한 다음 귀국하여 모교에서 교편을 잡았다. 당시의 학생들이 D. 데이비슨(Davison), 스

---

01 J. C. Ransom, *The New Criticism* (Westport, 1979) 제4장, Wanted ; an Ontological Critic 참조.

탠리 존슨(Stanley Johnson), 얼렉 스티븐슨(Alec Stevenson), 나타니엘 허쉬(Nathaniel Hirsch) 등이었다. 이들은 랜섬 주변으로 모여들어 문학론을 펼치게 되었고 그와 아울러 시를 써서 합평회도 열었다.

제1차 세계대전이 발발하자 랜섬은 징집을 당하여 프랑스 전선에 투입되었다. 제대 후 모교로 돌아가자 그의 주변에 A. 테이트를 필두로 R. P. 워렌, C. 브룩스 등이 모여들었다. 신진기예의 전공자들이 모이게 되자 그들은 자연스럽게 문예비평전문지 The Fugitive를 기획, 발간했다(1922). 훗날 퍼지티브 그룹이라고 호칭된 랜섬 이하의 신비평가들의 집단활동이 이때부터 형성되었다.

2. 구조분석의 시론

여기서 우리는 뉴크리티시즘의 기본 입장이 된 시론의 내용을 크게 네 개의 항목으로 요약해 볼 수 있다. 첫째, 그것은 주로 시(詩)를 다룬다. 이것은 뉴크리티시즘이 유파로서의 활동을 전개하는 가운데 자연스럽게 이루어진 경향이다. 본래 랜섬이 테이트 이하 여러 비평학도들을 모을 때부터 시도한 것이 비평을 이론 추구에 그치는 것이 아니라 시를 기능적으로 해석, 평가하는 지름길을 마련하는 일이었다. 시 가운데도 서정시의 올바른 이해, 파악이 발족 당시부터 그들이 노린 최대의 목표였다.[02]

둘째, 뉴크리티시즘은 시(詩)를 그 자체로서만 이해, 파악하고자 했다. 그들은 다른 여건, 곧 작품의 제작자나 독자, 작품의 형성 여건, 시대 배경 등을 이끌어들이면 시를 올바르게 이해하는 데 차질이 일어난다고 생각했다. 그런 부속 여건을 고려에 넣지 않아도 시는 그 자체에 그것을 이해, 평가하는 데 필요한 모든 요소를 다 갖추고 있다고 생각했다. 이것은 작품이 그 자체로 '자족(自足)한 존재(存在)(being of self-sufficient)'임을 뜻한다. 이런 논리에 따르면 언제나 작품은 객관적으로 평가되어야 할 제3의 실체이다. 이 비평에 대해 객관주의분석비평이라는 별칭이 붙는 까닭이 여기에 있다.

셋째, 뉴크리티시즘의 기본 원리는 의미론에 입각한다. 이 비평은 시를 그 언어 조건에서 문제 삼는다. 그런데 이때 언어 조건이란 말들이 모여서 빚어내는 독특한 의미의 흐름을 가리키는 것이다. 이런 이유로 뉴크리티시즘은 시의 언어가 과학의 언어와 그 속성을 근본적으로 달리한다고 주장한다. 과학의 언어가 요구하는 것은 관련 대상 내지 지시물을 정확하게 가리키는 것이다. 그러나 시의 언어에서 문제되는 것은 어느 정도로 정서적인 반응을 일으킬 수 있는가 하는 점이다. 그러면서 뉴크리티시즘은 시의 의미를 올바르게 파악하기 위해서 몇 가지 그 열쇠가 되는 요소가 있다고 보았다. 그것이 곧 시의 기본 요소들인 리듬이나 비유, 이미지, 상징 등이다.

02 Alex Preminger (ed.), *Encyclopedia of Poetry and Poetics* (Princeton University Press, 1965), pp.567-568.

넷째, 뉴크리티시즘은 비평의 원론 내지 시학을 내세우기보다 작품 자체를 즐겨 다루는 경향이 있다. 이런 의미에서 이 비평은 실제 비평의 단면을 강하게 지니고 있는 것이다. 실제 작품을 분석, 검토하기 위해서 뉴크리티시즘은 시가 지닌 여러 요소 사이의 역학적 상관관계를 파악하고자 한다. 구체적으로 이 비평은 단어와 단어 사이의 관계라든가, 의미의 부분과 부분이 지니는 의의, 이미지나 상징들 사이에 나타나는 여러 상관관계와 흐름, 그리고 행과 행, 연과 전체 작품이 갖는 상관관계를 파악하고자 한다. 이것은 이 비평이 작품을 하나의 의의 있는 총체, 또는 음성과 의미의 유기적 형태로 보기 때문이다. 그리고 작품을 총체적으로 이해, 파악하기 위해서 뉴크리티시즘은 항상 시의 구조를 문제 삼는다. 한마디로 뉴크리티시즘은 시를 언어가 이루어낸 특수한 조직과 구조로 보는 것이다. 이런 이유에서 우리가 이 비평에 대해 객관주의 구조 비평이라고 규정하는 이유가 여기에 있다.

3. I. A. 리처즈: 일상적 언어와 시의 언어

뉴크리티시즘이 시를 언어의 조건으로 문제 삼는다는 것은 무엇을 뜻하는가. 여기서 우리가 짚고 넘어가야 할 것이 시의 표현매체가 되는 말의 특수성이다. 두루 알려진 바와 같이 표현매체를 말로 삼는 예술 양식은 시에만 국한되지 않는다. 시, 소설, 희곡, 수상 등 다른 문학 양식들도 표현매체를 말로 삼는 점에서는 다 같은 언어의 예술이다. 그렇다면 뉴크리티시즘은 이렇게 제기되는 의문에 대해 어떤 이론적 토대를 가지고 출발한 것인가. 이런 경우 우리에게 좋은 보기가 되는 것이 랜섬이 뉴크리티시즘의 선구라고 손꼽은 I. A. 리처즈의 경우다.[03]

일상생활에서 우리가 쓰는 말은 소리와 뜻으로 이루어진다. 가령 우리가 '소나무'라는 말을 하는 경우 그 소리는 몇 개의 자음과 모음의 조합으로 이루어진다. 그리고 그 뜻은 우리나라의 산과 들에 널리 분포되어 있는 상록, 침엽수를 가리킨다. 이것을 기호화하여 한글로 적은 것이 '소나무'다. 이때 말의 뜻을 이루는 개념은 우리 머릿속에 있는데 그것을 우리가 소리나 문자로 표현하게 되면 그 말은 반드시 관련대상(referent)을 갖게 된다. 이때 말은 세 항목으로 도식화가 가능한 구조적 측면을 갖는다. 그것이 ① '소나무'라는 생각, 또는 관념, ② 소리나 문자로 바꾸는 과정에서 생기는 기호화와 그와 함께 일어나는 인과관계, ③ 기호화와 그에 대응되는 관련 대상과 사이의 인과관계 등이다. I. A. 리처즈는 이 사이의 관계를 도표로 제시한 바 있다.[04]

03 Ransom, *op. cit.*, p.3.
04 C. K. Ogden and I. A. Richards, *The Meaning of Meaning* (New York and London, 1946), p.11.

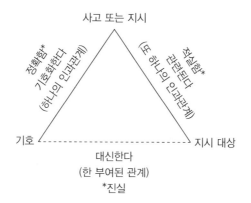

여기 나타나는 바와 같이 일상생활에서 우리는 말을 가능한 한 관련대상을 정확하게 지시하도록 쓴다. 생각이나 관념을 기호화하는 과정에서 그것을 관련 대상과 유기적인 상관관계가 이루어지도록 쓰는 것이다. 이때의 말이란 그 사용목적을 관련 대상을 정확하게 제시, 표현하는 쪽에 둔다. 그러나 이야기의 초점이 시로 이동하면 이런 도식적 사고는 거의 무의미하게 된다. 이런 경우의 우리에게 한 보기가 되는 것이 유치환(柳致環)의 울릉도다.

동쪽 먼 심해선(深海線) 밖의
한 점 섬 울릉도로 갈꺼나,

금수로 구비쳐 내리던
장백(長白)의 멧부리 방울 뛰어,

애달픈 국토(國土)의 막내
너의 호젓한 모습이 되었으리니,

창망(蒼茫)한 무구비에
금시에 지워질 듯 근심스레 떠 있기에
동해 쪽빛 바람에
항시 사념의 머리 곱게 씻기우고,

지나 새나 뭍으로 뭍으로만
향하는 그리운 마음에,
쉴새없이 출렁이는 풍랑 따라
밀리어 오는 듯도 하건만

멀리 조국(祖國)의 사직(社稷)의
어지러운 소식이 들려올 적마다,
어린 마음의 미칠 수 없음이
아아 이렇게도 간절함이여!

동쪽 먼 심해선(深海線) 밖의
한 점 섬 울릉도로 갈꺼나.

이 시에서 관련대상에 해당되는 것은 '울릉도'라는 한 섬이다. 화자가 이것을 생각하는 순간 이 시에 쓰인 말의 첫 단계가 시작된다. 그것을 기호화함으로써 '울릉도', 곧 '鬱陵島'라는 기호표기가 성립되는 것이다. 그런데 이 시에서 '울릉도'의 뜻은 우리 국토의 한 부분인 '울릉도'를 정확하게 지시하는 쪽으로 사용되어 있지 않다. 우선 지도를 보면 울릉도는 우리 국토의 일부로 동해에 한 자리를 차지하는 섬이다. 일상적 차원에서 이 섬을 말하고자 한다면, 우리는 그 크기와 행정 구역, 인구, 특산물 등을 말해야 할 것이다. 말하자면 사전에 적힌 사실들에 의거하여 그 자연환경이나 인문지식을 정황하게 기술할 필요가 있다. 그러나 이 작품에서 그런 것은 뒷전으로 물러나버린다. 우리 일상생활에서 '국토(國土)'나 '산맥(山脈)'은 하나의 자연에 지나지 않는다. 거기에 연령의 차이라든가 인격의 개념이 적용될 수가 없는 것이다. 그럼에도 이 작품 둘째 연에는 울릉도를 인격적 실체로 제시한 부분이 나온다. 이것으로 시에서 개념 지시에 그치는 차원의 말쓰기는 무의미해진다.

다시 I. A. 리처즈의 말을 따르면, 그는 시의 언어가 일상적인 말과 다른 특성을 갖는다고 보았다. 그는 이 단계에서 시의 언어를 우리가 일상생활에서 쓰는 말과 차별화하여 그것을 "정서적 용법에 의한 언어(emotive use of language)"라고 정의했다. 그에 따르면 언어는 크게 두 유형으로 나누어질 수가 있다. 그 하나가 관련대상을 어김없이, 그리고 정확하게 지시하기를 기하는 말들이다. 이것을 리처즈는 "과학적 용법에 의한 언어(scientific use of language)"라고 명명했다. 그러나 시에 있어서의 말은 그와 달라서 관련대상을 지시하는데 효과적이기를 기하면서 쓰이지 않는다. 거기서 언어는 우리에게 얼마나 효과적으로 정서를 빚어 낼 수 있을 것인가를 염두에 두고 쓰인다.[05] 앞에 보기로 든 유치환(柳致環)의 작품에서 '울릉도'는 그와 같은 각도에서 쓰인 말이다. 여기서 울릉도는 그 개념이 정확하게 지시되어 있지 않고 그보다는 정서적인 반응을 일으키는 쪽으로 쓰여 있다. 그 나머지 일상적인 시각에서 보면 유치환의 시는 부적절한 말로 이루어진 것이 된다. 리처즈는 시(詩)의 언어가 갖는 이와 같은 성격을 다음과 같이 말해 놓았다.[06]

과학적 언어(科學的 言語)에 있어서는 지시에 대한 혼동이 그 자체로 실패일 수가 있다. 목적이 달성되지 않기 때문이다. 그러나 정서적(情緒的 言語)에 있어서는 지시에 대한 오류가 아무리 크다고 하더라도 태도 및 정서에 있어서 일으킬 수 있는 효과가 큰 것이라면 그것은 별로 문제되지 않는다.

---

05 I. A. Richards, *Principles of Literary Criticism* (London, Routledge & Kegan Paul Ltd., 1955), p.267.
06 *Ibid.*, p.268. For scientific language a difference in the references is itself failure : the end has not been attained. But for emotive language the widest differences in reference are of no importance if the further effects in attitude and emotion are of the required kind.

4. 의사진술(擬似陳述)의 개념

I. A. 리처즈의 이론을 통하여 우리는 시의 언어가 일상적인 언어와 어떻게 다른가 하는 차이점을 어느 정도 짐작할 수 있다. 일상용어의 차원에서 보면 시의 언어는 황당무계한 말이라는 느낌을 줄 수가 있다. 일상 쓰는 말을 통해서 우리는 관련대상을 가능한 한 적절하게 지시해 보려고 한다. 그런데 시의 언어는 전혀 그와 성격을 달리하고 있는 것이다. 그러나 이런 이유만으로 우리가 과학적 용법에 의한 언어가 반드시 정확하다고 볼 수는 없다. 또한 일상 우리가 쓰는 전달 위주의 말이 모든 현상에 대해 기능적이라고 생각해서도 안 된다. 각도를 달리해서 생각하면 이들 언어야말로 사실을 어긋나게 전달할 수도 있기 때문이다. 가령 여기서 인간관계를 문제 삼아 보기로 하자. 일상생활에서 우리는 사이가 좋은 두 사람의 관계를 "그 두 사람은 이신동체(異身同體)"라고 말한다. 그리고 이 말을 셈본의 식으로 나타내면 1+1＝1이 된다. 인간관계가 문제되지 않는 물질의 차원에서는 이런 말이 쓰이면 이상해진다. 소박한 차원의 물리적 세계에서 1+1＝2의 수식은 진실인 것이다. 이렇게 보면 셈본의 더하기와 같은 차원의 말은 그런 차원의 세계가 문제될 때만 진실이 보장된다. 그리고 인간과 그 내면세계가 문제되는 차원에서는 또 다른 차원의 말이 쓰일 필요가 있다. 시(詩)와 문학은 물론 물질의 차원이기보다 우리 자신의 내면세계, 곧 감정과 의식

등에 관계되는 세계를 다룬다. 그리하여 그 진실을 포착, 제시하기 위해서는 말이 과학적인 데에 머물거나 일상어의 차원에서 그칠 수가 없다. 이것을 우리는 시의 언어가 갖는 초관련대상(超關聯)적인 성격이라고 할 수 있을 것이다.

시(詩)의 언어가 갖는 초관련대상적 성격은 따지고 본다면 문장 형태 자체를 지배한다. 일상 우리가 생활 속에서 쓰는 언어는 대개 그 말하는 내용이 증명 가능하다. 이것을 I. A. 리처즈는 진술(陳述, statement)이라고 명명했다.[07] 그러나 시에서 쓰이는 말과 그 문장 형태는 과학에 있어서처럼 논증을 하는 일이 불가능하다. 그것은 다만 어떤 태도(attitude)에 의해서 수용될 뿐이다. 이에 대해서는 앞에 든 유치환의 시를 다시 생각해 보는 것이 좋겠다.

'울릉도'를 가리켜 "장백(長白)의 멧부리 방울 뛰어"라고 한 것은 증명이 불가능한 차원이다. 실제 태초(太初)의 지각 변동이 어떻게 된 것인가, 한반도와 그 부속도서의 형성이 어떤 모양으로 이루어진 것인가, 이런 사실을 과학의 차원에서 증명해 낼 사람은 아무도 없기 때문이다. 그러나 이처럼 과학적 증명이 가능하지 않다고 해서 '울릉도'의 이 부분이 허황되고 부질없는 말의 사용이라고 할 수는 없다. 우리는 이 부분을 읽고 적어도 어떤 마음속의 감흥 같은 것을 맛본다. 이것은 이 시의 소재인 울릉도가 우리 마음속에

---

07 I. A. Richards, *Poetries and Sciences* (New York: W. W. Norton Co, 1970), pp.57-58.

서 정서의 한 형태로 바뀌어진 것임을 뜻한다. 그와 함께 우리에게
는 독특한 감흥이 일어나며 태도가 조정되는 것이다. 이런 언어가
빚어내는 상태를 I. A. 리처즈는 진술이 아닌 또 다른 차원에 속하
는 언어 형태로 보았다. 여기서 문제가 되는 것은 관련 대상의 적절
한 지시가 아니라 충동과 태도를 효과적으로 조정하는 일이 된다.
그리하여 리처즈는 이런 언어의 형태를 의사진술(擬似陳述, pseudo
statement)이라고 명명하고 있는 것이다.[08]

> 의사진술(擬似陳述)은 우리의 충동과 태도를 풀어 놓거나 조직하여
> 얻어내는 효과로써(이는 이러한 태도의 조직들곧 시작품(詩作品)을 서로
> 비교할 때 보다 좋은 것인가, 혹은 나쁜 것인가에 대한 적절한 고려
> 를 가지고 나서의 말이다) 전적으로 정당화되는 하나의 언어형식이
> 다. 진술(陳述)은 이와 반대로 그것이 진리인 경우, 즉 전문적 의미
> 에서 그 진술(陳述)이 지적하는 사실과 부합될 때에 비로소 정당화
> 된다.

리처즈가 말하는 진술(陳述)과 의사진술(擬似陳述)의 구별을 좀 더
명확히 해두기 위해서 우리는 사실과 사실 아닌 것의 뜻을 명백히

---

08 *Ibid.*, pp.58-59. A pseudo-statement is a form of words which is justified entirely by its effect in releasing or organizing our impulses and attitudes (due regard being had for the better or worse organizations of these *inter se*); a statement, on the other hand, is justified by its truth, *i.e.*, its correspondence, in a highly technical sense, with the fact to which it points.

할 필요가 있다. 이미 드러난 바와 같이 리처즈는 관련대상 내지 사실에 부합하기를 기하면서 쓰이는 언어를 진술이라고 명명했다. 그리고 시의 언어는 그와는 다른 입장에서 쓰인 것이기 때문에 의사진술이라고 정의했던 것이다. 그렇다면 이런 경우의 사실이란 대체 무엇을 가리키는 것인가. 우리는 흔히 '나무'나 '강물', '학교건물'과 '법령'이나 '제도'가 사실이라고 말한다. 구체적으로 그것은 형태를 갖추고 있거나 문자화되어 있기 때문이다. 그러나 그와는 모양을 달리하는 기분이나 감정은 어떤가. 우리는 누구에게 칭찬을 들었을 때 아주 기분이 좋아진다. 그와는 달리 어떤 사람에게 부당한 비난을 받았을 때 기분은 상해 버린다. 이때 우리가 갖게 되는 기분이나 감정은 물론 '나무'나 '강물', '학교 건물'처럼 뚜렷한 윤곽으로 나타나는 실체가 아니다. '법령'이나 '제도'처럼 그 의미내용이 정확하게 결정되어 있는 것도 아니다. 하지만 그렇다고 그들이 전혀 없다고 하지는 못한다. 그것으로 우리가 웃거나 즐거워하며 그 반대로 성을 내고 마음을 아파할 수도 있기 때문이다. 이것은 기분이나 감정 역시 법령이나 제도, 건물이나 식물처럼 엄연한 실재임을 뜻한다. 의사진술(擬似陳述)은 바로 이와 같은 사실에 관계되는 또 다른 의미의 언어 형태다. 이런 의미에서 시의 언어는 진술의 경우와 차원을 달리하는 제3의 언어이다.

5. 배제시(排除詩)와 포괄시(包括詩)

우리가 시(詩)의 언어를 효과적으로 이해한다는 것은 시를 그 자체로 인식하는 입장과 불가분리의 상관관계를 갖게 되는 일이다. 그리고 시 또는 문학을 이해하는 길에는 여러 가지가 있다. 그 가운데 하나로 I. A. 리처즈는 게슈탈트 심리학을 원용한 바 있다. 그에 따르면 본래 사물은 좋은 게슈탈트를 지향하는 성향이 있다. 그것은 불안하거나 혼잡스럽고 불규칙한 상태에서 벗어나고자 하는 성향을 강하게 띤다. 그 연장 형태로 우리는 정리, 안정된 마음의 상태를 지향하려는 심리를 가진다. 따라서 혼잡스럽고 불규칙한 것들도 체계화의 법칙에 따라 변형을 시키면 좋은 게슈탈트에 이른다. 한편 인간이 일상생활에서 얻는 경험이나 충동은 아주 다양하고 복잡하다. 그런데 시와 예술의 존재 의의나 효용은 바로 이와 같이 잡연한 경험과 충동들을 억누르지 않고 수용하여 조절해가는 데 있다. 이제 우리가 시를 이와 같이 보면 그 효용은 뜻밖에도 실용적인 면을 가지는 것이다. 일상생활에서 우리가 갖는 욕망이나 충동은 거의 무한정이다. 그리고 그들은 대개가 방향감각이 없고 자의적이다. 그리하여 그들을 방임상태로 두면 그 체험 내용들이 우리 마음속에서 심한 알력 마찰을 일으킬 것이다. 그것을 조정하는 기능을 행할 수 있는 것이 예술이며 시다. 리처즈는 이런 시각에서 시의 이상적인 형태를 잡다한 내면적 충동을 수용, 포괄하는 것이라고 보았다.

다음 시가 충동을 조정하는 방식은 일정하지 않다. 어떤 시(詩)는 우리 자신의 내면에 일어나는 여러 충동을 두루 포괄 수용하는 입장을 취한다. 그러나 어떤 유형의 작품 가운데는 그렇지 않은 것도 있다. 시인에 따라서는 충동을 조정하는 방식으로 그가 원하는 요소만을 택하고 그 밖의 것은 제외하는 예가 있는 것이다. 리처즈는 전자와 후자를 나누어서 그 하나를 '배제의 시'라고 보았다. 그리고 후자를 '포괄의 시'라고 정의하고 있다.[09]

갖가지 충돌이 조정되는 길에는 두 가지가 있다. 즉 배제(排除)에 의한 것과 포괄(包括)에 의한 것, 다른 말로 하면 종합에 의한 것과 삭제(削除)에 의한 것이 그것이다. 물론 어떤 심리 상태가 통일적으로 이루어지기 위해서는 반드시 이 쌍방의 작용이 필요한 것이지만 적어도 심리적 반응을 좁힘으로써 비로소 안정과 질서를 얻는 종류의 경험과 그것을 넓힘으로써 동일한 것을 얻는 종류의 경험과는 대비가 되어도 좋을 것이다. … 이들 두 종류의 시에 있어서 경험의 구조는 서로 다르다. 그리고 그 차이는 주제(主題)의 차이가 아니라 그

---

09 There are two ways in which impulses may be organised; by exclusion and by inclusion, by synthesis and by elimination. Although every coherent state of mind depends upon both, it is permissible to contrast experiences which win stability and order through a narrowing of the response with those which widen it. … A poem of the first group is built out of sets of impulses which run parallel, which have the same direction. In a poem of the second group the most obvious feature is the extraordinarily heterogeneity of the distinguishable impulses, I. A. Richards, *Principles of Litereary Criticism*, pp.249~250.

경험 속에 움직이는 몇 개의 충동 상호간에 있어서의 한계의 차이다. 첫째 유형의 시(詩)는 평행으로 달리며 동일 방향으로 향하는 몇 개 조(組)의 충동에서 이루어진다. 둘째 유형의 시에 있어서는 명백하게 구별되는 얼마간의 충동이 지니는바 특이한 이질성이 최대의 특징을 이룬다.

리처즈의 생각을 현대시의 해석에 대입시키면 재미있는 이야기가 이루어진다. 널리 알려진 바와 같이 현대사회에서는 서로 모순 충돌하고 갈등을 일으키는 여러 경험 내용들이 저마다 그 존재의의를 주장한다. 그리고 시(詩)는 이런 상황 속에서 그 영향력을 행사하고 효용 가치를 확보하지 않으면 안 된다. 이런 관점에서 보면 당연히 시는 충동의 조정에 있어서 포괄, 종합의 입장을 취할 필요가 있다. 여기에 리처즈가 그의 상상력론에서 포괄의 시(inclusive poetry)를 내세우고 비극이 지닌 카타르시스의 단면을 강조한 까닭이 있는 셈이다.[10]

C. 브룩스는 리처즈의 생각을 받아들이면서 그 나름대로 재해석을 가하는 입장을 취했다. 그는 다른 신비평가들이 그런 것처럼 영시(英詩)의 전통 속에 흐르는 형이상파시(形而上派詩)의 맥락에 주목했

---

10 *Ibid.*, pp.245-246. 여기서 리처즈는 서로 어긋나는 성격이나 알력마찰을 일으키는 개념들이 균형이나 조화를 이루는 좋은 보기로 비극을 문제 삼았다. 예컨대 연민의 정과 공포의 감정은 전혀 상반되는 것이다. 그런데 이 두 개의 경험 내지 충동이 비극에서는 하나로 조화되어 카타르시스가 된다는 것이다.

다. 그리하여 '이질적 관념(異質的 觀念)'들이 그 나름대로 한 작품 속에 수용되어 있는 형이상시를 좋은 시, 포괄과 결합이 이루어진 시로 보았던 것이다. 그에 따르면 관념시는 나쁜 시가 된다. 거기에는 형이상시에서처럼 종합과 포괄의 단면이 잘 나타나지 않기 때문이다.[11]

리처즈와 브룩스의 생각을 우리는 한국 현대시에 적용시켜 볼 수 있다. 흔히 초창기의 한국 현대시에는 서경(敍景)에 머문 작품이나 감상의 차원에 그친 예가 많이 나타난다. 예컨대 주요한의 몇 개 서정소곡이나 김억(金億)의 초기 작품들에는 산과 들, 바다와 봄, 가을을 무대로 삼은 것이 적지 않다. 거기서 화자는 대체로 자연풍광을 즐기면서 제 나름의 생각에 젖는다. 그리고 거기서는 작품의 소재들이 화자가 가진 의도의 성격에 따라 취사, 선택된 단면이 나타난다.

오다 가다 길에서
만난 이라고
그저 보고 그대로
갈 줄 아는가.

뒷 산(山)은 청청(靑靑)
풀 잎사귀 푸르고

11 Cleanth Brooks, *Modern Poetry and Tradition* (The University of North Carolina Press, 1965), pp.44-46.

앞 바단 중중(重重)
흰 거품 밀려든다.

산(山)새는 죄죄
제 흥(興)을 노래하고
바다엔 흰 돛
옛 길을 찾노란다.

자다 깨다 꿈에서
만난 이라고
그만 잊고 그대로
갈 줄 아는가.

십리포구(十里浦口) 산(山)너먼
그대 사는 곳,
송이송이 살구꽃
바람과 논다.

— 김억(金億), 「오다가다」 전문

김억의 이 작품에는 거기에 제 나름의 미덕(美德)이라고 할 부분
이 있다. 김억이 이 작품을 발표한 것은 1920년대 후반기였다. 당시

우리 주변의 시는 아직 제 나름의 세계를 갖지 못한 채 서구추수주의(西歐追隨主義)에 젖어 있었고 우리 시단의 몫으로 이야기될 가락도 빚어 내지 못한 상태였다. 그 말씨 또한 정리 정돈되었다기보다는 거칠고 소박한 편이었던 것이다. 그런데 이 작품으로 대표되는 김억의 시들에는 그런 과도기적 현상이 어느 정도 지양, 극복되어 있다. 그런 의미에서 이 작품에는 20년대의 한국 시단에서 수준작으로 이야기될 자격, 요건을 지닌 것이었다. 그러나 이런 장점과 함께 여기에는 얼핏 보아도 지나쳐 버릴 수가 없는 제재상의 단조로움이 나타난다.

이 작품의 동기에 해당되는 것은 봄날에 화자가 느낀 감흥이라고 할 수 있을 것이다. 그것을 효과적으로 제시하기 위해서 김억(金億)은 일련의 정경을 제시하는 입장을 취했다. 그런데 여기에 나타나는 소재는 크게 나누어 산과 바다이다. 그리고 이들 두 상관물들에 곁들여진 매체들은 다음과 같은 심상을 지닌 것들로 되어 있다. 산 → 풀잎사귀[청청(靑靑)함] → 산새(죄죄 제 흥을 노래함), 바다 → 파도(흰거품이 밀려옴) → 배(흰돛). 이렇게 도식화시켜 보면 드러나는 바와 같이 김억은 그의 작품에서 제재가 된 사물들을 극도로 단순화시키고 있는 셈이다. 이것은 이 시가 포괄시라기보다 다분히 배제의 시에 가까운 것임을 뜻한다. 김억 시가 보여주고 있는 이와 같은 경험의 단순화는 그 부작용이 적지 않은 것으로 판단된다. 이미 드러난 바와 같이 김억은 이 시에서 가능한 한 부드럽고 고운 느낌을 주는 언어를 택한 자취를 드러낸다. 이런 단면과 함께 이 시에 서로 상충되는 이질적 요소들이 한 자리에 엮여져 문맥화가 이루어졌다면 어떻게 되었을까. 그때 우리는 상당히 역동적인 의미내용에 아름다운 가락으로 교직된 시를 대할 수 있었을 것이다. 그럼에도 우리 현대시단에서 선구적인 위치에선 그의 시는 후자를 사상한 채 전자만을 살린 길을 택했다. 결과 그의 시에서 곱고 부드럽기는 하나 현대시의 자격 가운데 또 하나가 되는 구조적 역동성을 사상한 것이 되어 버렸다.

6. W. 엠프슨의 방법, 애매성의 이론

이미 밝혀진 바와 같이 시의 언어는 관련대상을 정확하게 가리키는 데 그 목적을 두지 않는다. 또한 그것은 정서적 용법에 의거해야 하기 때문에 그 의미의 테두리를 명백하게 드러내지 않을 가능성을 점치게 한다. 시의 언어의 이런 단면에 주목하여 그 나름의 이론을 개발해 낸 예로 W. 엠프슨이 있다. 그 이전에는 시어의 애매성은 극복되어야 할 과제로 생각되고 있었다. 그것을 엠프슨은 반대 입장을 취하여 애매성이야말로 시의 언어가 지닌 특성이며 중요한 자산이라고 보았다.

엠프슨에 따르면 시의 언어가 뜻의 그 테두리를 명쾌하게 드러내지 않는 성격은 애매성(ambiguity)이 된다. 이것을 엠프슨은 "아무리 사소한 것일지라도 어떤 일정한 언어표현에 따른 반응을 허용하는 언어의 뉘앙스"[12]라고 정의하였다. 시가 쓰는 표현매체도 일상 우리가 쓰는 말의 속성을 토대로 한다. 그런데 본래 말과 그 전개 형태인 문장에서 내용과 형식의 관계는 필연적인 게 아니라 자의적(恣意的)인 것이다. 필연적인 것이 아니라 자의적인 것이기 때문에 문장론상으로 볼 때 시의 언어에는 우연성이 개입할 소지가 생긴다. 그리하여 구문론상으로 보면 한 문장에서 두 가지 이상의 의미가 공존할 가능성이 생기게 되는 것이다. 언어학자들이 말하는바하나의 표면적 문장구조(surface structure)가 두 가지 이상의 심층 문장구조(deep structure)를 내포하는 복합성이 여기에서 빚어지는 것이다. 이와 아울러 시는 일반 산문과 달라서 그 사용하는 어휘의 함축적 의미가 더 풍부해지도록 쓰려는 경향이 있다. 시의 언어가 애매해지는 까닭은 시의 이런 속성에서도 얼마든지 예견되는 일이다. 엠프슨이 포착해서 밝히고자 한 것은 바로 이와 같은 언어의 진실이며 동시에 시의 진실이다.

그에 따르면 시의 언어가 갖는 애매성은 대충 일곱 가지로 나누어진다.[13] 우선 애매성의 원형이라고 할 수 있는 것이 ① 한 낱말 또는 문장이 동시에 여러 방향으로 효과를 미치는 경우이다. 그리고

---

12 William Empson, *Seven Types of Ambiguity* (Penguin Books, 1965), p.1.
13 엠프슨이 말한 애매성의 여러 유형에 대한 것은 이미 이승훈(李昇薰) 교수가 그의 『시론(詩論)』(고려원, 1979), pp.96~106에서 자세한 설명을 가해 놓은 것이 있다. 특히 이 책에는 애매성의 각 유형에 해당되는 한국시의 예가 하나하나 들려 있어 주목된다.

나머지 여섯 가지는 모두가 이 원형의 다른 형태라고 할 수 있다. 이하 그들을 열거해 보면 다음과 같다.

② 둘 이상의 뜻이 모두 저자가 의도한 단일의미(單一意味)를 형성하는 데 공동으로 참여하는 경우.

③ 한 낱말로 두 가지의 다른 뜻이 표현되는 경우. 예컨대 동음이의어(同音異義語)가 이에 속한다.

④ 서로 다른 의미들이 합쳐서 지은이의 착잡(錯雜)한 정신상태를 나타내는 경우.

⑤ 지은이가 글을 쓰고 있는 과정에서 비로소 자신의 생각을 발견해 낸다든가 적어도 그 생각 전체를 한 묶음으로 딱 떨어지게 파악해 내지 못할 때, 한 서술에서 다른 서술로 옮기고자 한다면 그가 사용하는 직유(直喩)는 그 어디에서 정확하게 들어맞지 않을 것이다. 그리하여 그 양자의 중간상태를 가리키는 것과 같은 사태가 빚어진다든가 그와 유사한 경우.

⑥ 한 서술이 모순된다든가 또는 적절하지 못하여 독자가 그 스스로 해석을 가해야 하는 경우가 있다. 그런데 그들 의미도 또한 문맥 속에서 서로 모순, 충돌하는 경우.

⑦ 한 낱말의 두 가지 뜻, 애매성이 지니는 두 개의 가치가 문맥상 아무래도 두 개의 대립하는 의미가 되고 그것이 전체의 효과로서는 지은이의 마음 밑바닥에 깔린 분열을 나타내는 경우.

엠프슨은 애매성이 구체적으로 나타나는 시의 예로 든 것에 R.

브라우닝의 작품이 있다.

나는 그림 그리는 푸줏간 주인을 알고자 한다.
시를 짓는 빵집 주인을…

I want know a butcher paints.
A baker rhymes….

엠프슨의 설명에 따르면 위의 예는 ① 나는 푸줏간 일에 종사하는 계층의 모든 사람들이 그림을 그린다는 사실을 알기를 바란다(I want to know that the whole class of butchers paints), ② 나는 어떤 푸줏간 주인이 그림을 그린다는 사실을 알기를 바란다(I want to know that some one butcher paints), ③ 나는 그림을 그리는 푸줏간 주인을 개인적으로 알기를 원한다(I want to know personally a butcher who paints) 등 세 갈래로 해석이 가능한 문장이다. 뿐만 아니라 이들을 종합하는 경우 다음과 같은 해석이 성립될 수가 있다.[14]

나는 푸줏간 일에 종사하는 계층의 사람들이 어느 정도 그림을 그리려고 한다는 사실을 알기를 원한다. 혹은 적어도 그가 그림을 그

---

14 William Empson, *op. cit.*, p.28. I want to know that a member of the class of butcher is moderately likely to be a man who paints, or at any rate that he can so if he wishes.

리기를 원할 때는 그림을 그릴 수도 있다는 사실을 알고자 한다.

이런 생각들로 짐작되는 바와 같이 엠프슨의 생각은 명백히 그가 사사(師事)한 I. A. 리처즈의 생각을 계승 발전시킨 것이다. 리처즈가 시의 언어를 정서적인 언어라고 보았을 때 그 정서를 빚어내는 방법이 문제된다. 그 하나의 길로 엠프슨은 애매성의 이론을 들고 나선 것이다. 여기서 우리가 다시 생각해야 할 것이 왜 애매성이 시의 자산일 수 있는가 하는 점이다. 그와는 입장을 좀 달리하는 T. S. 엘리엇은 시를 관념이나 사상이 장미의 향기처럼 느껴지는 감각의 상태가 되어야 한다고 보았다.[15] 이것은 시의 언어가 궁극적으로는 개념 지시, 또는 지적인 테두리에 그치지 않고 정서적인 면을 지녀야 할 것이라고 본 생각이다. 그렇다면 엠프슨의 생각은 어떻게 해석되어야 할 것인가. 엘리엇의 생각에 따르면 19세기 낭만파의 시들은 비난될 수밖에 없다. 그 언어가 감정과 지성의 동시 수용상태가 아니고 감정의 일방적 독주로 보이기 때문이다. 그러나 애매성의 이론에 따르면 이와는 조금 다른 해석이 가능하다. 이 경우 엠프슨이 보기로 든 것에 다음과 같은 작품이 있다.

엷은 자색(紫色)의 저녁이

---

15 T.S. Eliot, The Metaphysical Poets, *Selected Essays of T. S. Eliot* (New York, 1980), p.247.

네 비상(飛翔)의 언저리에 스며든다.

하늘의 별처럼

한낮의 빛속에

눈에는 보이지 않으나 들리는 고조된 너의 기쁨이

동틀제 샛별의

은백색 빛발과도 같이

그 날카로운 빛남도

밝아오는 새벽빛에 엷어지고

사라져 가지만, 아직도 거기에 있는 양 생각되는 것처럼

하늘도 땅도 모두가

내 노래 소리로 가득차

구름 없는 밤

외톨이로 뜬 구름 조각으로부터

달이 빛을 내리 쏟고 하늘에 넘쳐지는 것처럼

The pale purple even

  Melts around thy flight;

Like a star of Heaven,

  In the broad day-light

Thou art unseen, but yet I hear shrill delight,

Keen as are the arrows
　　Of that silver sphere
Whose intense lamp narrows
　　In the white dawn clear
Until we hardly see, we feel that it is there.

All the earth and air
　　With thy voice is loud,
As, when night is bare,
　　Form one lonely cloud
The moon rains out her beams, and Heaven is overflowed

- P. B. Shelley, To a Skylark

여기서 우리가 주목해야 할 것은 종달새가 날아오르고 있는 시간
이다. 대체 그 시각은 한낮인가 새벽인가 저녁인가. 또한 여기서 종
달새는 달이 되는가 하면 별로 화하고, 끝내는 그 모습이 사라질 정
도로 멀리 떠올라버린다. 그러니까 시인이 그 생각을 한 묶음으로
딱 떨어지게 파악하지 못한 채 종달새를 노래 부른 예에 해당된다.
이렇게 보면 이 시에 노래된 종달새 묘사는 애매성의 다섯째 유형

에 해당되는 것이다. 그런데 우리는 여기서 종달새가 시인 자신, 또는 그가 내세운 화자임을 알게 된다. 적어도 이때의 종달새는 시인과 일체가 되어 있는 것이다. 그런데 이런 논리가 가능하다면 구름도 시인일 수가 있고, 달도 이 작품의 흥취를 돋구어 주는 한 객체 내지 상관물이 될 수 있다. 이렇게 보면 이 작품은 바로 애매한 점이 그 특성을 이룬다. 그럼에도 불구하고 이 작품은 끝내는 말들의 테두리가 흐린 데 그치지 않고 뚜렷한 풍경을 제시한다.[16] 이렇게 보면 엠프슨의 몇 가지 해석은 시의 올바른 이해를 위해 헛된 것이 아니다. 이 작품을 읽는 이는 그 가운데서 그 나름대로 그럴싸하다고 생각되는 것을 택할 것이다. 그리고 그 어떤 것에도 수긍을 보낼 수 없는 경우에는 제 스스로의 연상으로 그것을 보충하기도 한다. 이것은 시에 있어서 논리상의 모순이 정서적 반응과 반드시 이해상 반하지 않음을 뜻한다. 이런 의미에서 엠프슨의 이론은 제 나름대로 논리적인 설 자리를 마련하고 있는 것이다.

7. 김소월(金素月)의 「산유화(山有花)」

엠프슨의 이론은 물론 그것을 한국 현대시에도 적용해 볼 수가

---

16 William Empson, *op. cit.*, pp.156-158.

있다. 한국 현대시사에 등장하는 시인 가운데 김소월(金素月)은 비교적 그 말씨가 평이한 시인으로 알려져 있다. 특히 그의 「산유화」는 우리가 무시로 접하는 자연에서 그 제재가 택해진 작품이다. 거기에는 산과 거기에 피어 있는 꽃, 새들이 소재로 등장한다. 그리고 그들에 대해 시인 자신이 품은 정감을 펴고 있는 것이 「산유화」다.

산(山)에는 꽃피네
꽃이 피네
갈 봄 여름없이
꽃이 피네

산(山)에
산(山)에
피는 꽃은
저만치 혼자서 피어 있네

산(山)에서 우는 작은 새요
꽃이 좋아
산(山)에서
사노라네

산(山)에는 꽃 지네

꽃이 지네

갈 봄 여름 없이

꽃이 지네.

우리 주변에서 제일 먼저 이 작품의 기법에 주목을 한 이는 김동
리(金東里)였다. 그 이전에는 김소월(金素月)의 대표 작품으로 대개
「진달래꽃」이나 「금잔디」, 「예전엔 미처 몰랐어요」, 「초혼(招魂)」 등
이 손꼽혀져 왔다. 그런데 김동리는 이들 작품을 뒤로 돌리고 「산
유화」를 김소월의 대표작이라고 주장하고 나섰다. 이때 김동리가
주목한 것은 이 작품의 정신사적 성격이다. 그에 따르면 소월의 시
는 본질적으로 '님'을 그리는 마음을 바탕으로 한 것이다. 그런 바탕
에 시인 나름의 정감을 실어 편 것이 김소월의 작품 세계라고 보았
다. 그런데 이때의 '님'을 김동리는 동양인의 정신적 귀의처인 '자연'
이라고 보았다. 그것은 또한 절대 구경의 경지, 신(神)과 같은 차원
이기도 하다. 이런 각도에서 이 시를 읽으면 이 작품은 소월 나름의
정신세계를 고즈넉한 정감을 읊은 것에 해당된다.

김동리에 따르면 김소월은 자신의 '님'이 자연인 줄도 까마득히
몰랐다. 그렇게 까마득히 모르는 상태에서 그는 무턱 자연에 이끌
리어 그것을 그리는 마음을 가진 것이다. 그 결과로 쓰여진 것이
「산유화」라는 생각이다. 그런데 이렇게 강력히 자연에 이끌리는 마

음을 가졌는데도 소월은 근대사회의 일원이었다. 그리하여 그는 옛날 우리 선인(先人)들처럼 그대로 자연에 귀의하여 그 속에 파묻혀 살 수가 없었던 것이다. 이런 규정과 함께 김동리는 「산유화」에서 정신세계의 원점 내지 열쇠 구실을 하는 부분이 '저만치'라고 보았다. 이렇게 보면 여기서 '저만치'는 일차적으로 거리를 뜻한다. 그리고 구체적으로 그 거리는 몹시도 자연을 좋아하는 「산유화」의 화자와 그가 동경의 대상으로 삼고 있는 자연, 곧 산과의 거리다.[17] 여기에 바로 김동리가 그의 「김소월론(金素月論)」의 본제목을 '청산(青山)과의 거리(距離)'라고 붙인 까닭이 있다. 한마디로 김동리는 「산유화」의 정신적 바탕이 된 것을 동양적 자연과 근대서구문명에 영향을 받은 화자와의 거리로 본 것이다.

김동리의 '저만치' 거리론에 대해서 그 후 우리 주변에는 그와는 다른 의견이 제출되었다. 우선 '저만치'를 거리로 본다는 것은 이 부분을 개념지시에 의한 언어로 보는 입장이 된다. 그런데 다시 한 번 생각해 보면 분명히 이 부분에는 산과 거기 핀 꽃에 대한 화자의 정감이 담겨 있다. 그러니까 '저만치'에는 "저기 저 산에 피어 있는 꽃은 저렇게도 소담하게 외롭게, 또는 앙증스럽게 피어 있네"라는 감정이 내포되어 있는 것이다. 그런데 이 부분은 한 단어 또는 한 형태를 가진 경우다. 그럼에도 그 뜻은 몇 가지로 나누어진다. 이제

---

17 김동리, 청산(青山)과의 거리(距離), 『문학(文學)과 인간(人間)』(백민문화사, 1958) 참조.

그것을 도식화해 보면 다음과 같은 표가 성립이 될 것이다.[18]

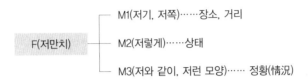

F(저만치) — M1(저기, 저쪽)······장소, 거리
— M2(저렇게)······상태
— M3(저와 같이, 저런 모양)······ 정황(情況)

※ F는 형태를 뜻하며 M은 의미의 내포(內包)를 뜻한다.

이제 우리가 가진 「산유화」 해석은 그것을 그대로 엠프슨의 이론에 대입시킬 수 있다. 이미 밝혀진 바와 같이 그가 말한 애매성의 둘째 유형에 둘 이상의 의미가 하나로 수렴되는 경우가 있다. 엠프슨은 그 보기로 벤 존슨의 한 구절을 잡았다.

What murdered Wentworth and what exiled Hyde,

By Kings Protected, and king allied?

여기서 문제의 초점이 되는 부분은 allied다. 엠프슨에 따르면 이것은 왕족(王族)이라는 근친관계를 가리키는 것인지, 또는 혼약관계(婚約關係)를 뜻하는 것인지, 아니면 그 어떤 음모에 내통된 결합을 뜻하는 것인지가 도무지 불분명하다. 이것은 '저만치'의 경우처럼

---

18 이에 관한 것은 김용직. 소월시와 앰비규어티. 『한국문학의 비평적 성찰』(민음사, 1974)에서 언급한 것이 있다. 좀 더 자세한 설명은 그쪽으로 미룬다.

형태가 하나인데도 불구하고 해석이 여러 가지로 나누어질 수 있는 경우다.[19] 그에 따라서 우리가 가질 수 있는 반응의 폭도 몇 갈래가 된다. 이것으로 우리는 한 가지 새로운 사실을 알게 되었다. 이제까지 우리는 소월의 시가 아주 평면적인 말로 이루어졌다고 생각해 왔다. 그러면서 그런 소월의 시가 왜 좋은 노래인가를 설명하는 데는 어려움을 겪어 왔다. 물론 소월의 시는 음악성이나 독특한 감정으로도 우리를 매료시키는 면을 가진다. 그러나 그 언어 역시 시적일 수 있는 요건으로 애매성 같은 것을 내포하고 있음이 여기서 밝혀졌다. 이와 함께 우리는 애매성의 이론에 관계되는 또 하나의 보기를 황진이의 시조에서 들기로 한다.

어져 내일이야 그릴 줄을 모르다냐

이시랴 하더면 가랴마는 제구타야

보내고 그리는 정은 나도 몰라 하노라

황진이의 시조는 그 휘돌아 감기는 듯 다시 퍼지는 가락이 특징적이다. 그리고 이것은 물론 음성구조 내지 운율의 범주에 속하는 문제다. 그러나 의미구조에 독립된 리듬은 없다.[20] 그렇다면 이 시

---

19 William Empson, *op. cit.*, pp.68-69.
20 이에 대해서는 T. S. 엘리엇, 「시의 음악성」, *On The Poetry and Poets* (London, 1971), p.29에서 "… I would remind you, first, that the music of poetry is not something which exists apart from meaning.'이라고 한 것 참조.

조의 우수성은 의미맥락의 구조를 통해서도 설명이 이루어질 수 있어야 한다. 황진이의 시조가 갖는 의미구조상의 특징을 기능적으로 파악하고자 하는 경우 우리가 제일 먼저 주목해야 할 것이 이 작품 중장 마지막에 나오는 '제구타야'다. 이 말은 일단 앞의 말인 '가랴마는'과 그 자리가 바뀌어진 도치형(倒置形)이다. 그러니까 이 말의 주체는 여기서 화자가 보내고 그리는 님, 곧 이 작품의 화자가 보내고 그리는 님이다. 그러나 다음 종장을 읽어 보면 이 말의 기능은 그를 가리키는 것만으로 그치지 않는다. 여기서는 다시 '제구타야'가 님을 보내고 그리는 나 자신, 곧 '보내고 그리는 정'을 지닌 나에게도 걸린다. 그러니까 이것은 엠프슨이 말한 애매성의 첫째 경우에 해당된다. 다시 한 번 되풀이하면 애매성의 첫째 경우는 한 단어나 문장이 동시에 여러 방향으로 작용한다든가 효과를 미치는 경우를 가리킨다. 그런데 이 작품에서는 '제구타야'가 초장, 중장의 의미 맥락상 한 역점이 되는 동시에 그 영향이 종장에까지 미치고 있는 것이다. 이것은 황진이의 시조가 엠프슨이 지적한 애매성 가운데 하나를 확보하면서 그와 아울러 그 독특한 말씨로 뻗어서 휘늘어지는 듯한 느낌과 함께 되돌아서 감기는 가락을 빚어냄을 뜻한다. 이렇게 엠프슨의 이론은 우리 시가의 고유 양식 해석에도 중요한 도구 구실을 하는 것이다.

제 **4** 장

—

비유의 이해

신비평에서 새로운 논의가 있기까지 비유는 다분히 웅변술이나 수사론의 한 부분으로 생각되어 왔다. 화자가 그가 말하는 내용을 기능적으로 전달하고자 할 때 그 수단 정도로 비유가 생각되어 온 것이다. 이 비유를 시의 중요 요소 가운데 하나로 자리매김 한 것도 또한 리처즈다. 본래 비유에 대한 요구는 우리 자신이 새로운 체험에 부딪쳤을 때 그것을 기능적으로 표현하려는 의욕에 관계된다. 일상생활에서 우리는 무시로 새로운 현상과 만나게 되고 또한 독특한 체험을 갖기도 한다. 우리가 그것을 말로 표현하고자 하는 경우 흔히 있는 표현방식으로는 그 목표가 제대로 달성되지 않는다. 그렇다고 새로운 기호, 곧 언어를 제멋대로 만들어 쓸 수도 없다.

　본래 언어는 역사의 소산이며 사회적인 약속을 바탕으로 성립되는 문화양식이다. 따라서 그 테두리를 벗어난 자의적 언어(恣意的 言語)는 성립될 수 없다. 그리하여 우리는 일단 이미 쓰여온 말을 이용하여 새로운 현상과 사실들을 기술하지 않을 수 없다. 그리고 거기에 제3의 체험내용 내지 심상을 담을 수 있도록 제 나름의 의장을 가한다. 그러면 적어도 창조적이며 새로운 면이 확보되면서 의미내용 파악의 실마리도 갖는 언어가 이루어지는 것이다. 이런 형태의 언어를 우리는 비유라고 한다.

1. 비유의 테두리

참고로 『시학사전(詩學辭典)』을 보면 비유가 다음과 같이 정의되어 있다.[01]

비유란 일정 사물이나 개념 (A)를 뜻하는 술어 (X)로써, 다른 또 하나의 대상이나 개념 (B)를 의미할 수 있도록 언어를 쓰는 과정 또는 그 결과다. 이때 A 개념과 B 개념의 통합에 의하여 복합개념 (composite idea)이 형성되는바, 이것이 X라는 말이 표상하는 것이다. 이 경우 A 개념과 B 개념의 요인들은 각각 X에 의해 상징된 체계 속에 합쳐져 있으면서도 그들 개념상의 독립성은 보유하고 있다.

여기 나타나는 바와 같이 비유가 성립되기 위해서는 두 가지의 요건이 선행되어야 한다. 우선 비유에는 일정 사물, 현상, 개념 등 원형이 있어야 한다. 그리고 그것을 변형, 이동하는 보조표현 내지 관념이 그와 함께 제시될 필요가 있다. 그를 통해서 제3의 의미에 해당되는 표현형태가 이루어짐으로써 비유가 성립되는 것이다. 비유는 언어의 운동형태라고 할 수 있다. 이때 두 개의 요소 곧 A와 B의 상관관계를 성립시키는 요건은 전이(轉移) 또는 이월(移越)이다.

---

01 Alex Preminger (ed.), *Encyclopedia of Poetry and Poetics* (Princeton Univ. Press, 1965), p.490.

본래 비유란 말은 희랍어의 metaphor에서 온 것이다. 희랍어에서 meta는 운동 또는 변화를 나타내는 전치사다. 그리고 phora는 '운반하다, 이동하다' 등을 뜻하는 pherein의 변화형이다. 그러니까 어원으로 보면 비유는 "한 장소에서 다른 장소로의 이동"을 뜻한다. 그렇다면 이때의 장소란 무엇인가. 시론의 입장에서 보면 그것은 이미 결정되어 있는 언어의 테두리라고 할 수 있다. 이미 결정되어 있는 언어의 테두리를 넘어서 의미의 이동이 이루어져야 비유가 성립된다. 그리고 이때 문제되는 것이 의미의 이동을 가능하게 하는 힘이 우리 자신의 지각 또는 세계인식의 능력이다.

가령 현실적으로 있는 산, 자연 그대로의 산을 말하는 경우를 생각해 보자. '산이 푸르다', '산이 험하다' 등, 이런 말이 일차적 의미 이상을 갖지 않는다면 그것은 단순한 진술에 그치는 말들이다. 사람에 따라서는 '산이 웃는다' 또는 '열차가 숨을 헐떡이며 달린다' 등의 말을 쓴다. 실제 산은 동물이 아니다. 따라서 그것이 웃는 법은 없을 것이다. 또한 기차 역시 사람이나 짐승이 아니다. 그러므로 그것이 헐떡거리며 달리지도 않을 것이다. 그러나 사람에 따라서는 오월(五月)의 푸른 산을 웃는다고 생각하거나, 높은 산악지대를 달리는 기차의 바퀴소리를 들으면서 헐떡거린다고 느끼는 경우도 없지 않을 것이다.

실제 어린이들 가운데는 떨어진 꽃을 보고 '꽃의 죽음'이라고 믿는 예가 있다. 이런 경우 어린이의 말은 그의 느낀 바를 그대로 나타낸 것에 지나지 않는다. 이런 어린이의 말에서 '웃음'이나 '헐떡거림'은 비유라고 할 수가 없다. J. 에디가 말한바 "자연에 비유는 없으며, 지각에도 비유는 존재하지 않는다"[02]는 이런 관점에서 비유가 성립되는 요건을 가리킨 것이다. 그러나 어른들이 이런 어린이의 말을 듣고 재해석을 가한다. 그때 '꽃의 죽음'은 인간의 목숨에 대비되어 시들어 떨어지는 꽃을 가리킨다. 이때에 우리는 비유가 이루어진 것이라고 평가한다. 이것은 우리가 갖는 일차적 지각, 또는 단순 지각의 차원을 벗어나야 비로소 비유가 성립됨을 뜻한다.

아리스토텔레스는 그의 「시학」에서 비유를 크게 네 개의 유형으로 나누었다. 그에 따르면 비유는 ① 유(類)를 가리키는 말을 종(種)으로 전용한 경우, ② ①의 역과 같은 경우, 곧 종(種)을 가리키는 말을 유(類)로 전용한 경우, ③ 어떤 종을 나타내는 말을 다른 종으로 전용한 경우, ④ 유비관계에 의한 전용 등 네 가지로 나누어질 수 있다는 것이다.

아리스토텔레스는 이상 네 유형에 속하는 비유의 예도 차례로 들어 두었다. 우선 ①의 보기로는 "저기에 내 배가 정지하고 있다"가 들려 있다. 그에 따르면 이것은 닻을 내린 상태에 정지, 곧 정박(停泊)이 단순한 정지로 표현되어 있다는 것이다. 그리고 ②의 보기로는 '수많은 공훈'이 보기로 적혀 있다. 그것은 '만에 달하는 공훈'을

02   J. M. Eddy, *Language and Meaning*, 「言語와 意味」(岩波書店, 1970), pp.262-263.

가리킨다. 또한 ③은 살육을 '청동(靑銅)의 칼날로 목숨을 길러내며'라든가 '기세등등한 청동의 배로 물은 쪼개어지고'와 같은 표현이 예거된다. 여기서 '길러내는 것' to arysai는 곧 '짜르는 것' to tame in을 뜻한다. 그리고 그들은 다 같이 '뽑아내는 것' aphelein의 일종으로 생각될 수 있다.[03] ④는 '선(善)의 이데아'를 '태양'이라고 일컫는 경우다. 이상 네 가지 비유의 형태 중에서 가장 주목되어야 할 것이 넷째 경우다. 우선 '선(善)의 이데아'와 '태양' 사이에는 외견상 전혀 연계관계가 없는 듯 보인다. 말을 바꾸면 양자 사이에는 단절의 상태가 아주 극명하게 드러난다. 그리고 이런 양자 사이에 상호작용이 이루어지기 위해서는 일종의 유추상태가 개입되어야 한다. 구체적으로 '선(善)의 이데아'에서 이데아는 철인(哲人)만이 이룰 수 있는 높은 정신의 차원이다. 그런 경지에 이르면 여러 사물과 현상이 고루 이해, 파악될 수 있다. 그것은 마치 이 지상의 삼라만상이 태양의 빛과 열기로 두루 제 모습을 드러내고 생명을 길러낼 수 있는 것과 같다. 이렇게 보면 '선(善)의 이데아'를 태양이라고 말한 표현의 타당성이 비로소 이해되는 것이다. 그런데 여기 나타나는 바와 같이 전이를 성립시킨 것, 곧 비유를 가능케 한 힘의 근원이 된 것은 유추다. 이것으로 비유를 가능케 하는 힘의 원천이 상상력이라는 이야기가 가능한 셈이다.

---

03 S. H. Butcher. *Aristotle's Theory of Poetry and Fine Art* (New York, 1951), p.77.

이런 비유의 개념정의는 그 역도 또한 참일 수가 있다. 즉, 전이나 변용의 정도가 미미해서 상상력 개입의 폭이 별로 느껴지지 않는 비유는 그 존재 의의가 크지 못하다. 그러나 그 반대되는 단면을 드러내는 비유는 그 존재 의의가 크고 듬직하다. 일상생활에서 우리는 흔히 '책상다리'라는 말을 쓴다. 그와 함께 인색한 사람을 두고 '구두쇠'라고 부르기도 한다. 나무로 된 기구는 동물이 아니다. 그리고 사람이 신발의 한 부분인 것도 아니다. 그런 의미에서 이들 말은 모두가 비유의 형태이기는 하다. 그러나 이런 표현의 속뜻을 짚기 위해서 별도로 우리가 유추과정을 거칠 필요는 없다. 말을 바꾸면 상상력이 개입될 필요가 없다고 할 것이다. 이런 비유를 우리는 생명력이 없는 비유, 곧 죽은 비유(dead metaphor)라고 말한다.[04]

사랑하는 나의 하나님, 당신은
늙은 비애(悲哀)다.
푸줏간에 걸린 커다란 살점이다.
시인(詩人) 릴케가 만난
슬라브 여자(女子)의 마음속에 갈앉은
놋쇠 항아리다.

---

04 J. R. Kreuzer, *Elements of Poetry* (New York, 1958) p.87. 해당 부분을 그대로 옮겨 보면 Metaphors which have lost their intial power to produce comparison, however indirect or implied, are called dead metaphor.

손바닥에 못을 박아 죽일 수도 없고 죽지도 않는

사랑하는 나의 하나님, 당신은 또

대낮에도 옷을 벗는 어리디 어린 순결(純潔)이다.

삼월(三月)에

젊은 느티나무 잎새에서 이는

연두빛 바람이다.

- 김춘수(金春洙), 〈나의 하나님〉, 전문.

얼핏 보아도 나타나는 바와 같이 이 작품에서 비유의 원관념이 된 말은 '하나님'이다(정확히 그것은 화자가 부르고 있는 '사랑하는 나의 하나님'이다). 그런데 사전적 의미로 치면 하나님은 신앙의 대상이거나 높고 큰 존재, 또는 절대자이다. 그런 하느님을 이 작품에서는 '늙은 비애(悲哀)', '푸줏간에 걸린 살점', '놋쇠 항아리', '대낮에도 옷을 벗는 어리디 어린 순결(純潔)', '느티나무 잎새에서 이는 연두빛 바람' 등으로 전이가 되어 있다. 이것은 '하나님'의 원관념을 엉뚱하게 바꾸어 놓은 것이다. 이것을 통해 우리는 한 가지 사실을 알 수 있다. 즉 표준의미에서 거리가 먼 비유, 곧 그 전이의 정도가 심하면 심할수록 비유가 기능적일 수 있다는 점이다. '책상다리'에서 우리는 전이 내지 '낯설게 만들기'의 개념조차 자극받지 못한다. 그러나 하나님 → 놋쇠항아리의 전이를 통해서는 신선한 충격을 얻는다. 따라서 비유의 질은 전이의 폭에 의해 결정된다는 이야기가 가능하다.

한편 시가 비유를 유력한 요소로 삼는 것은 그 양식적 특성 때문이다. 넓은 의미에서 시는 예술의 한 갈래다. 그리고 다시 거칠게 말하면 예술은 표출이며 구체화다. 이때 우리에게는 무엇을 어떤 모양으로 만들어내야 한다는 창작활동의 요구가 대두되는 것이다. 그런데 이 무엇에 해당되는 것은 '감' 내지 소재다. '감' 내지 소재는 물론 시가 아니며 문학과 그림도 아니다. 이들에게 우리 자신의 손길이 가해져서 양식이 선택되고 형태가 이루어져야 비로소 작품이 탄생하는 것이다. 이때 '감' 내지 소재는 일단 넓은 의미의 자연이라고 할 수 있다. 자연은 자연 그대로가 아니라 우리 자신 또는 인간화가 이루어져야 비로소 시가 되고 소설이 된다.[05] 그런데 그 본질로 볼 때 비유는 바로 이와 같은 자연의 인간화 내지 자아화의 지름길을 가는 표현기법이다. 이것을 우리는 일체화 내지 동일성(同一性)의 논리라고 할 수 있을 것이다.

이 몸이 죽어가서 무엇이 될고 하니

봉래산(蓬萊山) 제일봉(第一峰)에 낙락장송(落落長松)되어 이셔

백설(白雪)이 만건곤(滿乾坤)할 제 독야청청(獨也靑靑)하리라

---

05 이때의 자연 수용 내지 침투는 인간만이 그 기능을 행사하는 따위의 일방적인 형태로 이루어지지 않는다. 본래 인간 자신이 자연의 한 부분이다. 그의 내면세계나 의식도 부단히 자연의 침투를 받아서 형성 전개된다. 따라서 이 경우의 인간과 자연의 관계는 상호 침투, 보완, 수용의 논리 위에 선다. 이에 대해서는 J. 마리탱이 시를 정의해서 "사물들의 내재적 존재(內在的 存在)와 인간 자신의 내면적 존재 사이의 상호 교통"이라고 한 말이 참고될 바 크다. Jacques Maritain, *Creative Intuition in Art and Poetry* (New York, 1958), p.3.

여기서 낙락장송(落落長松)의 사전적 의미는 높고 푸른 소나무다. 그것이 이 작품에서는 작자 성삼문(成三問)의 단종에 대한 곧고 굳은 충절을 표상하다. 이처럼 한갓 물리적 차원에 그치는 소나무가 작중화자 쪽으로 심하게 변형, 일체화된 것이 이 작품이다. 이 작품의 이런 구조를 가능하게 한 것이 바로 비유의 기법인 것이다.

이상의 이야기를 다시 정리하면 비유의 정의가 가능하다. 우선 비유는 일상적 언어의 표준의미를 뒤바꾸어 놓으려는 시도다. 그 시도는 의미의 전이, 변경으로 출발한다. 그리고 그 결과 우리 앞에는 하나의 혁명적 사태가 발생한다. 그것은 자연 또는 세계와 나, 객체와 주체의 융합, 수용, 상호작용이 이루어지는 차원의 구축이다. 결국 비유는 우리 자신과 세계를 소재 내지 주춧돌로 삼는다. 그리고는 그를 토대로 완전하게 제3의 국면을 타개하여 새로운 언어 체계를 만들어 내는 것이 비유다. 여기서 우리는 비유와 아울러 시가 모사가 아니며 우리 자신의 자아를 있는 그대로 표출하는 것도 아닌 언어 예술의 중심 양식임을 깨칠 수 있다. 이것은 비유가 언어예술의 대표양식인 시의 창조적 국면 타개를 위해 핵심요소임을 뜻한다.

2. 주지(主旨), 매체(媒體)

이는 먼
해와 달의 속삭임
비밀한 울음
한번만의 어느 날의
아픈 피흘림

먼 별에서 별에로의
길섶 위에 떨궈진

다시는 못 돌이킬
엇갈림의 핏방울

커질듯
보드라운
황홀한 한 떨기의
아름다운 정적(靜寂)

펼치면 일렁이는
사랑의

호심(湖心)아

– 박두진(朴斗鎭),「꽃」전문

　얼핏 보아도 드러나는 바와 같이 이 작품의 으뜸 제재가 되고 있는 것은 '꽃'이다. 그리고 여기서는 작품 전체가 '꽃'을 표상하기 위한 비유로 되어 있다. 구체적으로 그것은 1연에서 "해와 달의 속삭임"이라든가 "비밀한 울음"으로 전이가 이루어졌다. 그리고 이어서 2연과 3연, 4연 및 5연, 6연, 7연 등도 한결같이 한 단위가 되어 '꽃'을 비유로 제시하고 있는 것이다. 이와 같이 작품 전체가 비유로 이루어지면서 비유와 비유 사이에 다시 그 나름의 유추관계가 빚어지고, 그에 따라 의미, 심상의 상승작용이 이루어진다. 이런 비유를 우리는 확충비유(擴充比喩)라고 한다. 그리고 전자와 같이 작품 전체를 지배하는 것이 아니라 부분적으로 쓰인 비유를 단일비유(單一比喩)라고 한다. 시인이 그 의도를 좀 더 직접적으로 드러내기를 원할 때 단일비유가 쓰일 수 있다. 그러나 그가 서정시의 기본원리에 입각하여 정서나 가락을 총체적으로 자아내고자 한다면 그는 대체로 확충비유를 쓸 것이다.

　비유의 속성을 살피면서 우리는 어느 정도 그 구조를 짐작하게 되었다. 결국 비유는 테두리가 정해진 말의 뜻이라든가, 기능을 다른 쪽으로 변형, 이동시키는 것이다. 그리고 이때 그 형태는 장식적인 게 아니라 제3의 실체가 된다. 20세기에 들어와서 문예비평과 언어철학은 이런 비유의 속성에 대해 상당히 진지하게 탐색의 손길을 뻗쳐왔다. 그 보기의 하나가 되는 것이 I. A. 리처즈의 경우다. 본래 우리가 비유를 장식적 표현으로 본다는 것은 수사학적 입장을 취함을 뜻한다. 수사학이란 말하고자 하는 내용이 이미 결정되어 있는 경우다. 그것을 효과적으로 전달하기 위해서 말을 꾸며나가는 것이 수사학이다. 그런데 리처즈는 그의 비유론을 포함시킨 저서에 「신수사학원론」이라는 이름을 붙였다. 여기서 그가 구태여 '신(新)'이라는 관형사를 붙인 것에 대한 주의가 요구된다.

리처즈는 그가 논하고자 하는 수사를 단순하게 이미 결정된 내용의 전달 수단에 그치는 차원에서 탈피시키려고 했다. 그의 이런 생각은 본격 비평서인 『수사학의 철리(The Philosophy of Rhetoric)』에서 잘 나타난다. 그는 일단 성립된 비유가 본래 이루어진 언어의 테두리나 전이, 변형을 가능케 한 경우, 그 어느 쪽에 치우쳐 봉사하는 게 아니라고 보았다. 여기서 그는 상호작용이라는 말을 쓰고 있는 것이다.[06]

단적으로 그리고 공식적으로 설명한다면, 우리가 은유를 사용할 때에는 서로 함께 작용하며, 단 한 개의 낱말이나 어구에 의해서 유지되고 있는 별개의 사물에 대한 두 가지의 생각을 갖는데, 그 의미는

06 I. A. Richards, *The Philosophy of Rhetoric* (Oxford University Press, 1979), p.93.

그것들의 상호작용하는 결과이다.

상호작용하는 비유의 단면을 보다 극명하게 제시하기 위해서 리처즈는 주지(主旨, tenor), 매체(媒體, vehicle) 등의 개념도 도입했다. 그에 따르면 비유가 관련하는 요소, 곧 기본적인 생각이 주지이다. 그리고 주지를 구체화하거나 변형시켜서 전달하는 말들이 매체인 것이다.[07] 리처즈에 따르면 주지와 매체의 상호작용관계는 비유의 본질이 될 뿐 아니라 그 성격도 결정한다. 그에 따르면 비유의 근거가 되는 변형, 이동은 손쉽게 발견되는 경우도 있지만 그렇지 못한 때가 더 많다. 가령 '책상다리'라는 비유는 '말의 다리', '황소 다리'에서 유초된 것이다. 이때 우리는 유비(類比) 가능한 뜻의 유사성을 손쉽게 포착할 수 있다. 그러나 사람을 '돼지'라고 한다든가 '사슴'이라고 하는 경우는 어떤가. 이때에 우리가 주지와 매체 사이에 유사성을 찾아내기는 쉽지 않다. 전자에 비해 후자를 유추하는 과정에서 우리는 상당한 곡절을 겪어야 한다. 다 같은 비유라고 하더라도 시에서 유의성이 큰 쪽은 전자보다 후자 쪽이다. 즉 시에서 유의성이 큰 비유는 주지와 매체 사이의 의미상 거리가 먼 쪽의 것이다.

---

07 *Ibid.,* pp.96-97.

3. 직유(直喩)와 은유(隱喩): 환유(換喩), 제유(提喩)

다른 모든 경우가 그런 것처럼 비유도 그 기능에 따라서 유형화하는 길이 이해를 돕는다. 그리고 기능을 문제 삼는다는 것은 형식을 가늠자로 삼는 경우와는 다르다. 종래 우리는 비유를 구분해서 직유라든가 은유 등으로 불러왔다. 그런데 이때 직유란 일단 주지와 매체 관계가 직접적이며 명시적(明示的)으로 나타나는 경우를 가리킨다. 그에 대해서 은유란 그 관계가 좀 더 내밀한 상태에서 이루어지는 것을 말한다. 그러나 이런 정의는 너무 막연해서 시의 기능적 이해에 큰 도움이 되지 않는다. 이제까지 우리는 흔히 '같이'나 '처럼', '마냥', '-듯' 등, 곧 영어의 as나 like에 해당되는 관계사가 쓰인 경우를 직유라고 규정했다. 그리고 그렇지 않은 경우를 은유로 처리해 온 것이다. 그러나 이에 대해서 P. 휠라이트의 날카로운 반대의견이 제기되었다. 그는 비유론에서 R. 번즈의 한 구절을 보기로 들었다. "내 사랑은 빨간, 빨간 장미와 같아라.(O my love is like a red, red rose.)" 형식론에서는 여기에 like가 쓰였으니까 이 비유를 직유라 할 것이다. 문제는 이 가운데서 보다 명시적으로 생각이 표상된 것이 전자가 아니라 후자라는 사실이다.[08] 이것은 직유와 은유의 설명이 주지와 매체의 관계가 직접적이냐 아니냐로 이루어질 수 없

---

08 Philip Wheelwright, *Metaphor and Reality* (Indiana Univ. Press, 1962), p.71.

음을 말해 준다.

비유 가운데는 주지를 인격화시킨 것이 있다. 이때 주지는 대개 추상적인 성격을 띤다. 그것을 인간적인 특징들에 연결시켜 제시한 것이 이에 해당된다. 이런 유형의 비유를 우리는 의인법(personification)이라고 한다.[09] 인간은 본래 심하게 자아중심, 자기편향성을 갖는다. 그런 우리 자신의 속성이 원용된 결과가 이런 유형의 비유를 낳게 한 셈이다. 한편 의인법은 어디까지나 비유의 특수 형태이다. 그리하여 속성으로 볼 때 그것은 직유나 은유 어느 쪽의 모양으로도 나타날 수 있다.

바위는 그녀가 내 사랑과 구혼(求婚)을 거절하듯이

그렇게 매정스럽게

파도를 물리치지는 않는다.

The rocks do not so cruelly

Repulse the waves continually,

As she my suit and affection:

— Thomas Wyatt, The Lover Complaineth the Unkindness of his Love

---

09 Lynn Altenbernd and Leslie L. Lewis, *A Handbook for the Study of Poetry* (London, 1966), p.22.

여기서 주지가 되는 것은 파도를 맞고 있는 바위다. 그 바위는 물론 무생물의 일종일 뿐이지 인간이 아니다. 이 작품에서는 그것은 감정을 주고받을 수 있는 인간에 비유하고 있다. 그리고 그 인간은 화자가 좋아하는 여인인 동시에, 관계사 as가 거기에 개입되어 있다. 이것으로 우리는 여기 쓰인 비유가 의인법에 속하는 동시에 형태로서는 직유라는 것을 알 수 있다.

비유의 또 다른 유형은 환유과 제유다. K. 버크는 그의 글에서 비유의 중요 유형으로 은유와 함께 아이러니와 이들 두 개의 비유가 있다고 했다. 그에 따르면 우리 자신의 현실이 이들 네 유형의 비유에 집약, 응축될 수 있다. K. 버크에 따르면 아이러니는 변증법이다. 그리고 변증법이란 본질적으로 연극적인 것이다. 연극에서 인간의 역할은 행위자의 상황이나 진술을 특징짓는 여러 관념, 곧 슬로건이나 신조(信條), 경구(警句) 가운데 집약될 수 있다. 그리고 이들 여러 관념의 특성은 행위자와 그가 관계 짓는 여러 요인에서 빚어지는 것이다. 관념이 행동화될 때 이루어지는 것이 드라마이며, 이에 대해서 행위자가 관념을 담당할 때 얻어지는 것이 변증법이다. 이렇게 보면 변증법적 관념의 운동 속에서 연극적인 인간의 요소가 있다. 그런 논리의 연장선상에서 행위자의 상호작용 가운데도 변증법적 요소가 나타나는 것이다.[10]

---

10 Kenneth Burke, *A Grammar of Motives* (New York, 1945), pp.512-513.

비유 가운데는 어떤 대상의 속성이나 그와 밀접하게 관련된 특징을 이용하여 그 대상을 집약적으로 제시해 내는 것이 있다. 가령 J. 셀리의 어떤 시를 보면 "왕홀(王笏)과 왕관(王冠)이 굴러 떨어져 / 낫과 삽과 흙 속에서 파묻히는구나"라는 부분이 있다. 여기서 '왕홀', '왕관' 등은 지배자를 가리킨다.[11] 그리고 '낫과 삽'은 서민들을 뜻하는 것이다. 이것은 왕의 특징적 단면이 왕관으로, 그리고 평민이 낫과 삽으로 제시된 경우다. 따라서 제유가 쓰여진 예라고 할 것이다. 이와 비슷한 보기로 셀리의 시에 다음과 같은 것이 있다. "정오(正午)는 육중하게도 꽃과 나무에 누워 있네." 여기서 정오는 의인화되어 있는 데 그치지 않는다. 이 작품의 묘미는 차라리 그보다 정오, 곧 한낮의 특징적 단면이 열기라든가 권태라는 사실을 기억해 낼 때 제대로 파악된다. 그런 의미에서 이 부분은 환유가 쓰여 있는 것이다.[12]

한편 제유는 부분으로 전체를 나타낸다든가 전체를 부분으로 대치시킨 비유를 가리킨다. 가령 '열다섯 개의 돛'이라 한다면 그것은 15척의 배를 가리킨다. 그리고 '미소의 계절'이라면 그것은 봄이다.[13] 앞의 것은 그 상위개념이 부분으로 대치되어 있고, 후자는 그 반대다. 이런 비유가 다 같이 제유의 예가 되는 것이다. 이 종류의

---

11 Lynn Altenbernd and Leslie L. Lewis, *op. cit.*, p.21.

12 J. R. Kreuzer, *op. cit.*, p.99.

13 *Ibid.*, p.106.

비유는 재료의 이름을 그 제품으로 표시해도 성립된다. 하우스만의
다음과 같은 구절은 그 좋은 보기가 된다.

강(江)가에서는
축구가 벌어졌는가
어린이가 가죽을 쫓으니
나는 이제 그만 떠나야 할까.

Is football playing
　　Along the river shore
With lads to chase the leather
　　Now I stand up no more?

　여기서 가죽은 문자 그대로의 가죽이 아니다. 그렇게 읽으면 무
슨 뜻인지 이 부분의 뜻이 이해되지 않을 것이다. 여기서 가죽은 가
죽으로 만든 제품, 곧 축구공을 가리킨다.[14] 이렇게 보면 제유나 환
유는 넓은 의미의 은유라고 할 수 있다. 물론 이들 두 유형의 비유
사이에는 차이점도 포함된다. 제유나 환유는 그것을 가능케 한 상
상력의 실마리 내지 의장의 틀이 그 바닥에 그림자를 드리운다. 그

14　*Ibid.*, p.108.

러니까 주지와 매체 사이에는 일종의 유추 가능한 의미맥락의 층이 형성되어 있는 것이다. 그러나 상당수의 은유에는 그런 틀 내지 맥락이 존재하지 않는다. 이런 각도에서 보면 제유나 환유는 은유의 변형이며 특수형태라고 볼 수도 있겠다.

한편, K. 버크는 환유와 제유에 대해서 아주 재미있는 해석을 가했다. 우리는 흔히 이 두 유형의 비유가 거의 엇비슷한 기능을 가지는 것으로 생각하기 쉽다. 그러나 버크에 따르면 이 두 유형의 비유는 그 동기에 있어서 전혀 다른 성격의 것이다. 우선 그는 비유를 복잡한 인간적 현실을 해명하기 위한 언어행위, 또는 그것을 기술하기 위한 전략으로 본다. 그에 따르면 은유는 투시(透視), 곧 perspective다.[15] 그러나 은유에 의해 투시가 이루어졌다고 해도 그것은 어디까지나 말의 상대적인 상태에 그친다. 그것으로 언어의 객관적인 리얼리티가 해체되는 것은 아니다. 그리하여 은유는 그 자체가 하나의 현실을 이루지만 그것은 과학의 그것과 다른 상태로 이루어진다. 과학은 본래 실질(substance)에 관계하지 않는다. 그것은 또한 동기와도 거리를 가진다. 과학이 다루는 것은 다만 상관관계일 뿐이다. 그러나 사회의 영역을 문제 삼는 경우에는 사정이 이와 아주 달라진다. 거기에는 인간관계가 문제되기 때문에 추상적

---

15 Kenneth Burke, *op. cit.,* p.503. 여기에는 물론 은유가 투시인 이유가 밝혀져 있다. 버크에 따르면 은유는 어떤 것을 다른 견지에서(in terms of) 보는 것이다. 말을 바꾸면 어떤 것의 속성을 다른 관점에서 보는 그 무엇이 되는 것이다. B의 관점에서 A를 바라본다는 자체가 투시일 수밖에 없는 것이다.

상관관계만으로는 의미 형성의 사정 설명이 불가능해진다. 새삼 밝힐 것도 없이 인간관계는 실질의 관계이며, 실질의 관계에서는 항상 동기가 문제될 수밖에 없다. K. 버크는 이런 사실에 주목했다. 그리하여 그는 과학적 리얼리즘과는 다른 시적 리얼리즘이 있다고 전제하면서 행위의 동기를 다루고자 나섰다.

우리가 자연의 차원 곧 자연주의적 상관관계의 유추에 따라서 인간관계를 다루고자 하면, 그 형태는 부득이 높은 영역에서 낮은 영역 쪽으로 또는 상위개념에서 하위개념으로의 환원(還元)이 되지 않을 수가 없다. 제유의 동기가 여기에 있는 것이다. 버크가 지적하고 있는 바와 같이 이 비유의 근본전략은 "비물질적(非物質的)이며 실체가 없는 듯 생각되는 것을 물질적이며 실체적인 것"으로 제시하는 데 있다. 이런 경우 우리에게 좋은 보기가 되는 것이 마음 → 감정 → 가슴이라는 말이다. 우리는 몹시 마음이 아픈 경우를 가리켜서 '가슴이 찢어진다'고 말한다. 이때 가슴은 바로 우리 자신의 심리상태를 말하는 것으로 그 자체가 환유다. 그러나 세월의 흐름과 함께 출발상태에 나타난 물질적인 것과의 관계는 잊혀져버린다. 그것을 다시 돌이켜내는 것은 시인의 비유적 확장에 의해서일 것이다. 이때에 이용되는 비유의 형태를 우리는 환유라고 한다. 환유는 시적 리얼리즘의 방법이다. 여기서 우리는 환원이 과학적 리얼리즘의 방법과 맞서는 세계 인식의 방법임을 알 수 있다.

한편 환원(還元)이란 바로 대리표상(代理表象)을 뜻한다. 그런데 대리표상을 하기 위해서는 그 전제가 되는 여건 같은 것이 요구된다. 비유 가운데는 그 조건 내지 여건으로 부분 대신 전체라든가, 전체 대신 부분, 내용 대신 그 그릇, 제품 대신 재료(이 경우는 환유에 유사해진다), 원인 대신 결과, 결과 대신 원인, 종(種) 대신 유(類), 유(類) 대신 종(種)을 이용하는 것이 있다. 이런 형태의 비유가 바로 제유다. 제유의 가장 고차원적 형태 혹은 원형(原型)은 미크로코스모스와 매크로코스모스의 동일성을 주장하는 형이상학적 학설에서 나타난다. 이런 유형의 논자에 따르면 개인은 우주의 복제에 해당된다. 그리고 그 역도 참이다. 이것은 양자가 서로 다른 쪽을 대리표상하고 있는 경우다. 따라서 우리는 우주를 이상적인 제유라고 볼 수 있게 되는 것이다. 제유의 또 다른 형태로는 의회제도 같은 것을 들 수 있다. 의회제도는 한 집단 사회의 일부가 사회 전체의 대표라는 논리 위에서 가능하다. 이런 의미에서 정치적 대표이론 역시 제유에 속하는 것이다. 똑같은 이야기가 예술적 표현의 경우에도 가능하다. 어느 의미에서 우리가 작품이라고 부르는 것들을 구성하는 제관계(諸關係)는 그에 대응하는 외부의 관계를 나타낸다(stand for).[16] 여기에는 적어도 기호표현과 기호의 관계가 성립되는 셈이다. 이렇게 보면 환유는 제유의 특수형태라는 이야기도 가능하다. 이런 경우 우리에게 좋은 보기가 되는 것이 정신과 신체, 의식과 물질(또는 운동)

---

16 *Ibid.*, pp.508-509.

의 상관관계다. 이들 관계의 유추는 질 대신에 양을, 또는 양 대신에 질을 대치시키는 일을 가능하게 한다. 여기까지는 분명히 제유의 영역이다. 그러나 이 두 형태의 비유 가운데 질 대신 양을 이끌어들이는 것은 엄격한 의미에서 환원이다. 이런 의미에서 제유의 개념 속에는 이미 환유의 개념도 포함되어 있는 셈이다.

4. 치환비유(置換比喩)와 병치비유(竝置比喩)

이미 지적된 바와 같이 비유는 세계 인식의 한 방법이다. 본래 우리 인간은 살아가는 가운데 무수하게 새로운 사태에 직면하고, 일찍이 가져보지 못한 감정이나 체험을 하게 된다. 또한 그런 체험이 또 다른 체험을 낳음으로써 제 나름대로 생생한 현실을 빚어내는 것이다. 이런 체험내용들을 표현, 전달하기 위해서 이용되어 온 것이 비유다. 즉, 비유는 앞서 이루어진 체험을 바탕으로 이미 알려진 체험내용, 관념, 생각을 이용하여 하나의 새로운 실재(實在)를 제시해 내는 표현방법이다. 비유는 그에 곁들여 새로운 관념이나 말을 이용함으로써 우리로 하여금 제3의 국면을 이해, 파악할 수 있도록 해준다. 그런데 이런 속성을 가진 비유를 형태상으로 나누면 크게 두 가지가 된다.

① 이상하게도 내가 사는 데서는

　새벽녘이면 산들이

　학처럼 날개를 쭉 펴고 날아 와서는

　종일토록 먹도 않고 말도 않고 엎뎄다가는

　해질 무렵이면 기러기처럼 날아서

　들만 남겨 놓고 먼 산속으로 간다.

　산은 날아도 새둥이나 꽃잎 하나 다치지 않고

　짐승들의 굴속에서는

　흙 한 줌 돌 한 개 들썽거리지 않는다.

　새나 벌레나 짐승들이 놀랄까봐

　지구처럼 부동(不動)의 자세(姿勢)로 떠간다.

　그럴 때면 새나 짐승들은

　기분 좋게 엎데서

　사람처럼 날아가는 꿈을 꾼다.

　　　　　　　－ 김광섭(金珖燮), 〈산(山)〉 1, 2연

② 새 한 마린 날마다 그 맘 때

　한 나무에서만 지저귀고 있었다.

　어제처럼

　세 개의 가시덤불이 찬연하다

하나는

어머니의 무덤

하나는

아우의 무덤

– 김종삼(金宗三), 〈한 마리의 새〉 1, 2연

위에서 예시된 두 작품인 ①과 ②는 그 표현방식이 상당히 다르다. ①에서 비유의 주지에 해당되는 것은 '산(山)'이다. 그리고 매체에 해당되는 것이 '학', '기러기' 등이다. 그러면서 그들은 서로 일체화되어 있고 그를 통해서 제나름의 심상 제시가 이루어졌다. 그러니까 ①의 비유형식은 T=V(主旨, Tenor=매체, Vehicle)로 여러 객체가 으뜸 소재인 '산'의 대체형태라고 지적될 수 있다. 그러나 ②는 그와 다르다. 이 작품 마지막인 3연에서 1연의 두 줄이 그대로 되풀이되어 있기는 하다. 그러나 그것을 고려에 넣는다고 해도 1연과 2연 사이에는 딱 잘라서 어느 것이 주지이며 어느 것이 매체인가를 지적해 낼 근거가 될 만한 것이 나타나지 않는다. 구체적으로 이 작품 제1연에서 주제적 심상을 이루고 있는 것은 '나무 위에 지저귀는 새'다. 그리고 2연에서는 그것이 좀 더 복합적이다. 여기서는 첫 두 줄에서 '가시덤불'이 지배적 심상을 이룬다. 그리고 이어 그것이 '어머니의 무덤', '아우의 무덤' 등으로 비약되어 있는 것이다. 2연의 전반부에서 구태여 우리가 의미맥락의 고리 같은 것을 찾는다면 그것은

'세 개'라는 숫자에 이어 "하나는 / 어머니의 무덤", "하나는 / 아우의 무덤"이라고 대응되는 구절이 나오는 점이다. 그러나 그 밖의 의미 맥락상 고리는 거의 포착되지 않는다. 이렇게 보면 이 작품의 형태, 구조는 철저하게 A/B/C로 각 연이 분리되어 있음을 알 수 있다.

우리는 앞에서 비유의 형태에 크게 두 가지가 있음을 보았다. ①의 보기에 나타나는 바와 같은 비유에서는 그 의미의 폭이 커지고 넓어진다. 이것을 우리는 주지의 확대(outreaching)라고 할 수 있을 것이다. 그에 대해서 ②에서는 일종의 조합(combining)이 이루어져 있다. 그리고 그를 통해서 ②에서는 독특한 모양의 의미론적 변용이 이루어졌다. 그리하여 양자의 효용, 기능이 크게 다르게 나타난다. 비유의 이런 형태에 주목하여 제 나름의 이론을 펼친 예로 P. 휠라이트가 있다. 그는 먼저 비유의 본질이 문법적 형태로 나타나는 규칙에 있지 않다고 못 박았다.[17] 그에 따르면 비유의 본질은 의미론적 변용의 질로 파악되어야 한다. 이런 각도에서 볼 때 비유 가운데는 치환(置換)의 원리에 입각한 것과 병치비유(並置比喩)에 해당되는 것이 있다.

(1) 치환비유(置換比喩)

휠라이트는 그의 비유의 선례를 아리스토텔레스에서 찾았다. 그

17 P. Wheelwright, *op. cit.*, p.71.

에 따르면 『시학』에 나오는 "한 명칭이 (일상적으로 지시하는 바에서 다른 대상으로) 치환된 것"[18]이라고 규정한 부분이 이에 해당된다. 그런데 여기서 치환에 해당되는 희랍어는 epiphora이다. 그리고 이때 epi 는 '향해서 이동'하는 것을 뜻한다. 그리고 phora는 movement 곧 동작이다. 본래 우리 인간에게는 하나의 구체적이고 포착하기 쉬운 이미지로부터 모호하고 석연치 않은 낯선 것을 향해 이동하는 속성이 있다. 그리고 이때 이용된 비유가 치환의 형태를 취한 것이다. 여기서 휠라이트는 치환의 궁극적인 의의를 지적해 두는 것도 잊지 않았다. 일상생활에서 우리는 스스로 비교적 익숙하고 구체적으로 알게 된 것이 있다고 생각한다. 그리고 그보다는 더욱 소중하고 가치 있는 것이지만 잘 알려지지 않았거나 전혀 알지 못하는 것도 있다. 이런 것들 사이에서 우리는 후자를 나 아닌 다른 사람에게 느끼게 하고 알리고 싶다. 그것도 어디까지나 말로 해야 할 경우가 있는 것이다. ephiphora는 바로 이때 우리가 사용하는 언어상의 도구에 해당된다. 또한 이 비유는 그 의미작용을 가능케 하는 확실한 축어적(逐語的) 바탕도 지니고 있어야 한다. 이런 경우 우리는 '인생은 꿈이다'라는 소박한 말을 생각해 보아도 좋다. 여기서 '인생'이란 한마디로 체험이 되지 않는다. 많은 사람들에게 인생이란 적실한 말로 표현할 길이 없는 막연한 그 무엇이다. 그것이 '꿈'으로 치환되는 경

18 *Ibid.*, p.72.

우 우리에게는 비교적 구체적인 심상의 테두리가 정해진다. 그리고 그 관계형성이 어느 정도 논리적 설명이 가능하다. 이런 의미에서 ephipora는 축어적인 것이다.

① 이것은 소리 없는 아우성
　　저 푸른 해원(海原)을 향하여 흔드는
　　영원(永遠)한 노스탈쟈의 손수건
　　순정(純情)은 물결같이 바람에 나부끼고
　　오로지 맑고 곧은 이념(理念)의 표(標)ㅅ대 끝에

　　애수(哀愁)는 백로(白鷺)처럼 날개를 펴다.
　　아아 누구던가,
　　이렇게 슬프고도 애달픈 마음을
　　맨 처음 공중에 달 줄을 안 그는
　　　　　　　　　　　　　　　　－ 유치환(柳致環), 「기(旗)ㅅ발」 전문

② 모든 울음은 여리고 간결하다.
　　들은 지금 막 단조로운 여름의 마지막 미사를 읊었고
　　귀뚜라미 야위어 가는 영구차처럼
　　건초 사이에서 기어 나온다.

All cries are thin and terse;

The field has droned the summer's final mass;

A Cricket like a dwindled hearse

Crawls from the dry grass.

– Richard Wilbur, "Exeunt"

①에서 주지(主旨)가 되는 것은 '기(旗)' 내지 '기(旗)ㅅ발'이다. 그런데 이 제재 내지 주지는 완전히 열린 상태에서 생기 있는 심상을 갖지 못한다. 그것을 이 작품에서는 몇 개의 매체로 선명한 심상이 되게 하고 있다. 그리고 그것으로 우리가 갖는 체험에는 신선하고 충격적인 차원이 마련된다. 그러니까 여기에는 의심할 여지가 없이 치환의 원리가 작용하고 있는 것이다. ②에 대해서도 아주 비슷한 이야기가 가능하다. 이 작품의 무대배경은 막 제철에 접어든 가을의 전원 또는 시골이라고 생각된다. 따라서 그 주지는 건초가 쌓이고 귀뚜라미가 우는 가을이며, 그 속에서 느끼는 화자의 정감(情感) 같은 것이다. 그런데 제재상태(題材狀態)에서 그런 정감은 막연하고 테두리를 갖지 않는다. 그것이 이 작품에서는 여러 현상의 제시, 또는 매체 쪽으로의 전이를 통해서 구체적이며 신선한 느낌을 주는 심상으로 바꾸어진다. 특히 인용된 부분의 후반부에서 우리는 아주 독특한 체험에 부딪친다. 치환비유란 이런 모양의 비유를 가리킨다.

(2) 병치비유(竝置比喩)

비유의 생명은 우리에게 신선한 심상을 지니게 하거나 긴장된 언어형태를 보여주는 데 있다. 이런 사실을 치환비유의 속성에 견주어 생각해 보면 재미있는 이야기가 가능해진다. 치환비유에서 우리가 긴장감을 매우 크게 맛보는 경우는 손쉽게 주지와 매체의 상관관계가 유추가능한 쪽이 아니다. 그보다 주지와 매체 관계가 엉뚱할수록 그 견고성이라든가 탄력감이 배가(倍加)되는 게 치환비유의 원리였다. 그렇다면 이 논리를 극대화시켜 아예 비유와 매체 사이에 상관관계를 알리는 장치를 제거해 버린 비유도 생각될 수가 있겠다. 즉, 순수하게 이질적 두 요소를 병치(juxtaposition)시킨 경우를 가정해 낼 수 있는 것이다. 이런 유형의 비유를 우리는 병치비유 곧 diaphora라고 한다. 휠라이트에 따르면 여기서 dia는 through 곧 통과를 뜻하며, phora는 movement 곧 동작이다. 그러니까 병치비유는 애초부터 비유를 이루는 두 개의 요소 사이에 주종(主從) 관계를 성립시키지 않는 경우다. 두 요소는 처음부터 대등하며 그런 가운데 독립상태로 상호 대립 관계가 되어 있을 뿐이다. 그러나 비유가 비유인 이상 한 작품 속에서 끝내 두 요소는 독자적 단위로 남지 않는다. 일단 비유가 성립되면 두 요소는 상호작용하게 된다. 그와 함께 거기에는 새로운 의미가 탄생하는 것이다. 이와 같은 설명과 함께 휠라이트는 이 비유의 보기로 다음과 같은 작품을 들었다.[19]

인총(人叢) 속에 끼어 있는 이 얼굴들의 환영(幻影)

비에 젖은 검은 나뭇가지 위의 꽃잎들

The apparition of these faces in the crowd;

Petals on a wet, black bough.

- Ezra Pound, In a Station of the Metro.

이 작품에서 주제어가 되고 있는 것은 환영(幻影) 곧 apparition과 꽃잎들 곧 petals다. 그리고 이들 주제어는 치환비유(置換比喩)의 경우처럼 주지, 매체의 관계를 이루고 있는 것이 아니라 제각기 독립된 상태로 제자리를 차지하고 있다. 그러면서도 이 병치상태 속에서 우리는 새로운 의미 내지 심상의 제시를 느낄 수 있다. 물론 여기서 빚어진 심상 내지 의미가 표현(表現) 또는 표시(表示)의 상태에서 이루어지고 있는 것은 아니다 우리가 표현 또는 표시라고 말할 때 거기에는 먼저 효과적으로 나타내어야 할 그 무엇이 있는 법이다. 범박한 의미에서 그것은 미메시스의 테두리에 드는 언어행위라고 볼 수 있다. 그러니 여기에서는 전혀 그런 선행조건이 없이 한 쌍의 이미지가 대조되어 있다. 이것은 우리가 비유의 또 다른 속성을 믿는 결과 나타난 두 개의 독립된 사물의 제시방식이라 할 것이

19 *Ibid.*, p.75.

다. 앞에서 이미 밝혀진 바와 같이 비유 가운데는 분명히 유사성이나 연접성에 의거하는 것이 있다 아무리 주지와 매체 사이의 거리가 먼 경우라도 그 사이에는 이런 비유의 원리에 작용하는 것이다. 그러나 에즈라 파운드의 이 작품에서는 사정이 다르다. 여기서 비유와 그것이 낳고 있는 심상은 분명히 어떤 돌발적 경험의 특수성에 의거하고 있다. 그리하여 이 경우 비유는 유추 가능한 상상력의 실마리를 문맥상에서는 전혀 갖고 있지 않다. 휠라이트가 이 비유에 대해서 표현의 편이라기보다 제시적이라고 본 까닭이 여기에 있는 셈이다.[20]

5. 막스 블랙의 상호작용론(相互作用論)

비유의 이해에 있어서 병치설은 아주 획기적인 것이었다. 이 개념의 도입으로 우리는 수사론의 테두리에서 시원스럽게 벗어날 수 있게 되었다. 그와 함께 시의 심상 제시에서 가장 기능적이라고 생각되는 당돌한 상관관계의 수립이 어떤 의의를 갖는가도 설명해 낼 길이 열렸다. 그러나 이런 긍정적인 면과 함께 여기에는 석연치 않은 구석이 전혀 없는 것도 아니다. 우선 우리가 알고 있는 한 비유

20 *Ibid.*, p.80.

는 어느 정도의 연계성 내지 동질성을 토대로 한다. 그리고 이때 문제되는 연계관계나 동질성은 적어도 어떤 기법이나 의장(意匠)을 통해서 확보되어야 한다. 에즈라 파운드의 〈지하철 정거장에서〉에 대해서 우리가 파악하는 한 그런 의장이나 장치는 전혀 나타나지 않는다. 그럼에도 휠라이트는 이 작품이 순수한 병치비유가 아니라 그 바닥에 전이, 치환의 느낌도 포함되어 있다고 보았다.

> 위 대구의("지하철 정거장에서"의 두 줄을 가리킴-필자주) 이미저리가 두드러지게 병치적인 반면에 역시 어떤 epiphora의 뉘앙스도 띠고 있는 것이 아닐까? 외계의 색조와 그 결에 대한 시각적 인식은 다양하며, 어떤 독자는 아마 위 대비에 이미 어느 정도 유사성을 깨쳤을 가능성도 있다. 이러한 두 이미저리의 並置는 매우 약하게, 그리고 미묘하게 어떤 비교를 암시하는 분위기를 띠고 있다는 주장도 가능하다. 이 두 행의 시가 파운드의 다른 시적 맥락 속에서 고려되었을 때 diaphora 및 epiphor의 요소는 다 같이 확대된다.[21]

---

21 *Ibid.,* pp.80-81. ⋯ while the imagery in the couplet is conspicuously diaphoric, does it not perhaps carry an overtone of epiphor as well? Visual awarenesses of the colors and textures of the external world to vary, and possibly for some readers there may seem to be a slight degree of antecedent similarity in the contrast. It could be argued that the juxtaposition is tinged, faintly and subtly, with a suggested comparison. Moreover, both the diaphoric and the epiphoric elements are enlarged when the two-line poem is concidered in the context of the other poems with which Pound has surrounded it.

우리는 이제 휠라이트의 말을 뒤바꾸어 놓고 생각해 볼 수도 있을 것이다. 순수한 병치형태의 비유 속에서도 이미 치환의 낌새가 느껴진다. 그렇다면 엄격한 의미에서 병치 또는 대조상태의 비유가 존재할 수 없다는 이야기가 가능하다. 실제 휠라이트는 병치비유를 논하는 바로 그 자리에서 W. 스티븐슨의 "검은 새를 보는 열세 가지 방법(Thirteen Ways of Looking at a Blackbird)"을 보기로 들었다. 참고로 이 작품의 일부를 들어 보면 다음과 같다.[22]

I
스무 개 눈 덮인 산 속에
오직 하나 움직이는 것은
검은 새의 눈망울뿐,

II
내 마음은 세 가지
세 마리의 검은 새가 앉은
한 그루의 나무처럼

---

22 *Ibid.*, p.84.

III

가을 바람 속을 검은 새 둥글게 날았다.

그것은 작은 무언극 한토막

IV

한 남자와 여자는

하나이며

한 남자와 여자의 한 마리의 검은 새는

또한 하나이니

V

어느 것을 택하랴

음절의 변화의 아름다움인가

풍자의 아름다움인가

검은 새가 우짖을 적

또는 바로 그 직후

XIII

한나절이 기운 저녁 무렵

눈이 내렸소

그리고 눈이 내리려 했소

검은 새는

삼(杉)나무의 큰 가지에 앉았었소.

I

Among twenty snowy mountains,

The only moving thing

Was the eye of the blackbird.

II

I was of three minds

Like a tree

In which there are three blackbird.

III

The blackbird whirled in the autumn winds.

It was a small part of the pantomine.

IV

A man and a woman

Are one.

A man and a woman and a blackbird

Are one.

V

I do not know which to prefer,

The beauty of inflections

Or the beauty of innuendoes,

The blackbird whistling

Or just after.

XIII

It was evening all afternoon.

It was snowing

And it was going to snow.

The blackbird sat

In the cedar-limbs.

이 작품에 대해서 휠라이트는 일단 각 연이 독립된 단위로 병치 (並置)의 상태에 있다고 보았다. 그러나 그 독립단위의 연들 자체는 치환에 의해 심상이 제시되어 있는 것이다. 뿐만 아니라 독립되어 있다고 지적된 각 연 역시 한 매체에 의해서 내밀스러운 연결이 이루어진다. 그것이 각 연에 되풀이되어 나오는 검은 새인 것이다. 휠라이트 자신은 이것을 "치환비유(置換比喩)의 의미가 전혀 개재하지 않은 순전한 제시적 통합"[23]이라고 보았다. 그러나 각 연마다 똑같은 명사가 쓰임으로써 이미 이 작품에는 비제시적(非提示的) 단면이 내포되었다는 해석도 가능하다. 이것으로 도출 가능해진 결론 역시 명백해진다. 결국 그것이 시의 한 요소를 이루는 한 순수한 의미의 병치비유(並置比喩)란 존재하지 않거나 무의미하다. 그렇다면 또 하나의 질문이 제기된다. 이런 논리상의 난점에도 불구하고 휠라이트가 굳이 병치론(並置論)을 내세운 까닭은 무엇인가. 그것은 비유의 기능적인 이해에 방해가 되는 형태설 내지 문법론을 그가 극복하고자 했기 때문이다. 그가 관심을 가진 것은 비유의 질적 변화 내지 의미맥락상의 속성이다. 말을 바꾸면 그가 파악하려고 한 것은 비유의 역학 같은 것이었다. 그걸 논증해 가기 위한 중간항으로 제기된 것이 휠라이트의 병치 내지 대조론이라는 이야기가 가능하다.

휠라이트의 생각은 어느 편인가 하면 그 자체가 제시적이다. 이 말은 그가 병치론 내지 비유의 역동적인 상태를 충분히 논리적으로 설명해 내지 못했기에 지적되어야 할 점이다. 그런데 그의 이런 결함을 효과적으로 극복해 낸 예가 나타난다. 그것이 곧 막스 블랙의 방법이다. M. 블랙은 그의 담론을 통해 이제까지의 비유론을 크게 세 가지로 구분했다. 대치(代置), 비교(比較), 상호작용론(相互作用論)

---

23 *Ibid.*, p.840.

등이 그것이다. 먼저 대치론(substitution view of metaphor)이란 가장 일반적인 비유론으로 통용되어 온 것이다. 먼저 심상 제시를 위해서 우리가 의도한 것이 선행한다. 그것을 효과적으로 표현하기 위해서 원용되는 기법을 비유로 보자는 것이 이 관점의 골자다. 그러니까 이때 비유의 역할은 문자 그대로의 뜻, 또는 주지를 다른 형태로 바꾸어 놓는 데 있다.[24] 흔히 우리는 '키다리'를 '전봇대'라고 한다. 희고 둥근 소녀의 얼굴을 '달덩이'에 비유하기도 한다. 그리고 이런 비유 사이에는 아주 손쉽게 주지, 매체의 상관관계가 유추될 수 있다. 이런 생각들이 대치론을 이루어낸 것이다.

이와 아울러 앞에서 우리는 비유의 또 다른 속성으로 아주 이질적인 두 개의 관념을 엉뚱하게 연결시키는 면이 있음을 보았다. 이때 비유의 형태는 대치(代置)나 치환(置換)이 아니라 비교, 병치의 성격을 띤다. 이런 비유의 속성을 설명하기 위해서 막스 블랙은 "리처드왕은 한 마리 사자다"라는 문장을 예로 들었다. 이와는 달리 "리처드왕은 한 마리 사자와 같다"라는 예가 생각될 수 있겠다. 이때 우리가 제시하고자 하는 것은 '리처드왕이 용감하다'라는 속뜻이 된다.

문장 형태로 보면 전자와 후자의 차이는 관계사 '같다'가 쓰인 것인가 아닌가의 차이일 뿐이다. 물론 후자와 같은 표현으로도 화자

---

24 Max Black, Metaphor, *Studies in Language and Philosophy* (Cornell Univ. Press, 1962), pp.32-33.

가 제시하고자 하는 전달 내용은 어느 정도 달성된다. 즉, 리처드왕의 용감성 → 사자 같다는 대체현상이 나타나고 있는 것이다. 그러나 전자는 그와 달라서 리처드왕/사자의 대비 내지 병치관계가 성립된다. 비유의 이런 단면을 설명하기 위해 비교론(comparison view of metaphor)을 제기한 것이다.[25]

그러나 비교론만으로 비유가 기능적으로 이해될 것이 아님은 이미 휠라이트의 예를 통해서 단적으로 드러났다. 다시 "리처드왕은 사자다"라는 예문을 생각해 보기로 한다. 이때 비유는 단순하게 새로운 의미맥락 형성이나 심상의 제시에 그치지 않는다. 비유를 형성하는 두 개의 관념, 곧 '리처드왕'과 '사자'는 제각기 독자성을 가진다. 그러면서 주지는 매체에 작용하고, 매체는 또한 부단히 주지에 작용한다. 그리하여 양자는 서로 상호작용하는 관계를 지속시켜 나간다. 뿐만 아니라 비유의 이들 요소는 다시 그것이 시의 행과 연과 의미맥락을 이룸으로써 전체 작품의 형태, 구조에 영향을 준다. 비유의 이런 성격을 가리켜 막스 블랙은 상호작용론(interaction view of metaphor)을 편 것이다. 결국 상호작용론은 비유를 시의 필수불가결한 요소로 보자는 입장이다. 이런 관점에 다르면 비유는 끊임없이 시의 형태, 구조를 활성화시키는 역학적 실체로 해석될 수 있다. 이제 우리는 그런 사실을 구체적 작품을 통해서도 입증해 낼

25 *Ibid.*, p.36.

수 있다.

6. 만해 한용운(萬海 韓龍雲)의 작품,「알 수 없어요」

바람도 없는 공중에 수직(垂直)의 파문(波紋)을 내이며 고요히 떨어 지는 오동닢은 누구의 발자최입니까

지리한 장마 끝에 서풍에 몰려가는 무서운 구름의 터진 틈으로 언 뜻언뜻 보이는 푸른 하늘은 누구의 얼굴입니까

꽃도 잎도 없는 깊은 나무에 푸른 이끼를 거쳐서 옛 탑(塔) 위의 고 요한 하늘을 스치는 알 수 없는 향기는 누구의 입김입니까

근원은 알지도 못할 곳에서 나서 돌뿌리를 울리고 가늘게 흐르는 작은 시내는 구비구비 누구의 노래입니까

연꽃 같은 발꿈치로 가이 없는 바다를 밟고 옥 같은 손으로 끝없는 하늘을 만지면서 떨어지는 해를 곱게 단장하는 저녁놀은 누구의 시 (詩)입니까

타고 남은 재가 다시 기름이 됩니다. 그칠 줄을 모르고 타는 나의
가슴은 누구의 밤을 지키는 약한 등불입니까

- 한용운, 「알 수 없어요」 전문.

만해 한용운의 이 작품은 이제까지 우리 주변에서 흔히 애정시로
해석되어 왔다. 1960년대를 넘어선 다음 불교식 형이상의 경지를
노래한 것이라는 생각이 제시되기는 했다. 그러나 이 작품이 그런
경지를 어떻게 기능적으로 읊어냈는가를 시원스럽게 설명한 예는
나타나지 않았다. 그런데 막스 블랙의 시각을 원용하는 경우 이 현
안의 문제가 기능적으로 풀릴 수 있는 실마리가 생긴다. 얼핏 보아
도 나타나는 바와 같이 이 작품은 그 전편이 한 문장을 단위로 하고
그것들이 연을 이룬 형태로 되어 있다. 그런데 그 가운데 꼭 하나
예외격인 것이 마지막 연이다. 이 연은 한 문장이 아니라 두 문장으
로 이루어져 있다. 이런 사실에 유의하면서 이 작품을 읽어가면 이
시의 전편이 주지, 매체를 가진 비유 형태로 읽힐 수가 있다.

제1연에서는 그것은 오동잎 → 누구의 발자취로 나타나며, 2연
에서는 푸른 하늘 → 누구의 얼굴, 3연에서는 알 수 없는 향기 → 누
구의 입김, 4연에서는 가늘게 흐르는 적은 시내 → 누구의 노래, 5
연에서는 저녁 놀 → 누구의 시로 되어 있다. 그리고 마지막 연에서
주지는 '나의 가슴'이다. 그리고 매체에 해당되는 것은 '등불'이다.
그런데 비유가 성립되기 전 이들 두 개의 관념은 아주 이질적이며

무관한 상태의 것이다. 참고로 이들이 지닌 개념내용을 생각해 보면 다음과 같은 도식화가 가능하다.

등불	물질의 영역, 일정한 공간 점유, 감각적 실체, 계량화(計量化) 가능
나의 가슴(마음)	정신 또는 의식의 영역, 심의 현상(心意 現象), 비실체적이며 계량화 불가능

　한용운은 이상과 같은 두 개의 관념을 한 문맥 속에 엮어 넣었다. 그것을 가능케 한 것이 "그칠 줄을 모르고 타는"이라든가 "누구의 밤을 지키는"과 같은 구절이다. 그리고 무엇보다 중요하게 생각되는 것이 의문어미로 이루어진 '～입니까'이다. 이와 같은 관계구절 또는 의장을 통해서 이들 두 개의 이질적 관념이 한 문맥에 수용되면서 일종의 구조적 변혁이 빚어진다. 먼저 그들은 이질적인 것들이기 때문에 서로 독자적인 속성을 유지하려고 안간힘을 쓴다. 그러나 그들은 이미 비유가 됨으로써 한 문맥을 이루어 불가불리의 관계가 되어 있다. 그리하여 그들은 다시 유기적인 관계 속에 결합될 수밖에 없다. 그리하여 모순, 충돌과 화합, 일치하려는 역학적 주고받기가 한 작품 속에서 끊임없이 되풀이된다. 그리고 그를 통해서 이 부분이 지닌 시의 의의가 비로소 제자리를 갖는다. 또한 전체 작품과도 유기적인 상관관계가 맺어진다. 이제 설명의 편의를 위해서 그 사이의 사정을 그림으로 제시해 보면 다음과 같다.

이 그림에서 ①은 비유를 성립시킨 관계장치를 의미하며 그에 부수된 의장(意匠)의 영역을 가리킨다. 이런 영역이 형성되기 전 비유는 물론 이루어지지 않는다. 그러나 일단 ①이 형성됨과 함께 ②와 ③은 한 문맥 속에서 엮어지면서 그 자체가 유기적 관계를 가진 구조를 이룬다. 이와 함께 ②와 ③은 이미 단순한 병치나 비교의 차원을 넘어선다. ①의 영역이 작동하면서 ②와 ③은 일종의 역학적

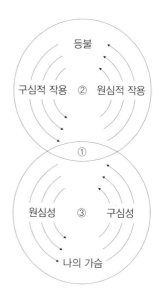

상관관계 속에 놓이는 것이다. 이때 성립되는 역학적 상관관계는 그것이 다시 반대지향성의 것과 동화지향성의 것으로 나뉘어 이야기될 수 있을 것이다. 그러나 그림에서 나타나고 있는 바와 같이 이들은 비유의 두 요소가 되어 있다. 그것으로 이질성으로 하여 일어나는 원심성(遠心性)이 끝내는 주지와 매체로 하여 빚어지는 구심력(求心力)을 저버리지 못한다. 그리하여 이 작품에서 두 요소는 끝내 하나의 원이 되어 돌아갈 뿐이다. 이 역동적인 상태는 선조적인 것이 아니라 하나의 집합형태가 되고, 나아가 입체적인 모양으로 바뀌어간다. 그리하여 ②와 ③은 일종의 역학적 움직임의 소용돌이를 이룬다. 그러니까 여기서 상호작용은 단순하게 주지와 매체 간의

주고받기로 끝나지 않는다. 어느 의미에서 그것은 제3의 역동적인 실체를 이루게 되는 것이다. 이제 우리는 비유 논의에서 상호작용의 뜻이 무엇인가를 파악해 내기에 이르렀다. 막스 블랙이 그의 비유론에서 대치론과 비교론을 지양, 극복하고자 한 까닭이 바로 여기에 있는 것이다. 또한 휠라이트의 병치비유론이 지닌 논리의 취약점 역시 이런 각도에서 보완되어야 한다.[26]

---

26 이 작품의 형이상적 성격과 만해의 일부 한시(漢詩) 작품과의 대비고찰 가능성에 대해서는 김용직, 『님의 침묵, 총체적 분석연구』(서정시학, 2010), pp.52-56 참조.

제 5 장

—

신비평의 한계 인식과 그 넘어서기

신비평 익히기의 초기 단계에서 나는 비유를 수사론의 한 방법으로 이해하고 있었다. 리처즈의 비유론에서 기본 개념이 되는 주지와 매체를 이질적인 두 요소의 결합쯤으로 생각했다. P. 휠라이트의 치환비유와 병치비유도 그와 같은 맥락에서 생각했다. 당시 나는 시의 구조에 비유가 어떤 작용을 하는지를 제대로 가늠하지 못했던 것이다.

　　현대시 공부를 시작하게 되자 나는 김기림(金起林)이 중심이 된 모더니즘 계열의 시에 상당한 매력을 느꼈다. 시문학파(詩文學派)에 속한 정지용(鄭芝溶)이나 신석정(辛夕汀)의 시에는 매우 감각적인 언어가 사용되어 있었다. 거기에는 "꿈에도 잊힐리야"라고 노래된 고향이 "얼룩백이 황소가 헤설피 금빛 울음 우는 곳"으로 감각화되어 있었다. 푸른 물결로 생동하는 바다가 "바다는 뿔뿔이 / 달아날랴고 했다 // 푸른 도마뱀 떼같이 / 재재 발렀다"로 제시된 것도 신선하기 그지없는 비유의 사용이라고 생각했다.

　　이런 수준으로 나는 한때 주지주의계 시의 본고장인 영미계 이미지스트의 시도 읽었다. 지금 생각하면 황당하기 그지없는 생각을 그때 내가 가졌다. T. E. 흄이나 에즈라 파운드의 초기 시를 읽으면서 나는 거기 제시된 말들이 별로 신선한 감각을 가진 것 같지 않았다. 그 나머지 한때 정지용의 시가 어쩌면 본고장의 이미지스트들의 작품보다 더 훌륭하지 않을까 하는 생각까지를 했다. 일종의 과도기였다고 할 수밖에 없는 내 현대시 읽기는 C. 브룩스를 다시 읽으면서 일단 본론화 단계에 접어들었다.

1. 강의실에서 배운 『시의 이해』

내가 『시의 이해』를 처음 읽은 것은 1950년대가 후반기에 접어들었을 때다. 당시 우리 대학에는 그 이전 몇 해 동안 미국쪽 대학에서 체재한 이양하(李敭河) 선생이 돌아왔다. 우리 또래가 졸업반이 되었을 때 그는 현대영시론 강의를 개설했다. 그 첫 시간에 들어갔더니 브룩스의 『시의 이해』를 교재로 한다고 밝히셨다. 선생님의 그런 말에 귀가 번쩍 뜨인 나는 비영문학 전공자인 신분으로 모험일 수밖에 없는 수강신청을 하고 선생님의 학반에 나갔다.

이양하 선생의 강의를 듣는 학생 수는 대충 20여 명 정도였다. 그들 거의 모두는 영문학과 학생들이었는데 첫 시간에 이야기들을 나누어 본 결과 이양하 선생이 교재로 택한 브룩스의 『시의 이해』를 가진 학생은 한 사람도 없었다. 이양하 선생님은 그런 우리들 앞에서 필요한 부분을 판서로 대치하고 중요한 부분의 요점을 짚어가면서 우리를 가르쳤다. 그때 선생님의 강의내용으로 내 기억에 남아 있는 것은 서론 부분에 있는 것들이다. 선생님은 시의 진실이 우리가 일상생활에서 말하는 진실과 다를 수 있다고 하셨다. 그리고 시는 우리가 갖게 되는 일상적 체험과도 다른 체험의 세계인데 그 구조적 특성이 극적인 것이라고 판서까지 하셨다.

지금도 뚜렷이 기억되는 것이 그때 강의에서 3장 음운론(metrics)과 4장, 성조론(Tone)이 생략된 일이다. 선생님은 그 자리에서 우리말과 영어의 언어계통이 전혀 달라서 지금 우리가 영시의 음보나 율격을 배워도 한국시를 읽는 데는 도움을 얻을 수 없다고 하셨다. 실제 선생님은 강의시간에 영시보다 한국시를 더 많이 예로 들어서 가르치셨다. 그런 선생님의 강의는 『시의 이해』 5장 '심상론(Imagery)'에서 끝이 났다.

지금 『시의 이해』를 보면 이 장에서 브룩스가 보기로 든 작품은 W. 워즈워스의 「주목 나무(Yew trees)」로 시작한다. 그에 이어 나오는 것이 「외로운 추수꾼(The Solitary Reaper)」, J. 스티븐스 「양떼들 오솔길(Goat Paths)」들이다. 지금 내 머리에는 당시 선생님이 작품을 해석하신 내용이 전혀 남아 있지 않다. 또 하나 생각나는 것이 내가 선생님이 작고하신 다음 5, 6년이 지나고 나서야 『시의 이해』를 광화문 쪽의 서점에서 구입한 일이다. 그 무렵 나는 강사로 나가는 대학에서 현대시론의 강의를 맡게 되었다. 그 준비 과정에서 나는 불가피하게 『시의 이해』를 다시 읽지 않을 수 없었다.

2. C. 브룩스의 심상론: 조이스 킬머와 김동명(金東鳴)

『시의 이해』를 다시 읽으면서 나는 시의 구조적 의미를 고쳐 생각하게 되었다. 일찍부터 시는 나에게 예술의 한 갈래였다. 그리고 예술은 본질적으로 질서와 조화, 균형감각의 소산인 동시에 그 바닥에 반드시 여러 요소들을 엮는 연결고리 같은 것을 가진다. 그것을 나는 언어예술이 갖는 구조라고 짐작했다. 그 단계에서 나는 시의 요소 가운데 하나로 비유를 생각했고 그것이 감각적 매체를 갖게 되면 심상이 되는 것이라고 짐작했다. 그런데 심상이 감각의 차원으로만 이해되는 경우 예술작품으로서의 시는 단편적인 인상의 조각들을 뜻할 뿐 거기에 구조의 맥락이 생길 여지가 없게 된다. 바로 여기에 시의 심상을 각자 분리된 단위로 보는 것이 아니라 그 사이에 서로 연결고리를 갖는 구조적 요소로 파악할 필요가 제기되는 셈이다. C. 브룩스의 『시의 이해』에는 바로 이에 대한 인식의 자취가 뚜렷이 드러나는 부분이 있다.[01]

나는 나무처럼 아름다운 시(詩)를
본 적이 없다.

---

01 Cleanth Brooks, *Understanding Poetry* (New York, Holt, Rinehart and Winston, 1960), pp.287-288.

단물 흐르는 대지(大地)의 가슴팍에
주린 입을 박고 있는 나무

진종일 하나님 바라며
잎 무성한 팔을 들어 기도하는 나무

여름에는 그 머리에
방울새의 둥우리를 이고 있는 나무

가슴에는 쌓이는 눈
다정히 비와도 이웃하여 사는 나무

시(詩)는 나처럼 어리석은 이가 만들고
하나님께서만이 나무를 만들 수 있다.

– 조이스 킬머, 「나무들」 전문

I think that I shall never see
A poem lovely as a tree.

A tree whose hungry mouth is pressed
Against the earth's sweet flowing breast;

A tree that looks to God all day,

And lifts her leafy arms to pray;

A tree that may in summer wear

A nest of robins in her hair;

Upon whose bosom snow has lain;

Who intimately lives with rain.

Poems are made by fools like me,

But only God can make a tree.

- Joyce Kilmer, Trees

얼핏 보아도 나타나는 바와 같이 이 시의 제재가 되고 있는 것은 식물의 일종인 나무들이다. J. 킬머는 이 작품에서 나무들을 의인화 시켜서 그 나름의 심상을 갖도록 바꾸어 놓았다. 이런 기법에 무슨 잘못이 있는 것은 아니다. 오히려 의인화된 나무는 그 자체로 각 연의 중심 단위가 되어 생생한 감각적 실체로 나타난다. 그러나 이 시를 이런 차원으로만 읽으면 그 심상들은 각각 분리된 상태로 있을 뿐 그 사이에 유기적인 의미의 흐름이 이루어지지 않는다. 그 결과 이 시는 언어예술의 기본 특질인 질서와 조화감각을 제대로 살려내지 못한다. 그 나머지 시는 고작 심상의 조각들을 모아 놓은 언어의 그림이 되는 데 그칠 것이다.

브룩스에 따르면 이 작품 둘째 연에서 나무는 어린이의 이미지로 제시되어 있다. 먼저 이 연에서 대지(大地)는 어머니의 이미지를 지닌다. 그 어머니의 가슴에 입을 대고 젖을 빠는 것은 어린이일 수밖에 없다. 그런데, 그 다음 자리에서 이 나무는 아무런 준비 과정도 거치지 않은 채 성인(成人)의 심상을 띠고 나타난다. 기도를 드리는 일은 종교적인 의식에 속한다. 하루 종일 종교의 의식에 자신을 내맡길 수 있는 것은 어린이가 아니라 성인에게만 가능한 일이다. 뿐만 아니라 둘째 연과 셋째 연 사이에는 좀 더 두드러지는 난시현상(亂視現象) 같은 것도 나타난다. 둘째 연에서 사람의 입에 비유되고 있는 것은 분명히 나무의 뿌리다. 그것이 셋째 연에서는 가지가 인간의 팔에 비유되어 있는 것이다. 이렇게 되면 나무로 제시된 인간의 이미지는 이상한 모양을 한 괴물의 상태가 되어버린다.

다음 이 작품의 넷째 연에서 나무는 머리를 장식하고 있는 한 여인의 심상에 수렴된다. 브룩스에 의하면 이것은 허영기가 있는 여성을 유추케 한다.[02] 그러나, 다음 연에서 그런 사정은 180° 바뀌어 버린다. 정작 한 여인이 비와 이웃하여 산다는 것은 그의 생활이 자연과 더불어 있음을 뜻한다.

02 *Ibid.*, p.288.

브룩스는 여기서 시는 주제가 아니라 감정이며 정서라는 생각에서 제기되는 반론을 예상했다. 그에 따르면 시는 물론 순수한 감정을 다룰 수 있다. 그러나 그럴 경우에도 시의 표현매체는 언어다. 말을 표현매체로 삼는 이상 관념적 요소에서 완전히 단절된 상태의 시는 존재하지 않는다. 특히 주제는 관념적 요소들이 빚어내는 그 무엇이다. 특히 뉴크리티시즘에서는 시인 자신과 독자, 사물에 대한 시인의 태도를 매우 중요시한다. 태도나 말투는 관념의 연장선상에 있는 주제에 대한 반응을 나타낸다. 이 경우 우리가 감정론을 내세우면 그것은 감정의 등가물 상태인 시가 곧 좋은 시라는 논리가 성립되어 버린다. 이것은 물론 논리 이전의 억지다. 이런 이유로 브룩스는 이 시를 좋은 시가 아니라고 말했다.[03]

어떻든 여기서 나무는 비나 눈과 이웃하여 사는 여인이 되었다. 그것은 꾸밈없이 소박하게 사는 인간의 심상에 수렴된다. 특히 눈은 그 순백(純白)의 빛깔로 하여 때묻지 않은 정신을 표상해 준다. 브룩스는 그것을 세상일을 등지고 사는 니승(尼僧)의 심상에 결부될 수 있다고 보았다. 이런 심상은 바로 앞부분에 제시된 허영기가 있는 여인의 심상과 정면으로 충돌한다. 이것으로 킬머가 제시한 나무의 심상은 뒤죽박죽이 되어 버린다. 이런 이유로 브룩스는, 그 이전의 이 작품에 대한 평가, 곧 널리 애송되면서 아름다운 시라는 평

---

03 *Ibid.*, p.289. 이에 대해서는 이상섭, 「뉴 크리티시즘: 복합성의 시학」(민음사, 1996), pp.196-199에 정곡을 찌른 설명이 있다.

에 대해서 반대하는 입장을 취했다. 그는 이 자리에서 이 작품이 나쁜 시라는 평을 간접적으로 내리고 있는 것이다. 우리가 이렇게 그의 이미저리론에 나오는 브룩스의 생각을 수용하는 경우 한국의 현대시 가운데 새롭게 읽어야 할 작품이 적지 않게 생긴다.

조국(祖國)을 언제 떠났노.
파초(芭蕉)의 꿈은 가련하다.
남국(南國)을 향한 불타는 향수(鄕愁),
너의 넋은 수녀(修女)보다도 더욱 외롭구나!
소낙비를 그리는 너는 정열의 여인(女人),
나는 샘물을 길어 네 발등에 붓는다.

이제 밤이 차다.
나는 또 너를 내 머리맡에 있게 하마.

나는 즐겨 너를 위해 종이 되리니,
너의 그 드리운 치맛자락으로
우리의 겨울을 가리우자.

— 김동명(金東鳴), 「파초(芭蕉)」 전문

김소월의 「산유화(山有花)」나 이육사(李陸史)의 「청포도」와 같이 이 작품도 한때 우리 국정교과서에 수록된 시다. 그동안 출간된 현대시 사화집에도 이 작품은 거의 빠지는 법이 없이 수록되어 왔다. 그럼에도 이미지 제시 면에서 이 작품은 킬머의 「나무들」과 아주 혹사하게 그 의미맥락에 혼란을 야기시키는 단면을 가지고 있다. 이 작품에서 파초는 킬머의 「나무들」의 경우와 같은 식물의 일종이다. 그것을 의인화시킨 점으로도 두 작품은 공통분모를 가진다.

이 작품의 첫째 연에서 파초는 소녀의 모습을 띠고 나타난다. 소녀 가운데서도 가냘픈 심상을 띠도록 제시되어 있는 것이다. 한 사람에 대해서 우리가 '가련하다'는 말을 쓰면 그가 육체적으로나 정신적으로 튼튼하지 못함을 가리킨다. 그러면서 그에게는 잡되지 않다든가 동정심을 유발하게 하는 면이 추가될 수 있다. 이 작품의 다음 자리에는 파초의 심상을 바꾸게 만드는 아무런 중간과정이 개입하지 않는다. 그럼에도 다음 연에서 파초는 직정적(直情的)이며 충동적인 여성의 모습으로 변해버린다.

가슴속에 불타는 마음을 간직한 여인은 외향적인 성격의 소유자다. 거기서 빚어진 이미지는 가냘픈 소녀상으로 이야기 될 수 있는 파초의 심상과 모순, 충돌한다. 이 작품의 이와 같은 심상의 혼란상은 그 다음 자리에서 더욱 가속화된다. 되풀이되지만 바로 이 부분에 이르러서 파초는 불타는 정열을 간직한 여인에 비유되었다. 그것이 바로 다음 행에서는 다시 수녀(修女)보다도 외로운 사람이 된다. 이와 같은 심상의 착시현상은 그 다음 자리에서 다시 한 번 반복된다. 이 행에서 파초는 다시 펄펄 끓는 정열의 화신으로 나타난다. 그리하여 화자가 그 발등에 차가운 샘물을 길어 부어야 할 정도로 들끓는 가슴을 지닌 여인의 모습을 띠게 되는 것이다.[04]

　물론 여기서 우리가 요구하는 이미지의 통일성이라는 것이 형식 논리라든가 문법상의 테두리를 가리키는 데 그치는 것은 아니다. 본래 좋은 시에는 논리의 비약이 있게 마련이며 명작, 절창의 이름을 듣는 작품에도 표면상의 말뜻과 바닥에 깔린 의미가 서로 모순 충돌하는 예는 적지 않게 발견된다. 그러나 그럴 경우에도 동일한 작품에서 한 제재의 심상이 뒤죽박죽으로 제시될 수는 없을 것이다. 그렇게 되면 이 시의 주제와 그에 대응되는 관념이 뒤죽박죽이 되어버린다. 이런 논리를 무릅쓰고 우리가 이 시에 한계가 없다고 말한다면 그것은 시가 예술의 한 갈래가 아니라 정신착란의 결과라고 해석하는 결과를 낳게 되는 것이다. 이때의 혼란이 순수한 감정의 표출로 강변될 수도 없다. 그렇게 되면 정신착란증의 결과물, 곧 예술이며 시라는 논리가 성립되기 때문이다.

04　이에 대해서는 필자가 이미 『현대시원론(現代詩原論)』(학연사, 2012), pp.202-204에서 언급한 것이 있다.

3. 정지용(鄭芝溶) 대 서정주(徐廷柱)

『시의 이해』의 첫 장에서 브룩스는 시가 다른 문학 양식에 비해 한결 강하게 유기적 구조에 의거하는 양식이라는 점을 특히 강조하고 있다. 그에 따르면 다른 양식과 꼭 같이 시도 훌륭한 내용, 또는 진선미의 차원을 알맹이로 삼는 데 일차적 목표를 둔다. 그러나 이때 문제되는 최상의 진실이라고 할 그런 내용은 아름다운 말로 감싸는 것, 곧 당의의 상태에서 내용을 포장하는 것을 뜻하지 않는다. 만약 시가 훌륭하여 고상한 내용을 교묘한 말로 감싸는 예술행위라면 그것은 쓴 약의 알맹이를 당의(糖衣)로 포장하는 제약회사의 기술공정에 그칠 것이다. 넉넉하게 셈쳐도 그것은 수사의 몫이지 시 자체가 아니다.

본래 신비평가들은 시를 모순, 충돌하는 여러 요소들을 포괄, 수용하여 아름다운 가락으로 승화시키는 구조적 실체가 되어야 할 것으로 믿었다. 그런데 이 모순 충돌하는 여러 측면을 포괄한 시를 기능적으로 분석하려면 비평가는 그 장치를 개발해 내어야 한다. 이때의 장치에 해당되는 것을 신비평가들은 비유라든가 심상, 상징, 아이러니, 역설 등으로 잡았다. 그리하여 그를 통해 시의 구조를 해석, 설명하기를 기한 것이 신비평가들이다. 브룩스는 이에 대해서 처음부터 일정한 전제를 세웠다. 그는 시의 요소와 요소 사이에 일관성, 통일성이 있어야 한다고 믿었다. 이 일관성, 통일

성을 브룩스는 시의 구조적 특성으로 잡고 유기적 속성으로 파악
했다.[05]

　우리가 브룩스의 생각을 감안하여 시를 읽게되면 적어도 우리
문학사에 등장, 활약한 시인들의 작품에 등차를 매길 수도 있게 된
다. 이 경우의 우리에게 좋은 보기가 되는 것이 정지용과 서정주의
시다.

　　넓은 벌 동쪽 끝으로
　　옛 이야기 지즐대는 실개천이 휘돌아 나가고
　　얼룩백이 황소가
　　헤설피 금빛 게으른 울음을 우는 곳.

　　— 그곳이 참하 꿈엔들 잊힐리야.

　　질화로에 재가 식어지면
　　비인 밭에 밤바람 소리 말을 달리고
　　엷은 조름에 겨운 늙으신 아버지가
　　짚벼개를 돋아 고이시는 곳,

05　*Ibid.*, pp.16-17; 이상섭, 전게서, pp.184-185.

─ 그곳이 참하 꿈엔들 잊힐리야.

흙에서 자란 내 마음
파아란 하늘빛이 그립어
함부로 쏜 화살을 찾으려
풀섶 이슬에 함추름 휘적시든 곳

─ 그곳이 참하 꿈엔들 잊힐리야.

전설(傳說) 바다에 춤추는 밤물결 같은
검은 귀밑머리 날리는 어린 누이와
아무렇지도 않고 예쁠 것도 없는
사철 발벗은 안해가
따가운 햇살을 등에 지고 이삭 줏던 곳.

─ 그곳이 참하 꿈엔들 잊힐리야.

하늘에는 석근 별
알 수도 없는 모래성으로 발을 옮기고
서리 까마귀 우지짓고 지나가는 초라한 지붕,
흐릿한 불빛에 돌아앉아 도란도란 거리는 곳,

― 그곳이 참하 꿈엔들 잊힐리야.

― 정지용, 「향수(鄉愁)」 전문

정지용의 「향수」는 곧 제목이 주제에 해당되는 작품이다. 이 시의 기조가 되고 있는 것은 고향을 그리는 마음, 곧 망향의 정이다. 망향의 정이 제재가 된 경우 거기에는 세 가지 형태의 표현이 생각될 수 있다. 그 하나는 '고향이 그립다'와 같이 감정이 직접 표출된 진술의 형태다. 이 때 우리는 별로 정서적인 감정을 자극받지 못한다. 다음 생각될 수 있는 것이 "실개천이 휘돌아 나가고 황소가 있는 고향이 그립다"의 형태다. 이것은 앞의 경우와 달라서 다소 구체적인 심상을 가질 수가 있다. 그러나 거기서 빚어지는 반응은 일상적인 것일 뿐이다. 그런데 여기서는 그와는 다른 몇 개의 비유적 심상이 나온다. 우선 첫째 연에서 고향은 "얼룩백이 황소가 헤설피 금빛 게으른 울음을 우는 곳"이다. 이것으로 정지용의 고향은 아주 강하게 감각적 실체로 우리 눈앞에 떠오른다.

둘째 연에서도 사정은 거의 위와 같다. 여기서 잠을 청하는 아버지의 모습은 일상적 사실일 뿐이다. 그런데 그것이 '짚벼개'란 매체를 이용한 나머지 의사청각의 범주로 옮겨져 있다. 이렇게 보면 비유적 심상은 지각 심상에 배가(倍加)되는 정서의 환기를 가능케 한다. 비유적 심상이란 이렇게 그 효용면에서 기동성을 갖춘 경우다. 그러니까 많은 시인들이 즐겨 그 기법을 원용하게 되는 것이다.

「향수」 읽기에서 또 하나 가볍게 넘겨버리기 쉬운 곳이 3연의 "풀
섶 이슬에 함추름 휘적시든 곳"이다. 1연의 해당 부분에서 주제어
가 되어 있는 것은 이미 밝힌 바와 같이 '황소의 울음'이다. 그에 대
해서 이 부분의 그에 해당되는 것은 '화자' 자신인 '나'다. 화자가 가
을 하늘을 향해 쏘아 올린 화살을 찾으러 이슬에 차 있는 풀섶을 휘
적신 것이 이 부분의 의미맥락이다. 그리고 여기서 '함추름'은 명사
형으로 읽는 예가 나와 있다. 이렇게 되면 이 부분은 '한 차례' 식으
로 해석이 가능하다.

그러나 그와는 다른 읽기로 이 부분을 부사로 보는 시각이 있다.
여기서 '함추름'은 '함초름하다'에 원형을 둔 것으로 이슬에 옷이 젖
은 상태를 뜻하게 된다.[06]

「향수」의 마지막 연은 거의 전련이 문제점을 간직하고 있다.

하늘에는 석근 별

알 수도 없는 모래성으로 발을 옮기고

서리 까마귀 우지짓고 지나가는 초라한 지붕,

흐릿한 불빛에 돌아앉아 도란도란 거리는 곳,

– 그곳이 참하 꿈엔들 잊힐리야.

06   김재홍, 『한국 현대시 시어사전』(고려대학교출판부, 1997), p.1064.

여기서 우선 논란의 불씨가 되어 온 것이 '석근별'이다. '하늘에는 석근별'을 사전적으로 해석하면 여러 종류의 별, 큰 별, 작은 별, 가까운 별, 먼 별, 밝은 별, 멀리 있어 희미하게 보이는 별 등 여러 모양의 별들을 가리키게 된다. 이와는 다른 읽기의 예로 어떤 분은 이 부분을 '성근'으로 읽는다. [07]

이와 함께 그 다음 행은 그 행동 주체가 누구인지 알 수 없게 되어 있다. 문장 순서대로 읽으면 이때 모래성으로 발을 옮기는 것은 '석근 별'이 된다. 그러나 이런 읽기로는 전혀 의인화가 되지 않은 상태에서 하늘의 별이 '알 수도 없는 모래성'으로 발을 옮기는 일이 어떤 심상을 가지는 것인가가 끝내 의문으로 남게 된다.

그런가 하면 '서리 까마귀 우지짖고'도 해석상의 이견이 생긴 부분이다. 일찍 이 부분은 늦은 가을 서릿발이 이는 때 나타난 까마귀로 생각되었다. [08] 그에 대해서 '서리 까마귀'의 '서리'가 일종의 접두어로 '서릿배'와 같은 자리에 쓰인 것이라는 해석이 나타났다. 시골에서 병아리를 기를 때 쓰는 말로 '서릿배'라는 말이 있다. 이때 '서리'의 뜻은 단순하게 서리가 내린 때를 가리키지 않는다. 철늦게 태어나서 제 구실을 할 것 같지 않은 늦둥이들을 뜻하는 것이 이때의 '서릿배'다. 이렇게 보면 여기서 '서리 까마귀'는 늦은 가을에 태어나

---

07 상게서, p.618. 김재홍 교수의 조사에 따르면 『정지용시집』에 이 부분은 '석근'으로 표기가 되어 있다.
08 상게서, p.614. 여기서는 '서리'를 '무리', '떼'로 보았다.

날갯짓도 제대로 할 것 같지 않은 까마귀를 뜻한다. 이와 달리 이때의 서리를 '늦가을' 서리가 우는 철에 우는 까마귀로 보는 견해가 있다. 그것으로 고향의 쓸쓸한 정경이 드러난다는 것이다. 이들 두 개의 견해 역시 팽팽하게 맞서 있다.

이에 대해서는 참고될 바가 있는 외재적 정보가 하나 있다. 평소 술자리가 벌어지면 지용(芝溶)이 자주 「향수」를 암송했다고 전한다. 그런 때면 이 부분을 그는 '성근 별'로 읊었다고 한다.[09] 이 경우에는 그의 한시(漢詩)에 대한 소양도 감안되어야 할 것이다. 우리 옛 분들의 시에서는 별을 노래할 때 두 종류의 관용구가 있다. 그 하나는 '만천성진(滿天星辰)'식인 것이고 다른 하나가 '상만성희(霜滿星稀)'식인 것이다. 이런 두 가지 예에서 우리가 택하는 것은 후자 쪽이다. 이 작품 다음 자리에 초라한 지붕이 나오기 때문이다.

몇 군데 서로 다른 의견이 나온 곳에 대해서는 일단 바람직한 해석이 가해질 필요가 있다. 첫째 연의 '해설피'는 '헤프고 어설프게'로 읽는 것이 자연스럽다. 여기서 '해설피'를 '해저물 때'로 읽으면 그 호흡이 너무 경색되는 것이다. 뿐만 아니라 이 두 줄이 지나치게 시각적 심상 내지 색채 감각에 의거하게 되는 점도 문제가 되어야 한다. 시는 다양한 상상력의 놀이터이어야 한다. 그런 시각으로 보면 후자와 같은 생각에는 한계가 생긴다.

---

09 이에 대한 정보원은 이근배(李根培) 시인이다. 그에게 위와 같은 내용을 전한 분은 평소 지용과 교분이 두터웠던 방총구였다. 그는 지용과 함께 『카톨릭 청년』에 관계한 20대 이래의 지기였다.

'얼룩황소'로 화자의 고향이 이미 색채 감각에 의한 심상으로 제시되었다. 그리고 '금빛 게으른'으로 그 농도가 배가 된다. 그 위에 다시 노을, 저녁불새로 유추될 수 있는 '해거름'으로 읽는 것은 「향수」를 지나치게 장식적 언어의 시로 읽는 일이 된다. '헤프고 어슬프게'로 읽으면 그런 난점이 기능적으로 해소될 수 있다.

「향수」의 마지막 둘째 줄의 해석에는 책임 있는 이야기가 불가능하다. "모래성으로 발을 옮기고"의 주체가 '별'이라고 읽으면 그 의미맥락이 매우 모호해진다. 등단 초기부터 정지용은 명증한 말들로 그의 시를 썼다. 그런 그의 「향수」를 위와 같이 읽으면 그것은 매우 비정지용(非鄭芝溶的)인 것이 된다. 그렇다고 이때의 주체가 화자 곧 '나'라고 할 수도 없다. 이 역시 지용 이전의 엉거주춤한 시어가 되어 버리기 때문이다.

'서리 까마귀'에 대해서는 이미 앞자리에서 해답의 실마리가 나타나 있다. 다시 한 번 거듭하면 한시에 대해서 정지용은 상당한 소양을 지니고 있었다. 그런데 그런 한시 곧 우리 선인들의 것이나 당시(唐詩)에서는 까마귀에 곁들여 으레 고목(古木)이나 서리 등의 매체가 쓰였다. 구체적으로 장계(張繼)의 7언절구 첫 줄은 '월락오제상만천(月落烏啼霜滿天)'으로 되어 있다. 정지용의 「향수」 마지막 부분은 이런 당시(唐詩)에 고향 지붕을 대입하고 그 창에 흐르는 불빛들과 따스한 가족의 온기를 저며 넣은 것이다. 이렇게 읽으면 '서리 까마귀' ⇒ '서릿배의 까마귀'식의 읽기는 아무래도 궁색해진다. 그것을 '떼'

로 읽을 필요도 없다. 떼 까마귀가 아니라 한 마리 까마귀가 서리를 품은 가을 하늘에 울음을 남기고 지나간다. 그때 이 작품의 제작 동기가 된 망향(望鄕)의 정이 매우 기능적으로 살아난다. 그리하여 각 연의 후렴귀로 나오는 "그곳이 참하 꿈엔들 잊힐리야"가 제 나름의 울림을 지닐 수 있는 것이다.

정지용의 「향수」는 1927년 3월호 『조선지광(朝鮮之光)』을 통하여 발표가 이루어진 작품이다. 지용의 초기 작품이 시집으로 묶여 나왔을 때 이양하는 그에 대해서 "모질고 날카롭고 성급(性急)하고 안타까운 개성을 가진 촉수"라고 하면서 "그 촉수가 다다르는 곳에 불꽃이 일어나고 이어 격동(激動)이 생긴다"라고 호의에 가득 찬 평을 썼다.[10] 이양하가 보낸 지용 평을 기준으로 「향수」를 읽어보고자 한다. 그가 품은 고향 그리운 정을 정지용은 각 연 다섯 줄로 된 여섯 연의 작품에 담아 폈다. 그는 음성구조에 대한 배려로 각 연 끝자리 한 행에서 "-그곳이 참하 꿈엔들 잊힐리야"를 되풀이시켰다. 그것으로 현대 서정시가 가지는 가락을 넉넉하게 빚어낼 수 있게 한 것이다.

「향수」에서 우리가 그 어떤 경우보다도 주목해야 할 것이 이 작품을 통해서 정지용이 그 나름대로 시가 갖는 말의 맛을 살리기 위해 세심한 배려를 한 점이다. 이 작품에서 정지용은 매 연마다 주제

10 『조선일보』(1935. 12. 10).

격이 되는 사물이나 인간을 등장시켰다. 첫 연에서 그것은 "얼룩백이 황소"이며 2연에서는 늙으신 할아버지가 그에 해당된다. 3연에서는 화살을 쏜 '나 자신'이 그리고 4연에서는 누이와 아내가 의미맥락의 주체를 이룬다. 마지막 연의 의미맥락상 역점은 아무래도 "흐릿한 불빛에 돌아 앉아" 조용히 말을 주고받는 가족으로 추정된다. 이제 우리가 이제 이 작품을 이렇게 읽으면 이 시가 갖는 말솜씨의 비밀이 제대로 드러난다. 정지용은 이 작품에서 각 연 단위로 의미맥락상 하나의 초점을 갖게 되도록 만들었다. 그것을 객관적 상관물을 이용하여 감각적인 풍경으로 제시했다. 그런 기법을 통해 정지용의 「고향」이 채색도 선명한 감각적 실체로 묘사된 것이다.

정지용의 시가 채색 영롱한 심상의 세계로 이야기될 수 있는 것이라면 그 다음 세대로 등장한 서정주의 시에 대해서는 어떤 평가가 가능한 것인가. 출발 초기부터 서정주는 지용과 사뭇 다른 체질의 시를 써서 발표했다. 그가 우리 시단에 등단한 것은 1936년 동아일보 신춘문예 현상 모집에 응모하여 시 「벽(壁)」이 당선되고 나서였다.[11] 그 후 그는 동인지 『시인부락(詩人部落)』에 「옥야(獄夜)」, 「대낮」 등을 발표했다.

해와 하늘빛이

11   이에 대한 자세한 것은 김용직, 서정주론, 『한국현대시사』(2)(한국문연, 1996), pp.49–50.

문둥이는 서러워

보리밭에 달 뜨면

애기 하나 먹고

꽃처럼 붉은 울음을 밤새 우렀다

- 「문둥이」 전문

서정주가 이들 시를 발표하자 당시 우리 시단 일각에는 미묘한
반응이 일어났다. 이미 드러난 바와 같이 당시 우리 시단은 정지용
을 주축으로 시문학파로 주도가 되고 있었다. 그런데 정지용의 작
품은 매우 테두리가 선명한 말들로 이루어져 있었다. 이런 상황에
서 서정주가 노린 것은 무엇이었는가. 이렇게 제기되는 질문에 대
해서는 훗날 서정주가 쓴 산문 한 부분이 해답 구실을 한다.

이 화사(花蛇)와 한 무렵에 씌어진 일군의 시들을 쓸 때 내가 탈각하
려고 애쓴 것은 정지용류의 형용 수식적 시어 조직에 의한 심미가
치 형성의 지양에 있었다. … '무엇처럼', '무엇마냥' 시의 형용사 어
구 부사구의 효력으로 시를 장식하는 데 더 많이 골몰하는 축들은
인생의 진수와는 너무나 멀리 있는 것으로 내게는 보였다.[12]

---

12 서정주, 고대(古代) 그리이스적 육체성, 『서정주문학전집(徐廷柱文學全集)』(5) (일지사, 1980),
    p.267.

정지용을 강하게 의식한 가운데 시작된 서정주의 시작 편력은 그러나 일제 말기 『시인부락』 때의 문우 오장환(吳章煥)이 경영한 남만서고(南蠻書庫)를 통해서 발간된 『화사집(花蛇集)』과 함께 일단락이 된다. 일제 말기에 그는 그 나름 초기의 시가 갖는 야수파적 언어쓰기에 일단 종지부를 찍었다. 그에 이어 8·15를 맞게되자 청년문학가협회에 참여했다. 그 단계부터 그는 초기시들과는 달리 우리 고유의 정서에 우리말의 미감을 살려 쓰는 시를 발표하기 시작했다. 초기의 영육의 갈등에 매달리기로 한 그의 정서가 크게 바뀐 것이다. 이때부터 서정주 시는 우리 전통문화의 갈래에 드는 민족의 고유한 정서를 살려서 쓰는 입장을 취했다.

4. 「풀리는 한강가에서」와 「역사(歷史)여 한국역사(韓國歷史)여」

강(江) 물이 풀리다니
강(江) 물은 무엇하러 또 풀리는가
우리들의 무슨 서름 무슨 기쁨 때문에
강(江) 물은 또 풀리는가

기러기 같이

서리 묻은 섣달의 기러기 같이
하늘의 얼음짱 가슴으로 깨치며
내 한평생을 울고 가려했더니

무어라 강(江)물은 다시 풀리어
이 햇빛 이 물결을 내게 주는가

저 민둘레나 쑥니풀 같은 것들
또 한번 고개숙여 보라함인가

황토(黃土) 언덕
꽃 상여(喪輿)
떼 과부(寡婦)의 무리들
여기 서서 또 한번 더 바래보라 함인가

강(江)물이 풀리다니
강(江)물은 무엇하러 또 풀리는가
우리들의 무슨 서름 무슨 기쁨 때문에
강(江)물은 또 풀리는가

- 「풀리는 한강가에서」, 전문

처음 서정주가 「풀리는 한강가에서」를 발표했을 때 그 제목은 「한강가에서」였다. 이 작품이 처음 발표된 것은 1948년 2월호 『신천지(新天地)』를 통해서였다. 이 시의 기능적인 이해를 위해서는 이 발표시기에 주목을 할 필요가 있다. 이 시의 바닥에 깔린 정서를 우리는 화자가 가슴속에 품은 통한의 감정이라고 할 수 있다. 그리고 이때의 감정이 화자의 사적인 차원에 머문 것이 아니라 시대 상황과 결부 설명이 가능한 점도 지나쳐 버릴 수가 없다. 『화사집』의 단계에서도 서정주의 시에는 마음속의 한을 절규에 가까운 목소리로 노래한 것이 있었다. 「자화상」이나 앞에서 그 보기가 들려진 「문둥이」, 「대낮」, 「화사(花蛇)」 등이 그 각명한 보기가 된다. 그러나 이 시기의 서정주 시의 바닥에 깔린 통한의 정은 거의 모두가 그 스스로의 심정을 직정적(直情的)으로 노래한 것이었다. 엄격하게 보면 거기에 시대나 사회상황이 개입한 자취는 나타나지 않는다.

한마디로 『화사집』 단계에서 서정주 시의 세계는 자아 중심의 차원을 노래하는 데 그쳤다. 그런데 이 작품에서는 그것이 극복되어 사회와 시대상황에 대한 의식이 개입되어 있는 것이다. 그 단적인 보기가 되는 것이 "황토(黃土) 언덕 / 꽃 상여 / 떼 과부의 무리들"이라고 한 부분이다. 이 작품의 무대 배경은 중일전쟁 이후 일제의 병참기지가 되어버린 한반도다. 이 시기에 우리 민족의 젊은이들은 일제의 침략전쟁에 동원되어 거의 모두가 전선으로 끌려갔다. 징용, 보국대에 끌려간 나머지 부상자가 되고 불귀의 객이 된 사람도 수없이 생겼다. 이것을 서정주는 '꽃 상여'와 '떼 과부의 무리들' 등 은유 형태로 노래하여 심상화한 것이다.

그 의미맥락으로 이 작품은 네 개의 단락으로 구분이 가능하다. 제1단락은 "강물이 풀리다니 / 강물은 무엇하러 또 풀리는가"로 시작하는 첫째 연이다. 여기서 서정주의 시는 진술형태를 취하고 있다. 그러나 이 연의 '강'은 자연의 한 부분인 흐름만을 가리키지 않는다. 여기서 강은 이미 민족적 현실을 아파한 화자의 심정을 표상하는 객관적 상관물이다. 이것은 이 시가 허두에서부터 은유 형태로 시작하고 있음을 뜻한다.

제2단락은 '기러기 같이'로 시작하여 "무어라 강물은 다시 풀리어 / 이 햇빛 이 물결을 내게 주는가"로 끝난다. 여기서 기러기는 자연의 일부인 데 그치는 것이 아니다. 그것은 시대의 아픔을 온몸으로 느낀 시인의 내면세계를 표상한다. 일상적인 차원에서 보면 기러기는 겨울 한 철 우리나라에 날아와 먹이를 강에서 구하며 사는 철새에 지나지 않는다. 그것을 시인은 강을 덮은 얼음장을 가슴으로 깨치는 인간의 모습으로 대치시켰다. 연약한 날짐승이 강을 덮은 얼음을 깨는 정경은 처절 그 자체다. 이것은 이 무렵 서정주가 품은 감정의 상태가 각박한 민족적 현실과 상관관계를 가지고 있음을 은연중 알리고 있다. 이 시의 제3단락은 "황토 언덕 / 꽃 상여"로 시작하여 "여기서서 또 한번 더 바래보라 함인가"에 걸친다. 이 부분은 한시의 절구(絶句) 형식으로 치면 기(起)와 승(承)에 이은 전(轉)

에 해당된다. 여기에 이르러 서정주의 이 시 바닥에 깔린 통한의 정이 무엇에 말미암은 것인가가 어엿한 테두리를 가지고 나타난다. 다시 되풀이하면 일제의 기반에서 풀려났다고는 하지만 침략전쟁에 동원되어 우리 민족이 치러낸 희생은 너무나 끔찍했다. 거기에서 빚어진 시인 나름의 감정이 이 부분에서 "황토 언덕 / 꽃 상여 / 떼 과부의 무리들"로 집약 제시되어 있는 것이다.

이 시의 마지막 연은 첫째 연을 그대로 되풀이한 반복형태가 되어 있다. 이것은 이 시가 그 형식에 있어서 우리 고전시가, 특히 전래 민요에 바탕을 둔 반복법에 의거하고 있음을 뜻한다. 많은 우리 고전시가는 첫 머리의 몇 줄을 결말 부분에서 그대로 반복하는 형식을 취했다. 그것을 우리는 쌍괄식(雙括式) 형태라고 한다. 쌍괄식 형태를 취하는 작품은 음성구조로 읽는이의 마음을 평온하게 만든다. 그러나 짤막한 서정시는 제한된 말을 이용하여 가능한 한 풍부한 내용을 담고 있어야 한다. 그렇다면 이 작품에서 서정주는 그 자체로 한계가 있는 형태를 택해서 작품을 쓴 것이 된다. 1930년대 후반기부터 서정주는 이미 우리 시단의 3재로 손꼽힌 시인이다. 그럼에도 그가 이런 사실에 맹목인 채 이 시를 쓴 것인가. 이렇게 제기되는 물음에 해답을 찾아내기 위해 우리는 이 시의 바탕이 된 기법을 다시 검토할 필요가 있다.

이미 거듭 살핀 바와 같이 「풀리는 한강가에서」의 내면적 주제가 된 것은 8·15를 맞이하고 나서도 궁핍 그 자체인 민족적 현실을 느껴워해 말지 않고 있는 시인의 현실의식이다. 이것은 이 시가 자연이나 물리적 세계를 노래한 것이 아니라 역사나 현실이란 관념의 차원을 노래했음을 뜻한다. 시가 역사나 현실을 평면적인 차원에서 노래하면 그것은 좋은 의미의 시가 되지 않는다. 관념을 장미의 향기처럼 감각적 실체로 제시해야 비로소 예술의 한 양식인 시(詩)가 되는 것이다.

이와 같은 서정시 제작의 교의에 따라 서정주는 그의 시에 객관적 상관물들을 등장시켰다. '기러기'가 그것이며 황토 언덕에 놓인 '꽃 상여'와 '떼 과부의 무리들'이 바로 그에 해당된다. 이들 객관물 상관물을 통하여 서정주는 그의 가슴에 담긴 통한의 정을 우리 눈앞에 떠오르게 했고 손에 잡히게 했으며 보다 철저하게 그들을 가슴에 닿도록 만들어 내었다. 이 작품에서 서정주가 머리와 끝자리에서 꼭 같은 행을 두 번 반복한 것은 그가 느낀 민족적 현실에서 얻은 아픔을 가락으로 강조하고 싶은 나머지 그렇게 한 것이다.

서정주가 위의 작품에서 보여준 감정의 실체성은 지용의 「향수」의 경우를 웃돈다면 몰라도 조금도 떨어지지 않는다. 다시 되풀이하면 지용의 「향수」는 이미 검토된 바와 같이 그 감각적 실체성이 독립된 단위의 심상 제시로 이루어져 있다. 그와 함께 「향수」의 바탕을 이룬 고향 그리는 정이 연 단위로 이루어진 것도 문제다. 그것으로 지용의 작품이 내면세계의 깊이를 총체적으로 부각시키지 못한 면이 생기는 것이다. 서정주의 이 작품은 그에 비해서 매우 뚜렷한 강점을 가진다. 여기서 민족적 현실에 대한 통한의 정은 얼음장을 가르는 기러기로 표상되었는데 이미 지적된 것처럼 그 심상 자체가 매우 인상적이며 동시에 강렬하다. 그런 시인은 강물을 향해 그 언덕에 봄이 되어 피어난 민들레와 쑥니풀을 느껴워한다. 그와 아울러 황토 언덕에 놓인 꽃 상여와 떼 과부들 무리를 향해 소리 없는 통곡을 보내는 것이다.

이제 우리는 조금 조심스러운 판단을 해야 할 것 같다. 정지용이나 서정주는 다 같이 그들의 시에 신선하고 채색도 영롱한 말들을 쓴 시인이다. 그러나 대부분 비유 형태를 취한 그들 언어를 단위 현상에 그치지 않고 전체 작품이 지닌 의미 맥락이 어떻게 되어 있는가를 문제 삼아 보면 이야기가 어떻게 되는가. 그럴 경우 우리 평가는 아무래도 정지용보다는 서정주 쪽에 후해지지 않을까 생각된다. 물론 이것은 우리가 뉴크리티시즘의 기본 교의 가운데 하나인 시의 유기체적 속성을 기준으로 했을 때의 결과다. 비평의 시각이 다른 쪽에서 택해지게 되면 이런 생각은 얼마간 수정될 수도 있을 것이다.

역시(歷史)여 역사(歷史)여 한국역사(韓國歷史)여
흙 속에 파묻힌 이조백자(李朝白磁) 빛깔의
새벽 두 시 흙 속의 이조백자(李朝白磁) 빛깔의
역사(歷史)여 역사(歷史)여 한국역사(韓國歷史)여.

새벽 비가 개이어 아침 해가 뜨거든

가야금 소리로 걸어 나와서

춘향이 걸음으로 걸어 나와서

전라도(全羅道) 석류(石榴) 꽃이라도 한번 돼 봐라.

시집을 가든지, 안상객(上客)을 가든지,

해 뜨건 꽃가마나 한번 타 봐라.

내 이제는 차라리 네 혼행(婚行) 뒤를 따르는

한 마리 나무 기러기나 되려 하노니,

역사(歷史)여 역사(歷史)여 한국역사(韓國歷史)여,

외씨버선 신고

다홍치마 입고 나와서

울타리 가 석류(石榴)꽃이라도 한번 돼 봐라.

— 「역사(歷史)여 한국역사(韓國歷史)여」 전문

　이 시를 기능적으로 읽고자 하는 경우 무엇보다 우리는 그 제목에 주목해야 한다. 여기 나오는 '한국역사'는 말할 것도 없이 물리적 차원의 객체가 아니며 산이나 나무와 같은 자연의 일부도 아니다. 여기서 한국역사는 감각적 실체일 수가 없는 관념인 것이다. 그런 우리나라의 역사를 서정주는 이 작품의 허두에서 '이조의 백자 빛깔' 그것도 '새벽 두 시 흙 속의 이조 백자 빛깔'과 일체화시켰다. 이 경우 주지는 물론 '한국역사'다. 그에 대해서 첫 연에서 매체로 쓰인 것이 '이조백자'이다. '한국역사'가 관념에 속함은 이미 우리가 명백하게 파악했다. 그리고 이조백자는 형태와 빛깔을 가지는 엄연한 우리 자신의 공작품이다. 이것으로 우리는 서정주의 이 시가 그 첫머리에서부터 이질적인 요소의 폭력적 결합을 시도했음을 알게 된다.

이 작품에 나타나는 서정주 나름의 교묘한 말솜씨는 다음 연에서 그 농도가 더욱 증폭된다. 이 부분에서 '한국역사'는 의인화 과정을 거쳐 동양화의 미인도에 나옴직한 우리 전통 사회의 여성상과 일체가 된다. 화자는 그의 걸음을 가야금 소리로 탈바꿈시킨 다음 이어 춘향이 걸음과 일치시킨다. 그리고 다음 자리에서 '전라도 석류꽃이라도 한 번 돼바라'라고 노래한다. 여기서 한국역사는 적어도 세 단계의 상상력 상 변화를 갖게 되었다. 그 첫 단계가 백자빛깔과 일체화된 것이며 제2단계가 가야금 소리처럼 걷는 여인으로 탈바꿈한 일이다. 그리고 셋째 자리에서 다시 그것은 전라도 어느 지역에서 피어난 석류꽃으로 전이되어 있다. 이때 우리가 절대 놓쳐서 안될 것이 있다. 그것이 이런 비유의 충절을 통해서 관념어에 지나지 않는 '한국역사'가 놀라울 정도로 뚜렷한 모양과 빛깔을 가지는 감각적 실체로 탈바꿈을 한 점이다.

셋째 연에 이르면 이 시의 이미 맥락에는 또 하나의 변주(變奏)가 이루어진다. 이 연 앞에서 한국역사는 이미 의인화되어 가야금 소리처럼 걷고 성춘향의 모습에 일체화되었다. 그것이 여기에 이르면 다시 한국역사가는 꽃가마를 타고 시집을 가는 새색시로 탈바꿈한다. 이 연의 후반부 두 줄에 나오는 서정주의 말솜씨는 더욱 놀랍다. "내 이제는 네 혼행(婚行) 뒤를 따르는 / 한 마리 나무 기러기가 되려하노니." 물리적인 차원이라면 우리 자신이 나무로 만든 기러기가 되는 일은 일어날 수가 없다. 그런데 여기에서는 그 있을 수 없는 일이 아주 자연스럽게 이루어져 있다. 이미 거듭 이야기된 바와 같이 문학은 역사와 근본적으로 다르다. 역사는 있는 일을 다루지만 문학과 시는 실재하는 일이 아니라 있을 수 있는 세계를 실재 이상의 모양으로 빚어내는 것이다. 서정주의 이 작품은 바로 그런 세계를 채색도 선명한 실체로 제시해 내었다.

여기에서도 우리는 정지용의 경우와 서정주의 시가 갖는 차이점을 말하지 않을 수 없다. 거듭되지만 지용의 시에 나오는 비유와 심상은 각 행이나 연 단위로 독립된 것이다. 그에 반해서 서정주의 작품에서는 비유와 심상을 이 작품의 제재 내지 관념과 일체화시킨 가운데 그 상상력의 폭이 두드러지게 심화, 확대된 실상을 읽을 수 있다. 이것을 우리는 부분적인 데 그치는 비유의 시와 총체적 비유가 갖는 구조적 차이라고 정의할 수도 있을 것이다. 여기서 제기되는 문제는 초기의 뉴크리티시즘 때부터 기능적인 시론의 과제로 줄기차게 논란의 불씨가 되었다.

5. 후기 뉴크리티시즘과 C. 브룩스

거듭 밝혀진 바와 같이 일찍부터 뉴크리티시즘의 사령탑 구실을
한 것은 J. C. 랜섬이다. 그 이전에 T. S. 엘리엇은 시론에서 사상과
감각은 별개라는 생각을 가지고 있었다.[13] 그에 따르면 이 별개의
요소를 종합, 포괄하는 시가 이상적 형태의 시가 된다. 랜섬은 엘리
엇의 생각을 토대로 하여 그 나름의 독자적인 시론을 폈다.

그에 따르면 시의 구조적 특성은 두 가지다. 그 하나가 '구조
(structure)'이며 다른 하나가 '조직(texture)'이다. 이때의 '구조'는 시의
의미내용이 갖는 논리적 측면이다. 그리고 '조직'은 표현형식에 해
당되는 것이다. 시작(詩作)의 실제에 있어서 조직은 구조를 얽매고
괴롭힌다. 그러나 시의 보람은 이런 유의 모순되는 요소를 배제하
지 않고 수용하여 기능적으로 문맥화시키는 데 있다. 왜냐하면 양
자의 역학적인 작용이 있으므로 비로소 시가 인간과 세계의 복잡한
진실을 그 나름대로 포괄할 수 있기 때문이다.[14] 랜섬의 시론은 시
를 인식의 한 양식으로 생각하면서 시작된 것이다. 그에 따르면 시
는 과학의 빈터를 훌륭하게 메울 수 있는 인식의 체계다. 그리고 이
것은 시가 기계문명과 과학적 체계에 맞서서 그 병폐를 지양, 극복

---

13 이에 대해서는 T. S. Eliot, *Selected Essays* (London, 1969), p.287 참조. 여기서 엘리엇은 테니슨
과 브라우닝이 사상을 장미의 향기처럼 즉각적으로 감각화시키지 못하는 결함을 가진 시인이라고
지적했다.

14 J. C. Ransom, *The New Criticiwm* (Connectcut, 1974), pp.273-274.

할 수 있는 양식임을 뜻한다.

그러나 초기에 랜섬이 가진 생각에는 큰 덕목과 함께 분명한 난점도 있었다. 그가 시를 모순, 충돌하는 요소들의 포괄, 융합 형태로 잡은 것은 정당했다. 하지만 그 과정에서 그는 분명히 이원론(二元論)에 기운 논리를 폈다. 이미 언급된 『신비평』을 통해서 그는 시의 구조를 조직(texture)과 구조(structure)로 나누어 말한 것이다. 이런 생각으로는 그 이전까지의 시론을 지배해 온 내용, 형식 등 이분법(二分法)이 시원스럽게 극복되지 못한다. 새삼스레 밝힐 것도 없이 시의 구조란 여러 복합적 요소를 인정하면서 출발하는 개념이다. 그러나 궁극적으로 그것은 시(詩)가 여러 요소들의 유기적 통합 형태임을 밝혀려는 시도다. 이런 관점에서 보면 랜섬의 시론에는 어차피 극복되어야 할 과제가 내포되어 있었다.

랜섬이 씻어버리지 못한 이원론(二元論)의 그림자는 그의 제자, 후배들에게 상당한 불만을 샀다. C. 브룩스 역시 A. 테이트와 함께 그런 시각을 가진 한 사람이었다. 역설(paradox)은 그런 브룩스가 개발해 낸 개념으로 강하게 일원론(一元論)의 성향을 띠고 나타났다. 『잘 빚어진 항아리』에 담긴 그의 생각을 살펴보면 역설이란 시가 의미의 내포와 외연을 동시에 수용, 융합한 구조상의 개념으로 정의되어 있다.[15]

---

15 Cleanth Brooks, op. cit., p.4.

역설은 시인의 언어의 속성 그 자체에서 생겨난다. 그런 언어에서는 내포도 외연과 똑같이 큰 역할을 한다. 그렇다고 내포가 눈앞의 실제 사물에 어떤 종류의 장식품, 곧 외형적인 그 무엇을 제공하기 때문에 그것이 중요하다는 것은 아니다.

내포와 외연의 동시 수용이란 물론 시어(詩語)가 지닌 종합적 성격을 가리킨다. 그러나 그보다 더욱 중요한 것이 내포의 장식적 성격을 비판한 점이다. 시가 갖는 표현은 넓은 의미에서 심상의 제시라고도 할 수 있을 것이다. 단, 이때 심상은 언어로 제시되어야 한다. 그리고 거기서 심상은 시 특유의 가락까지를 지녀야 하는 것이다. 그런데 심상이 제시되는 길은 대개 비유에 의거하는 면이 많다. 내포가 장식으로 해석되는 경우 그 토대 내지 본체가 되는 것은 별도로 있는 게 된다. 이것은 엘리엇이나 랜섬 이전의 이원론이 되어버리는 것이다. 브룩스의 역설론은 바로 이런 이원론, 또는 내용, 형식론의 그림자를 떨쳐버리지 못한 시론을 극복하기 위한 시도로 제출된 것이다. 브룩스의 역설론이 『잘 빚어진 항아리』를 통해서 펼쳐진 사실은 간과될 수가 없는 일이다. 이 책은 그 초판이 1947년에 나왔다. 그가 벤더빌트 대학에 입학해서 랜섬의 영향을 받기 시작한 것은 1920년대 후반기의 일이다. 그는 신비평가로서 활약하기 시작한 초기 시론의 집약판을 1939년에 일단 한 권의 책으로 내어놓았다. 그것이 곧 『현대시와 전통(Modern Poetry and the Tradition)』이었다.

『현대시와 전통』은 그 제목부터가 매우 암시에 차 있다. 랜섬의 방법에 불만을 품었던 브룩스에게는 시(詩)가 지닌 구조적 특징을 명쾌하게 파악할 장치가 필요했다. 그런데 그는 영문학의 전통 속에서 자랐고, 영시(英詩)를 음미, 검토하는 훈련을 받으면서 자신의 비평적 안목을 키운 사람이다. 그 나머지 그는 자신의 비평적 표준을 연역해 내는 방법을 영시에서 택하지 않을 수 없었다. 『현대시와 전통』에서 전통이란 바로 이와 같은 영시 속의 표준이 될 만한 시작경향을 가리킨다. 그리고 이때의 현대시란 브룩스 자신과 다른 신비평가들이 추구해 온 시 자체의 구조적 특징 내지 표준을 가리키고 있다. 『현대시와 전통』에서 브룩스는 좋은 시(詩)의 구조적 특징으로 '기능적 비유'와 '위트', '아이러니' 등을 들었다.

브룩스가 말하는 기능적 비유란 '예증적(例證的) 비유(metaphor of illustration)'의 상대 개념이다. 여기서 예증적 비유란 주제를 잘 드러내기 위해서 쓰여진 경우를 가리킨다. 그러나 기능적 비유는 그 이상의 것이다. 시인이 작품을 쓸 때 유의성을 가지는 서술이란 논리적으로 해설이 가능한 직선적 주장이 아니다. 시인이 작품에서 역점을 두거나 빚어내고자 하는 감정, 태도는 그보다 곡선적인 것이라고 할 수 있다. 이때 그 도구가 되는 비유가 기능적 비유다. 기능적 비유는 곧 시 자체가 되는 것이다.[16]

16 Cleanth Brooks, *Modern Poetry and the Tradition* (University of North Carolina Press, 1939), pp.15-16.

브룩스를 흔히 뉴크리티시즘의 모범생이라고 한다. 모범생답게 그는 시를 보는 시각에 있어서 I. A. 리처즈나 엘리엇의 영향을 강하게 받은 편이다. 그에 따르면 인생을 구성하는 것은 직선만이 아니다. 당연히 인간의 체험도 논리만으로는 나누어질 수가 없는 것이다. 제재라든가 독자에 대한 시인의 태도도 복잡한 음영을 가진 '태도의 복합체'일 수밖에 없다. 시의 길은 바로 여기서 열리기 시작한다. 즉, 복합적인 태도를 시는 일단 인정해야 한다. 그리고는 그들을 아주 기능적으로 포괄해서 통일적 질서를 구축하지 않으면 좋은 시가 될 수 없다. 기능적 비유란 바로 이런 요소를 갖춘 비유다. 그런데 서로 대립, 충돌하는 여러 요소를 복잡한 그대로 통합시킨다는 것은 한 가지 전제를 시인하는 일이다. 그것은 제 요소의 자체 기능을 그대로 인정하는 일이다. 시의 제 요소는 통합되는 과정에서도 부단히 제 나름의 작용을 한다. 즉, 제 요소는 갈등을 그대로 지속하는 것이다. 그러나 그것은 시에 의해서 결합된다. 이것은 시에서 제 요소가 서로 상호작용을 하는 과정에서 긴장을 지속하면서 그를 통하여 '극적 통일(劇的 統一)'을 함을 뜻한다. 이때 우리가 체험하게 되는 것은 숭고하고 장엄한 천국(天國)만이 아니다. 천박하고 쓰잘것없는 지옥일 수도 있다. 이 과정을 거치고 나서야 천국과 지옥의 융합, 그리고 그를 통한 승화상태인 시가 탄생한다. 그런데 시를 위해서는 이 드라마를 차질 없이 파악해 내는 정신, 곧 "어떤 상황에 대해서 취해진 어떤 태도가 유일 가능한 태도가 아니라는 사실을 느끼고 깨닫는 정신"이 필요하다.[17] 브룩스는 이런 유의 성실한 정신을 위트의 정신이라고 보았다. 그에 따르면 위트의 정신이란 왕성한 자기비판의 정신이며, 감상이나 추상 그 어느 쪽에 우리를 팔아넘기지 않는 정신이다. 그러므로 위트를 지닌 시인은 "가벼운 효과를 진지한 긴장에 이르는 수단으로 사용"할 줄 안다. 그와 동시에 익살을 가지고도 진지한 효과를 자아낼 수가 있는 것이다.[18]

『현대시와 전통』을 통해서 브룩스는 시의 표현구조를 밝히고자 했다. 그 과정에서 기능적 비유론을 내세운 셈이다. 그리고 시의 제작자, 곧 시인의 정신 구조를 이야기하기 위해 위트의 개념을 설정한 것이다. 이 두 개념이 중요한 것은 그것이 작품의 전체 구조와 체험의 전체 인식에 유효적절하기 때문이다. 결국 기능적 비유와 위트는 시의 전체성과 연관성을 가지는 개념이다. 이 말의 역도 또한 참이다. 즉, 전체성에 관계되었는가 아닌가를 판정 기준으로 하여 양 개념의 가치 측정이 가능해진다. 이 측정의 눈금 내지 바늘 구실을 하는 것이 브룩스의 아이러니다. "비유는 정신을 고양시킬 뿐 아니라 아이러니의 효과를 가져온다."[19] "위트의 가장 일반적이고, 또한 가장 중요한 기능은 아이러니를 생산해 내는 기능이다"[20] 등의 생각과 함께 브룩스는 아이러니의 덕목(德目)을 차례로 들었

---

17 *Ibid.*, pp.37-38.
18 *Ibid.*, p.38.
19 *Ibid.*, p.15.
20 *Ibid.*, p.28.

다. 그에 따르면 아이러니에 의거하는 경우, 다시 되풀이하면 위트로 시는 아주 복합적인 태도의 표현이 가능해진다. 또한 아이러니를 가지는 시는 구조 내부에 파괴적 요소를 가지고 있기 때문에 내적 안정성(內的 安全性)을 확보할 수 있다는 것이다. 그것은 최고의 명시(名詩)가 가진 바 자기비판을 지녔다는 뜻이기도 하다. 그리하여 그들은 세월의 비판을 견디어 내면서 시의 전통으로 영원히 계속될 수 있다.

「현대시와 전통」은 결국 기능적 비유와 위트를 두 개의 지주로 한 시의 구조적 특질론이라고 할 수 있다. 그런데 브룩스의 이런 생각에는 바로 그 과정에 난점이 내포되어 있었다. 그가 논리의 근거로 삼은 영시(英詩)의 전통 속에서 기능적인 비유와 위트를 가진 예는 주로 형이상파(形而上派)와 현대시인들에 국한된 것이었다. 이 단계에서 브룩스는 워즈워스와 코울리지 등 영국 낭만파 시인들의 작품에 시를 저해시키는 요소가 있다고 보아 배제하기까지 했다. 구체적으로 워즈워스는 자신이 쓴 "아름다운 해거름(Beauteous Evening)"에 대해 상당한 자신을 지니고 있었다.

성스러운 시간은 니승(尼僧)처럼 조용하여
경배(敬拜)의 숨소리조차 들리지 않고

The holy time is quiet as Nun

Breathless with adoration;

이 작품이 워즈워스에게 만족을 준 까닭은 그 자신의 생각을 통해서 설명될 수 있다. 그는 시론에서 문제되는 상상력을 공상과 구별했다. 그에 따르면 상상력은 진지하지만 공상은 불성실(不誠實)하다는 것이다. 그가 말하는 상상력이란 "탄력이 있고 부드러우며 명확하지 않은 것"에 의거한다. 여기서 "명확하지 않은 것"이란 말에 주의가 필요하다. 브룩스의 생각에 따르면 그것은 막연한 것을 뜻한다. 그리고 그것은 영원성이라든가 보편적인 것에 연결되는 개념으로 낭만파가 지향하는 미(美)의 세계를 가리키기도 한다. 그런데 명확한 것, 구체적인 것이 쓰여진 시는 너무 구체적이며 세부 묘사에만 치우쳐 진지하지 못하다. 따라서 그것은 공상의 부질없는 산물에 지나지 않는다.[21] 결국 워즈워스는 시(詩)에 있어서 기법 내지 지성의 작용을 탐탁하게 생각하지 않은 셈이다. 그런 이상 위트의 정신이 거기에 개입될 여지가 없다. 코울리지 역시 그와 비슷한 생각을 가지고 있었다. 그 역시 교묘한 말씨나 테두리가 뚜렷한 비유를 비난했다. 구체적으로 그는 17세기의 영국 시인 카울리를 비판하면서 그의 주책스러운 수사법을 "아주 대중도 없이 거리가 있는 또는 대비의 가능성이 전혀 없는 두 사물을 병치해서 얼핏 보기에

21 _Ibid._, pp.4-5.

는 그것이 조화되는 양 가장함으로써 사람들을 놀라게 하는 것"이
라고 지적했다. 이어서 그는 적었다.[22]

명백히 이와 같은 어거지 병치(並置)가 인상적이며 유쾌한 형상이
눈앞에 제시되었기 때문에 일어난 것이 아니며, 시인의 마음속의
모든 사물을 통합하고 생겨나게 하는 개변능력(改變能力)과도 무관
한 것이다. 이것은 일종의 위트에 지나지 않으며 순전한 의지의 작
용에 지나지 않는 것이다. 사고와 감정 어느 쪽으로 보아도 아전인
수격(我田引水格)이고 장난이어서 주제의 웅장함으로 넘쳐나는 정신
의 열정과는 어긋나는 것이다.

여기 나타나는 바와 같이 코울리지 역시 워즈워스처럼 위트가 상
징하는 시(詩)의 지적 조작(知的 操作)을 좋아하지 않았다. 더욱이 주

---

22 Cleanth Brooks, *The Well Wrought Urn* (London, 1968), pp.6-7. Coleridge condemns the
ingenious and exact figure, and for the same reasons. For example, he states that certain
"rhetorical caprices" of style (with reference to one of Cowley's figures) consist in "the
excitement of surprise by the juxtaposition and *apparent* reconciliation of widely different or
incompatible things. As when, for instance, the hills are made to reflect the image of a *voice*."
Cowley's comparison, it is true, is rather trivial, but the terms which Coleridge uses show that
Coleridge agrees with Wordsworth in being suspicious of the intellect. This interpretation is
supported by what Coleridge goes on to say in the same passage: "Surely, no unusual taste
is requisite to see clearly, that this compulsory juxtaposition is not produced by the presentation
of impressive or delightful forms to the inward vision, nor by any sympathy with the modifying
powers with which the genios of the poet had united and inspirited all objects of his thought;
that it is therefore a species of *wit*, a pure work of the *will*, and implies a leasure and self-
possession, both of thought and of feeling, imcompatible with the steady fervor of a mind
possessed and filled with the grandeur of its subject."(밑줄 필자)

목되는 것이 영시의 전통 속에 이런 비평적 시각이 의외로 강한 줄기를 이루고 나타나는 점이다. 브룩스도 이런 사실을 인정했다. 그리하여 그는 18세기의 존슨을 필두로 이딧슨, 드라이든, 하우스만 등의 입장을 차례로 비판하지 않으면 안 되었다. 그런데 문제는 이와 같은 비판이 빚어내는 두 가지 부작용에 있었다. 우선 신비평은 시를 시로서 읽는다는 대전제 위에서 전개된 것이다. 이 말은 물론 작자의 의도와 시가 분리되어야 한다는 논리도 낳았다.[23] 그런데 워즈워스, 코울리지(그 다음에는 M. 아놀드도 그에 포함되었다)의 비평적 진술을 문제 삼으면 이 비평의 계율이 무색해져 버린다. 다음 또 하나의 문제도 이와 비슷한 각도에서 제기된다. 시(詩)의 기법 편중을 워즈워스나 코울리지가 비판한 것은 사실이다. 그러나 분명 그들은 영국 시사(詩史)에서 중요한 위치를 차지하는 시인들이다. 그런 그들이 일방적으로 비판, 부정되어도 좋을 것인가. 이렇게 제기되는 물음에도 「현대시와 전통」은 기능적인 대답을 마련할 수가 없다.

6. 역설론(逆說論)

브룩스의 『잘 빚어진 항아리』는 그가 시의 특징적 단면을 부각

---

23   이에 대해서는 김용직, 『현대시원론(現代詩原論)』 제1장 3절, 「구조 또는 절대주의 시론」 참조.

해 낸 또 하나의 비평적 성과 가운데 하나다. 여기서 브룩스는 형이 상과 시뿐만 아니라 셰익스피어, 밀턴 등 여러 시인의 작품 열 편을 집중적으로 분석, 검토했다. 그런데 이때 비평의 중요 가늠자가 된 것이 역설(逆說)의 개념이다. 이와 아울러 브룩스는 시가 무엇인가를 밝혀내기 위해 좀 더 적극적인 입장도 취했다. 그가 워즈워스나 코울리지를 비판하는 자리에서 시(詩), 곧 제재(題材)와 무관하다는 입장을 취했음은 이미 밝혀진 대로다. 그렇다면 그에게 시란 대체 어떤 것인가. 이때 우리에게 문제되는 것이 무엇이 시를 이루게 하는 것인가 하는 점이다.

『잘 빚어진 항아리』를 통하여 브룩스는 앞서 이루어진 그의 생각을 크게 수정, 보완했다. 여기서 그는 특수한 교의(doctrine)가 시라는 생각을 부정했다. 또한 시가 특수한 유형의 비유로 가능하다는 생각도 수정하고 나섰다. 정작 여러 시들은 제나름대로 조금씩 다른 교의(敎義)에 의해서 쓰여진다. 또한 거기에는 모두가 그 나름의 제재가 나타나고 형상(形象)이 제시되어 있는 것이다. 그런 가운데 보편 타당한 요소로서의 시를 추출해 내는 일은 불가능하다. 이것은 시가 '시'일 수 있는 요인을 다른 자리에서 찾아낼 수밖에 없음을 뜻한다. 결국 시는 개개의 작품에 나타나는 구성 방법에 있는 셈이다. 이 말을 바꾸면 시는 그 제작자인 시인의 마음속에 그것이 빚어지면서 채택되기에 이른 형식 내지 형태라고 할 수 있다. 이것은 곧 우리가 형식적 구조와 수사적 조직(formal structure and rhetorical organization)의 문제에 주의할 필요가 있음을 뜻한다. 한편의 시는 여러 층의 의미라든가 상징법으로 이루어진다. 거기에는 또한 서로 모순되는 내포가 포함되어 있는 법이다. 이것을 브룩스는 일단 구조의 개념으로 대치시키고자 한다. 그에게 있어서 구조란 유사한 것보다 상이한 것에 의거하며, 그 위에 다시 그 역학적 기능을 증대시키는 쪽으로 파악되어 있다.

구조란 말은 의미, 평가 해석들의 구조이며, 그러한 구조를 드러내는 통일성의 원리는 함축, 태도, 의미들을 균형 짓게 하고 조화시키는 원리인 성 싶다. 그러나 여기서도 우리는 중대한 자리 매김을 해둘 필요가 있다. 즉, 그러한 원리는 다양한 요소들을 동일한 유형들로 배열하는, 다시 말해서 비슷한 것끼리 짝을 맞추는 그런 원리는 아니다. 오히려 그것은 서로 상이한 것을 결합시킨다. 그러나 그런 원리가 상이한 것들을 결합시킴에 있어서 다른 함축적 의미를 중화시키기 위해 또 다른 함축적 의미를 허용하는 단순한 과정에 의존하는 것은 아니다. 또한 서로 모순되는 태도를 축소시켜서 조화에 이르게 하는 삭감(削減)의 과정에 의존하지도 않는다. 그 결합은 대수의 공식에 적절한 삭감과 단순화에서 얻어낼 수 있는 결합이 아닌 것이다. 그것은 소극적인 결합이 아니라 적극적인 결합이며, 여벌이 아니라 성취된 조화인 것이다.[24]

이것은 시에 있어서 여러 요소와 디테일이 전체 작품에 어떤 의미를 갖는가를 밝혀 가려는 입장이다. 결국 시는 "성취된 여러 태도의 복합체(the complex of attitudes achieved)"라고 할 수 있다. 그런데 이때 문제되는 태도의 표현이란 그것을 빚어내는 조건 환경과 분리되어서는 그 의미가 없다. 시인이란 어떤 환경에 있어서 어떤 정신적 반응을 일으킨 다음 그 복합적인 경험을 기록하는 자이다. 그렇다면 이 환경, 반응의 특수성, 구체성을 떠나서 이루어진 태도의 복합성을 이야기할 수는 없는 것이다. 이렇게 보면 브룩스가 말한 시적 통일(詩的 統一)의 의미가 다시 한 번 수긍된다. 그는 그것이 극적 과정을 거쳐 성취되고, 서로 충돌하는 태도와 주장의 조화라고 보았다. 그렇다면 아이러니와 함께 역설(逆說)이 그에 의해 특히 강조된 까닭도 스스로 밝혀지는 셈이다. 브룩스의 역설(逆說)에 대한 생각이 이런 선에 따라 펼쳐진 것임을 확인하기 위해 다시 그의 말을 인용해 본다.

---

24 Cleanth Brooks, *op. cit.*, p.159. The structure meant is a structure of meanings, evaluations, and interpretations; and the principle of unity which informs it seems to be one of balancing and harmonizing connotations, attitudes, and meanings. But even here one needs to make important qualifications: the principle is not one which involves the arrangement of the various elements into homogeneous groupings, pairing like with like. It unites the like with the unlike. It does not unite them, however, by the simple process of allowing one connotation to cancel out another not does it reduce the contradictory attitudes to harmony by a process of subtraction. The unity is not a unity of the sort to be achieved by the reduction and simplification appropriate to an algebraic formula. It is a positive unity, not a negative; it represents not a residue but an achieved harmony.

시인은 유추에 의해서 작업을 해야 한다. I. A. 리처즈도 지적한 바와 같이 복잡미묘한 감정은 모두가 비유에 의해서 표현할 수밖에 없다. 따라서 시인은 유추에 의해서 일을 해야 하는 것이다. 그러나 비유는 언제나 동일한 차원에서 깨끗이 아귀가 들어맞아 주는 것이 아니다. 비유의 차원은 끊임없이 기울고, 중복과 뒤틀림, 모순이 피해지지 않는다. 따라서 제아무리 단순 명쾌한 시인이라고 할지라도 그 일솜씨를 자세히 지켜보면 흔히 생각되는 것 이상으로 자주 역설의 언어를 사용함에 이름을 알 수 있다.[25]

브룩스의 생각이 보다 효과적으로 이해되기 위해서 다시 원점으로 돌아갈 필요가 있을지 모른다. 뉴크리티시즘의 전제가 된 것은 과학과 시를 구별하려는 데 있었다. 과학자는 그 자신의 경험을 분석하면 그만이다. 즉, 그것을 부분으로 나누고, 한 부분과 다른 부분으로 구별도 한다. 또는 여러 부분을 분류해 가면 그것으로 족하다. 그러나 시인의 임무는 그에 그치지 않는다. 그는 분석 다음으로 종국에 있어서는 경험을 통일해야 한다. 따라서 현실적 경험이 내포하고 있는 여러 요소는 불가피하게 다양성, 모순성의 단면을 띠

25 *Ibid.*, p.6. ⋯ the poet has to work by analogies. All of the subtle states of emotion, as I. A. Richards has pointed out, necessarily demand metaphor for their expression. The poet must work by analogies, but the metaphors do not lie in the same plane or fit neatly edge to edge. There is continual tilting of the planes; necessary overlappings, discrepancies, contradictions. Even the most direct and simple poet is forced into paradoxes far more often than we think, if we are sufficiently alive to what he is doing.

고 표현될 수밖에 없다. 여기에 바로 시가 역설에 직결되는 이유가 있는 셈이다.

7. 브룩스의 워즈워스 평가

브룩스는 그의 주장을 논증하는 과정에서도 매우 신비평가다운 면모를 보였다. 시의 언어가 역설에 의한 것임을 논증하기 위해서 그는 열 편의 작품들을 차례로 분석해 나갔다. 그리고 그들을 하나하나 분석, 검토해 가면서 자신의 생각을 차분하게 펼쳐 보였던 것이다. 구체적으로 그는 「맥베드」를 논한 자리에서 발가벗은 갓난아기가 약하기 때문에 강하다는 사실을 입증해 보였다.[26] 브룩스는 또한 밀턴의 「실락원(失樂園)」에서 어둡기에 더욱 눈부시게 밝은 빛이 나타난다고 지적하였다.[27] 그는 또한 J. 키츠의 '희랍 항아리'를 분석하여 거기서 역사적 무대를 읽는다. 그리고 그의 작품을 통해서 키츠가 "각주가 붙지 않은 역사, 곧 신화"를 말하기에 성공한 기적을 행했다고 평가했다.[28] 테니슨의 '헛된 눈물'을 통해서도 그는 역설(逆說)을 읽는다. 이 작품에서 테니슨은 '의혹과 싸운다'. 그리고 헛

26 *Ibid.*, p.37.
27 *Ibid.*, p.51.
28 *Ibid.*, p.133.

된 눈물, 곧 이유가 없는 눈물을 흘린다. 그러나 브룩스에 따르면 그것은 이유가 없기에 근본적 이유가 있는 참된 눈물, 곧 역설일 수가 있다는 것이다.[29]

『잘 빚어진 항아리』에서 우리의 관심을 강하게 끄는 것이 브룩스의 위즈워스 시 분석이다. 『현대시와 전통』에서 브룩스는 위즈워스를 분명히 비판, 공격하였다. 그것이 『잘 빚어진 항아리』에서 크게 수정되어 나타난다. 여기서는 위즈워스의 두 작품이 언급되어 있다. 그 가운데 하나가 「웨스트민스터 다리 위에서」이다.

대지(大地)라고 이보다 더 아름다운 것 보여주지 못하리

이렇게 장엄하여 가슴 설레게 하는 광경을

건성으로 지나치는 사람은 마음이 아둔한 것이리라

이 도시는 이제 긴 웃웃처럼

아침 결의 아름다움을 입고 있다. 조용히, 맨몸으로

배도, 탑도, 둥근 지붕도, 극장도, 사원(寺院)도

들판으로, 하늘로 활짝 열려

연기 없는 대기(大氣)에 모두가 밝게 빛나고 있다.

태양(太陽)도 이보다 더 아름답게

첫 빛살 속에 골짜기와 바위, 언덕을 적셔 낸 적이 없네

---

29 *Ibid.*, pp.143-144.

나도 또한 이렇게 깊은 정적을 본 적도 느낀 적도 없네.

강은 제혼자 달큼한 뜻 따라 미끄러지고

오, 주여! 집들까지가 모두 잠든 듯 보이며

저 거창한 심장도 조용히 누워 있구나!

Earth has not anything to show more fair:

Dull would he be of soul who could pass by

A sight so touching in its majesty:

This City now doth like a garment wear

The beauty of the morning: silent, bare,

Ships, towers, domes, theatres, and temples lie

Open unto the fields, and to the sky,

All bright and glittering in the smokeless air.

Never did sun more beautifully steep

In his first splendour valley, rock, or hill;

Ne'er saw I, never felt, a calm so deep!

The river glideth at his own sweet will:

Dear God! the very houses seem asleep;

And all that mighty heart is lying still!

　　　　　 - William Wordsworth, Upon Westminster Bridge

이 작품은 워즈워스의 여러 시 가운데 성공한 것의 하나로 손꼽혀져 온 것이다. 그러나 구체적으로 어디가 좋은가 하는 질문이 던져지면 우리는 그 대답에 궁해진다. 낭만파의 관점에서 감정의 고귀함이 엿보인다고 하는 이야기는 성립되지 않는다. 이 시의 진술 내용이 그와 무관하기 때문이다. 여기에는 단지 도시가 새벽녘의 빛 속에서 장대한 광경을 보여 준다. 그리고 그것이 아름답고 조용하게 생각된다는 정도의 내용이 담겨 있다. 다음 이미지의 명료성이라는 점을 문제 삼아 보아도 사정은 비슷해진다. 회화적인 디테일은 여기에 나타나지 않는다. 말을 바꾸면 현실적인 언급이 보이지 않는다.[30] 워즈워스는 여기서 그저 여러 개의 디테일을 한꺼번에 늘어놓고 있을 뿐이다. "조용히, 맨몸으로 / 배도, 탑도, 둥근 지붕도, 극장도 사원(寺院)도 / 들판으로, 하늘로 활짝 열려…" 이런 시구는 그저 막연한 인상을 주고 있는 데 그친다. 이것으로 우리가 가질 수 있는 심상은 고작 지평선에 지붕과 첨탑의 용마루가 보이고, 아침 햇살이 모든 것을 비친다는 정도에 그친다. 또한 전편을 통틀어 보아도 이 작품은 평범한 진술과 진부한 비유로 이루어져 있다. 그렇다면 이 시가 지니는 바 그 힘은 대체 어디에서 빚어진다는 것인가. 이렇게 제기되는 물음에 브룩스는 그 해답으로 역설이라는 답을 제시했다. 정확히 그가 이때 쓴 답은 역설적 상황(逆說的 狀況)이

---

30 *Ibid.*, pp.2-3.

라는 말이다.

내가 보기에는 이 시의 우수성은 이 시를 탄생시킨 역설적 상황에서 빚어진 것이다. 화자는 정직하게 경이감을 보여 주고, 시 속에 어느 정도 놀란 감정을 불어 넣는다. 도시가 "아침의 아름다움을 지닐" 수 있다는 사실이 시인에게는 야릇하게 느껴지는 것이다. 스노우덴 산이나 스키도나 몽블랑이라면 자연 그대로인 채 아침의 아름다움을 지닐 수가 있다. 그러나 더럽고 염병 같은 런던이 그럴 수는 없는 것이다. 이것이 바로 거의 충격적인 외침에까지 이르게 한다.[31]

브룩스가 충격적 외침의 실례로 든 것이 "연기 없는 대기" 속에 펼쳐진 런던의 모습이다. 거기서 시인(詩人)은 새 사실을 깨닫고 놀란다. 그것이 인공으로 된 도시 런던 역시 자연의 일부라는 점이다. 자연의 일부로서의 런던은 지금 자연인 태양에 비쳐지고 있으며, 그리하여 그것은 산이나 강처럼 아름다움 광경을 빚어내게 된다. 이런 브룩스의 생각은 다음 부분에 이르면서 더욱 고조된다. "강은 제혼자 달콤한 뜻 따라 흐르고…," 새삼스럽게 밝힐 것도 없이 강은 우리가 생각해 낼 수 있는 것 가운데서 가장 자연스러운 자연이

---

31 *Ibid.*, p.3.

다. 그것은 탄력성을 가지며, 자연 그 자체로의 곡선(曲線)을 지니고 있기도 하다. 하지만 이 시인은 이제까지 템스를 참 강으로 바라볼 수가 없었다. 그러나 이 새벽 템스는 그 위를 오고 가는 배들로 하여 어지럽혀지지 않은 채다. 그리하여 그것은 자연 본래의 모습을 지닌 자연으로 나타나게 되는 것이다. 말을 바꾸면 템스는 산골짜기의 시냇물처럼 티 없고 제멋에 겨워 흐르는 강이 될 수 있는 것이다. 그러면서 이 작품의 절정을 이루는 것은 마지막 두 줄이다.

오, 주(主)여 집들까지가 모두 잠든 듯 보이며
저 거창한 심장도 조용히 누워 있구나!

여기서 우리가 간과할 수 없는 것이 한 도시 런던이 의인화되어 있는 점이다. 이것은 런던이 이미 기계적 차원을 넘어서 인간과 자연의 유기체로 간주되었음을 뜻한다. 그리하여 그 자체로는 진부한 비유일 수가 있는 '잠든 집들'이라는 부분이 놀라울 정도로 새롭게 느껴진다. 즉, 이제까지 도시는 시인에게 '죽은 것', '기계적이며 생기를 잃은 것'으로 생각되었다. 그런데 여기서 그 뜻은 180°로 바꾸어진다. 여기서 '잠든'은 '살아 있는 것'을 뜻하고, 자연의 생명에 참가하고 있음을 가리키는 것이다. 뿐만 아니라 여기서 또 다른 의미의 국면이 타개된다. 브룩스에 따르면 대도시를 한 제국의 고동치는 심장으로 파악하는 비유는 진부한 것이다. 그럼에도 여기에서는 그것이 새롭게 살아나 이 도시가 죽은 듯 보이는 상태에 있을 때에야 비로소 그것이 실제로는 살아 있다고 느끼게 되는 것이다.[32] 이런 상황을 좀 더 통속화시키면 죽어야 살아난다는 역설을 가능케 한다.

8. 시카고 학파의 비판

『잘 빚어진 항아리』에 담긴 브룩스의 생각은 명백하게 시론의 한 차원을 개척한 것이었다. 이 책의 주제 문장이 된 것은 이미 밝혀진 바와 같이 '시의 언어가 역설의 언어'라는 것이다. 역설이 곧 시의 언어라면 이미 거기에는 내용과 형식의 구별이 필요 없게 된다. 역설 자체가 시의 표현 형식이면서 내용을 가리키기 때문이다. 이런 의미에서 『잘 빚어진 항아리』는 신비평의 성과인 동시에 주지주의 비평의 한 과제로 내려온 시의 구조적 해석에 한 새 지평을 타개한 것이기도 했다. 그럼에도 브룩스의 역설론에 전혀 문제가 없는 것은 아니었다. 브룩스의 역설론에 대해 가장 강한 비판을 가한 것이 R. S. 크레인이다. 널리 알려진 바와 같이 그는 시카고 학파를 주도한 비평가이다. 먼저 그는 브룩스의 공적을 인정하는 데 인색하지

32 *Ibid.*, p.4.

않았다. 그에 따르면 『잘 빚어진 항아리』는 역사, 전기 또는 고증학적 연구에서 비평이 그 눈길을 작품 자체로 옮긴 다음에 이루어진 최대의 성과가 된다. 거기에는 과학의 독주 상태에서 시를 구제해내고자 하는 결의도 담겨 있다는 것이다.[33] 그러나 그와 동시에 거기서 제기된 중요 문제가 역설을 줄기로 삼은 브룩스류의 일원론이다. R. S. 크레인은 이것으로 브룩스가 시적 언어, 곧 역설적 언어와 과학적인 언어 사이에 명쾌한 구별을 지었다고 지적했다. 그러나 그와 함께 크레인은 바로 여기에 한계도 있다고 보았다.

우선 브룩스의 역설론에 따르면 호머의 『오딧세이』와 엘리엇의 『황무지』 사이에, 그리고 A. 포프의 「머리타래 겁탈」과 테니슨의 「헛된 눈물」 사이에 동질성이 발견되는 것은 사실이다. 하지만 이 동질성의 발견만으로 과연 비평의 책무가 다 끝날 수 있는 것인가. 크레인의 고찰에 따르면 브룩스의 시론은 리처즈를 통해서 코울리지의 전통을 이은 것이 된다. 그럼에도 브룩스는 코울리지가 세운 시(poetry)와 시작품(poem)의 구별을 망각했다는 것이다. 그 결과 그는 시의 개념에만 사로잡혀 역설론을 전개시키는 오류에 떨어졌다. 물론 거기에는 전혀 까닭이 없었던 것이 아니다. 다른 신비평가들의 경우와 똑같이 브룩스도 과학의 전횡 속에서 시를 옹호해야겠다는 일종의 강박관념을 지니고 있었다. 이 강박관념이 빚어 낸 위기

---

33 R. S. Crane, The Critical Monism of Cleanth Brooks, *Critics and Criticism* (The Univ. of Chicago Press, 1968), p.83.

감 때문에 그는 개별 작품들을 차분하게 읽을 여유를 갖지 못했다. 그리하여 시 전체를 통틀어 poetry로 보고 그것을 en bloc로 다루는 입장에 떨어졌다는 것이다.[34]

이와 같은 브룩스의 비판에 이어 크레인은 그 나름의 입장도 제시했다. 그것은 그 출발점이 브룩스와 정반대로 잡혀진 것이다. 그에 따르면 비평가는 시인이 poetry를 쓰는 것이 아니라 개개의 poem을 쓴다는 사실을 먼저 확고하게 인식해야 한다. 그리고는 하나하나의 작품을 착실하게 이해, 평가해 나가야 한다. 그게 제대로 이루어진 다음에야 비로소 시 또는 문학의 일반론에 이를 수 있다. 이것은 말을 바꾸면 개별성을 통해서 보편론을, 그리고 구체적인 것을 통해서 추상론에 이르러야 한다는 생각이다. 또한 연역적인 방법에 앞서 귀납적 입장을 택할 필요가 있다는 생각이다. 또한 연역적인 방법에 앞서 귀납적 입장을 택할 필요가 있음을 말한 경우이기도 하다. 본래 시카고 학파는 아리스토텔레스 문학론의 흐름을 잇고자 한 사람들이다.[35]

아리스토텔레스가 그의 『시학』에서 착실하게 귀납적 방법을 취한 사실은 널리 알려진 대로다. 그런 문맥 속에서 크레인의 브룩스 비판이 쓰여진 셈이다. 브룩스의 일원론을 비판하면서 크레인은 다원론 비판(多元論 批評)의 입장을 취했다. 그는 '시의 언어는 역설이

---

34 *Ibid.,* pp.105-106.
35 이에 대해서는 Walter Sutton, *Modern American Criticism* (New Jersey, 1963), pp.53-54.

다'식 대원칙을 먼저 내걸고 그 기준에 따라 개개의 작품 해석을 연역해 나가면 올바른 방법이 확보되지 않는다고 보았다. 그런 시각이 고대 희랍의 철학자들이 빈번하게 빠져든 오류를 범하는 요인을 이룬다는 것이다. 고대 희랍의 철학자들은 상당수가 선험적이며 연역적 방법을 취했다. 그 결과 허상을 가리켜서 사물의 본질인 양 믿은 예가 적지 않게 나타났다. 그 지양, 극복을 외치고 나타난 것이 크레인으로 대표되는 반역설론이라 할 것이다.

참고로 밝히면 브룩스의 비평적 입장은 시카고 학파에 의해서뿐만 아니라 랜섬에게도 상당한 불만을 샀다. 그는 브룩스가 워렌과 함께 낸 『시의 이해』와 『소설의 이해』를 보고 그 논리전개에 상당한 회의를 가졌다. 그가 신비평을 주도했을 초기에는 적어도 문학과 문명에 대한 강한 위기감이 대두되어 있었다. 자신과 그의 후배들의 비평운동은 그런 분위기 속에서 일종의 돌파구를 마련하려는 사명감과 함께 시작되었다. 그런데 「시의 이해」와 「소설의 이해」는 일종의 교육용 교재로밖에 생각될 수가 없었다. 좋게 말해도 그것은 실천용이었고, 랜섬 자신이 생각한 격조 높은 비평이론의 전개를 포기한 것이었다. 이에 그는 「캐넌 리뷰」 16호(1952)를 통해 〈왜 비평가는 발광하지 않는가〉라는 글을 쓰기까지 했다.

구체적으로 랜섬의 신비평 자체에 대한 비판은 E. 올슨의 글이 발표되고 나서 쓰여졌다. 크레인과 비슷하게 올슨 역시 신비평가들의 비평을 일원로에 입각한 선험론(先驗論)이라고 못 박았다. 실제 그가 비평의 대상으로 삼은 것은 W. 엠프슨의 앰비규어티론이다. 앰비규어티론은 물론 제한된 성격의 언어적 특성론이다. 그리고 이런 식의 일원론에 의한 연역적 설명은 어느 단계에 이르기까지 성립되기는 한다. 그러나 만물의 근원을 물이라고 하면서 우주 전체를 설명하고자 한 탈레스의 오류가 거기에는 엿보인다. 구체적으로 탈레스는 물상을 이루는 기초 물질 하나를 설명했을 뿐 끝내 그 물에서 생기는 개별적 제 형상들인 구름과 눈, 비, 얼음을 설명해 내지는 못했다.[36]

이와 같은 올슨의 신비평 비판이 발표되자 랜섬은 서슴없이 그에 대해서 "언어 분석에 의거한 종류의 비평을 향해서 던져진 아주 무서운 비판"이라고 평가했다. 그와 함께 랜섬은 신비평가들 한 사람 한 사람이 이에 대해서 답을 마련할 필요가 있다고 말했다. 사실 올슨의 이 비판은 신비평의 약점을 남김없이 파헤친 경우라고 할 수 있다. 올슨에 따르면 '시적 언어(詩的 言語)'는 문학의 자료 정도로 해석될 것들이다. 따라서 문학이 존재하기 위한 필요조건일 뿐 충분조건일 수는 없는 것이다.

본래 문학 작품(詩) 대 언어의 상관관계는 톱과 강철의 관계에 대비될 수도 있다. 후자가 없으면 물론 전자를 만들어낼 수가 없다. 하지만 강철이 있다고 해서 반드시 톱이 만들어지지는 않는다. 말

---

36 Elder Olson, William Empson, Contemporary Criticism and Poetic Diction, in Ronald Salmon Crane, ed., *Critics and Critic* (University of Chicago Press, 1957), pp.60~61.

을 바꾸면 톱이 만들어지는 것은 강철에 일정한 속성이 있기 때문이 아니다. 출발점은 바로 그 정반대인 데 있다. 즉, 사람들이 목재(木材)를 어떤 형식으로 자르고자 한다. 그러기 위해서는 일정한 종류의 칼날이 요구된다. 그에 따라서 제기되는 동기가 그에 알맞은 물질을 요구한다. 그 결과 강철이 필요해진다는 것이다.[37] 이렇게 보면 올슨에 동조한 랜섬의 입장에도 그 나름대로는 이해가 간다. 즉, 그들에게는 다 같이 브룩스식 언어조건만을 문제 삼은 일원론적 시론이 지양, 극복할 과제가 된 것이다.

9. 분석비평의 한계 인식과 역사 수용

문자 그대로 암중모색이 계속되면서 내 뉴크리티시즘 공부는 1960년대를 넘기고 70년대에 이르렀다. 내 현대시 공부가 본격화된 것이 1950년대 후반기부터라는 사실은 이미 밝힌 바와 같다. 그러니까 내 분석비평 익히기는 줄잡아도 20년 가까이의 세월에 걸친셈이다. 그 과정에서 나는 리처즈와 엘리엇, T. E. 흄, 에즈라 파운드, 랜섬, 엠프슨, 브룩스, A. 테이트, W. K. 윔셋, M. C. 비어즐리의 이론들을 알게 되었고 그들의 시각을 발판으로 삼고 한국현대시를

---

37 *Ibid.*, p.62.

해석한 글들도 썼다. 내 초기 논문들인, 시문학파 연구와 김기림을 정점으로 한 한국 모더니즘시 연구가 그런 여건 속에서 작성되었다. 돌이켜 보면 70년대 후반기까지의 내 한국현대시 연구는 그 방법론의 6, 7할 이상을 뉴크리티시즘에 힘입은 가운데 이루어진 것이다.

한때 나는 나 자신을 한국문학 연구자 가운데는 가장 충실한 뉴크리티시즘의 추종자라고 생각했다. 그런 내 연구 태도에 금이 가기 시작한 것이 70년대에 접어들고 나서부터다. 당시 나는 마흔 고개를 훌쩍 넘긴 터였다. 우리 전통사회에서 말하는 불혹(不惑)의 나이가 되었음에도 당시 나는 학계와 평단의 말석을 차지했을 뿐 이렇다고 내세울 만한 업적이 없었다. 어느 날 그런 사실에 생각이 미치게 되자 마음속으로 적지 않은 낭패감을 가졌다. 그와 함께 내가 시도하지 않을 수 없었던 것이 한국 현대시의 통시적 고찰, 곧 역사 쓰기였다.

현대시의 역사쓰기와 함께 나는 '시를 시로만 읽는다'로 집약되는 뉴크리티시즘의 방법을 재검토하지 않을 수 없었다. 시의 본질적 연구로 고쳐 말할 수 있는 뉴크리티시즘의 기본 전제는 이미 거듭 드러난 바와 같이 시를 시인과 독자, 시대상황과 기타 외재적 여건에서 철저하게 차단시키면서 이루어지는 문학연구였다. 그런데 내가 시도하는 현대시의 역사쓰기는 바로 뉴크리티시즘에서 금기가 된 시인과 독자, 시대상황과 기타 여건이 문제될 수밖에 없는 경우였다. 넓은 의미에서 그들은 역사적 요소들이었다. 문학의 역사쓰기에서 바로 그런 역사적 사실이 배제될 수는 없었다. 한동안 분석비평과 문학사 쓰기에서 빚어지는 모순, 충돌 현상을 극복, 조화하기 위해서 나는 적지 않은 고민을 했다. 그 과정에서 시카고 학파의 엠프슨 비판과 브룩스의 일원론이 갖는 논리적 모순론도 읽었다. 그와 함께 내가 읽은 것이 르네 웰렉의 비판이었다.

웰렉은 그의 C. 브룩스의 비판을 통해서 시를 시로만 문제 삼는 뉴크리티시즘의 논리를 가차 없이 비판했다. 이때 그가 보기로 든 것이 A. 마벨의 「호레이션부(賦)」에 가한 브룩스의 생각이다. 이 작품을 분석한 글에서 브룩스는 작품의 실제 의미와 A. 마벨이 크롬웰과 찰스 1세에 대한 태도가 엄격하게 구별되어야 한다고 주장했다. 그럼에도 그는 같은 자리에서 "비평가는 역사학자로부터 도움을 받을 수 있는 것은 한껏 받아들일 필요가 있다"고 적었던 것이다.[38] 이것은 우리에게 하나의 사실을 각명하게 말해 준다. 그것이 신비평가들의 이론에도 명백하게 지양, 극복되어야 할 부분이 있다는 사실이다. 시의 올바른 이해를 위해서 역사와 관습, 전통이 전면 배제될 수는 없다. 다만 신비평의 충격이 있기 전 시의 이해에 동원된 정보들의 해석, 또는 역사주의의 방법에는 적지 않게 어설프고 소박한 생각이 섞여 있었다. 르네 웰렉은 그것들을 극복한 차원에

38 René Wellek, Literary Theory, Criticism and History, *Concepts of Criticism* (Yale University Press, 1973), p.70.

서 올바르게 시가 이해되기 위해서는 해석에 역사, 전통에 대한 감각이 수용될 필요가 있다고 보았다.

이와 함께 르네 웰렉은 신비평가들이 고집한 역사차단론에 대해 좀 더 포괄적인 비판도 가했다. 신비평가들이 그들 나름대로 시를 인간과 역사에서 격리시킨다 해도 범박하게 보면 시는 인간이 빚어낸 가장 양질의 정신 노작이며 문화, 전통을 통해 계승된 창작활동의 한 형태이다. 그런 시를 현실과 상황, 역사, 전통에서 완전히 분리시켜 독자적인 존재로 볼 수 있을 것인가가 문제다. 이 단계에서 르네 웰렉은 신비평가들이 시를 총체적이며 긴절한 언어의 구조라고 보는 입장에는 정당성이 인정될 수 있다고 보았다. 그러나 이것이 곧 시의 해석에 역사적인 정보를 전면 배제해도 좋다는 논리를 가능하게 만드는 것은 아니다. 그에 따르면 시가 사용하는 말들은 그 자체가 비역사적인 것이 아니라 바로 역사적인 것이다. 그런가 하면 하나의 작품은 반드시 어떤 양식에 속하며 의장(意匠)을 택하고 있다. 그런데 양식이나 외장은 비역사적인 것이 아니다. 언제나 그것은 역사, 전통의 갈래에 든다. 그와 동시에 시들은 아주 빈번하게 당대의 현실에 관련된다.[39] 물론 소박한 모방론이 생각하는 것처럼 이때의 상관관계가 1:1의 상태에서 직접적으로 이루어지는 것은 아니다. 그러나 설사 그것이 시인의 내면세계라든가 감

---

39 *Ibid.*, pp.31-32.

정이라는 풀무를 거친다고 해도 우리가 갖는 이야기의 방향은 바뀌어지지 않는다. 이때 시인의 의식이나 내면세계를 형성케 하는 인자를 이루는 것이 그가 속한 사회나 시대를 완전하게 벗어날 수 없기 때문이다.

10. 이육사(李陸史)의 「광야(曠野)」와 김소월(金素月)의 「초혼(招魂)」

신비평의 한계를 인식한 단계에서 내가 처음 문제 삼아 본 작품이 이육사(李陸史)의 「광야(曠野)」였다. 이 작품은 육사의 유작 중 하나로 그가 살아생전에는 활자화되지는 못했다. 그 문맥 속에 이 작품은 항일저항적 목소리를 담고 있다. 그런 연유로 「광야」는 일제 치하에서 공적인 발표 기회를 갖지 못한 채 유고로 남아 전해온 것이다.[40] 그러다가 1947년 『육사시집(陸史詩集)』이 간행되면서 거기에 이 작품이 수록, 공개되었다. 그 전문은 다음과 같다.

까마득한 날에
하늘이 처음 열리고

---

40 이에 대한 지적은 김용직, 「초인과 역사, 이육사(李陸史)」, 『한국현대시인연구』(서울대 출판부, 2003), pp.310-313 참조.

어데 닭 우는 소리 들렸으랴.

모든 산맥(山脈)들이

바다를 연모(戀慕)해 휘달릴 때도

차마 이곳을 범(犯)하던 못하였으리라.

끊임없는 광음(光陰)을

부지런한 계절(季節)이 피어선 지고

큰 강(江)물이 비로소 길을 열었다.

지금 눈 내리고

매화 향기(梅花 香氣) 홀로 아득하니

내 여기 가난한 노래의 씨를 뿌려라.

다시 천고(千古)의 뒤에

백마(白馬) 타고 오는 초인(超人)이 있어

이 광야(曠野)에서 목놓아 부르게 하리라.

―이육사, 「광야」, 전문

5연 15행으로 되어 있는 이 이육사의 「광야」는 그동안 우리 주변에서 상당한 논란의 불씨가 되어 왔다. 우선 이 작품에서 한 쟁점이 되어 온 것이 첫째 연의 마지막 부분인 "어데 닭 우는 소리 들렸 으랴"이다. 이것을 8·15 직후 시론가들은 닭소리가 들리지 않은 것으로 읽었다. 그에 대해서 반대의 해석이 가능하다는 지적이 나타났다. 그에 따르면 '어데'는 경상도 북부 지방의 사투리로 '어디에'의 축약이라는 것이다. 그리고 '들렸으랴'는 '들렸으리라'의 축약형으로 간주된다. 이런 생각에 따르면 이 부분은 "어디에 닭 우는 소리가 들렸으리라"로 읽힐 수 있게 된다.[41]

이에 대한 반대 의견이 강단 비평가에 의해서 제기되었다. 그에게는 문화 배경과 방언의 지식보다 언어학, 특히 국어학의 연구 성과가 더 많이 원용되었다. 그에 따르면 이 작품에서 '어데'가 '어디에'와 동형일 수 있는 가능성은 전혀 없는 게 된다. 뿐만 아니라 이 부분의 문맥으로 보아 '들렸으랴'는 당연히 부정의 뜻으로 읽어야할 부분이다. 그는 중세 한국어의 용례를 들어 여기 나오는 '어데'가 부사어인 '어찌'로 읽을 수 있다고 판단했다. 이때에는 반론에 대한 재반론이 곧 제기되었다. 그에 따르면 이 작품의 첫째 연을 "닭 우는 소리도 들리지 않았다"로 읽는 경우 이 작품이 빚어내는 긴장감이 반감되어 버린다. 그 다음 둘째 연에서 산맥이 광야를 지나지 못했다는 구절이 계속된다. 본래 서정시의 요체는 축약과 긴축으로, 그를 통해 의미맥락의 탄력감을 빚어내는 데 있다. 그런데 5연 15

---

41 이에 대해서는 김용직, 항일저항시의 해석, 『변혁기(變革期)의 시(詩)와 문화(文化)』(서울대출판부, 1992), pp.170-173.

행으로 끝나는 이 작품에서 비슷한 뜻을 가진 두 연이 그것도 허두에서부터 되풀이될 리가 없다. 「광야」의 허두에 나오는 닭소리 부정론은 이런 생각을 바탕으로 제기되었다.

「광야」 읽기에서 또 다른 쟁점이 되어 온 것이 이 작품의 마지막 연이다. 여기서 특히 문제가 되어 온 것이 첫 행의 '천고(千古)'라는 부분이다. 종래 우리는 이것을 그저 대범하게 자연, 또는 물리적인 시간으로 보고 '천년(千年)'이라고 생각해 왔다. 그러니까 "천년 뒤에 백마 타고 오는 초인이 있어"로 이 부분을 읽어 온 것이다. 그런데 이에 대한 반론은 먼저 익명의 상태에서 제기되었다. 여기서 익명이라는 말에는 설명이 필요하다. 이 경우 문제되어야 할 반론은 정식 논설로 활자화되지 않았다. 따라서 우리는 이에 대해서 익명이라는 단서를 붙이지 않을 수 없는 것이다.

훨씬 후에 이런 익명 상태는 해소되었지만 어떻든 이때의 반론은 작품의 의미 맥락을 지적하는 것으로 이루어졌다. 이때에 거듭 문제가 된 것이 있다. 그것이 "천고의 뒤에 백마 타고 오는 초인"이다. 구체적으로 이 부분은 어떤 심상을 지닌 것인가가 문제되었다. 종래 우리는 그것을 민족적 저항과 조국의 해방, 독립이라는 관점에서 논의해 왔다. 그런데 그런 독법이야말로 오류에 속한다는 것이 반론 제기자들의 지적이다. 이 작품이 저항의 노래라면 일단 우리는 넷째 연을 문제 삼지 않을 수 없다. 여기서 '눈'은 우리가 처한 식민지적 상황을 가리킨다. 그리고 '매화 향기(梅花 香氣)'는 시대의 새벽을 열기 위해 앞서 간 지사(志士)들의 매운 정신을 표상하는 것이다. 그렇다면 전후의 문맥으로 보아 여기 나오는 '노래의 씨'는 화자가 지닌 희생의 정신을 뜻한다. 이 부분에서 화자는 역사의 소명에 스스로의 목숨을 내맡기고자 할 정도로 저항의 정신에 투철해 있는 것이다. 그러니까 여기서 백마 타고 오는 초인(超人)인 반제투쟁자가 그렇게 도저한 항일저항, 민족의식을 품고 있었다는 것이 종래 우리 주변의 해석들이다. 그에 대해서 반론을 제기한 사람들은 여기 나오는 백마 타고 오는 초인을 민족 해방의 상징이 아니라 고대와 근대, 동양과 서구를 하나로 통합한 보편적 세계의 상징이라고 보았다.[42]

본래 저항운동자들에게 민족의 해방이란 일각(一刻)이 삼추(三秋)처럼 기다려지는 순간이다. 이에 대해서는 심훈(沈熏)의 「그날이 오면」이 좋은 보기가 될 수 있다. 이 작품에서 심훈은 "삼각산이 일어나 더덩실 춤이라도 추고 / 한강물이 뒤집혀 용솟음칠 그날이" 오기만 하면 "밤하늘에 나는 까마귀와 같이 / 종로의 인경을 머리로 들이받아 울리오리다"라고 노래했다. 그때 그는 "두개골은 깨어져 산산 조각"이 날 자신의 죽음을 예견한다. 그럼에도 그는 기쁨에 가득 차 한도 원도 없이 죽을 수 있다고 노래했다. 그런데 반론 제기자들과 같은 시 읽기가 이루어지면 「광야」의 마지막 연이 문제가 된다.

---

42 김종길(金宗吉), 육사(陸史)의 시(詩), 『시(詩)에 대하여』(민음사, 1986), pp.180-181.

단적으로 말해서 〈광야〉를 저항의 노래로 읽는 경우 넷째 연의 자기 희생은 민족 해방에 대한 열망으로 해석되어야 한다. 그런데 그런 화자가 해방의 상징인 초인(超人)을 '천고(千古)의 뒤', 곧 '천년 뒤'에 기다릴 것인가. '그렇다'는 대답을 한다면 이 작품은 앞뒤가 맞지 않는 헛소리가 되어 버린다. 「광야」 저항시론에 대한 재반론은 이런 각도에서 제기된 것이다.

그런데 「광야(曠野)」를 저항시가 아니라는 보편적인 세계정신을 노래로 읽게 되면 우리는 넷째 연에 나오는 계절의 심상이 왜 필요한가를 설명해 낼 수가 없다. 셋째 연의 심상은 신천지의 서장, 또는 역사의 시작을 짐작하게 한다. 객관주의 분석비평의 논리에 따르면 그것은 인류의 역사라고 구체화시킬 수 있을 것이다. 그런데 그 다음에 별안간 눈이 내리는 겨울의 심상이 제시된 것은 무슨 이유인가. 이것은 특수한 상황이지 분명히 보편적 세계를 노래한 포괄적 차원이 아니다. 민족사의 맥락에 비추어 보면 그것은 분명히 나라와 겨레가 움츠러든 식민지적 시대 상황에 관계된다. 그렇다면 다음에 오는 '천고의 뒤'가 어떻게 되는가? 여기서 우리는 다시 한 번 반대론자들의 따가운 반론에 부딪힐 수 있다. 민족의 해방을 열망하는 반제투쟁자가 그 시기를 천년 뒤로 미루어낼 수 있다는 것인가. 이에 대해 우리가 좀 더 합리타당한 해답을 원한다면 바로 역사주의 비평의 큰 덕목(德目)에 눈을 돌려야 한다.

여기서 '천고의 뒤'를 그대로 '천년 뒤'라고 읽는 것은 그 시간 개념을 사전적인 차원으로 환치하는 게 된다. 그러나 우리가 좋은 시라고 생각하는 작품에는 거의 모든 시간이 그렇게 사전적 뜻으로만 해석되지는 않는다. 시의 언어에는 반드시 그 나름의 내포(內包)가 있는 법이다. 그리고 여기에서 그 내포를 알기 위해서는 일단 「광야」 전편의 의미맥락을 생각해 보아야 한다. 이 작품에 쓰인 말들은 대체로 강직한 느낌을 준다. 여기에는 매화 향기(梅花 香氣)와 같이 매우 고전적인 말도 나온다. 이것은 선비의 갈래에 속하는 정신의 단면을 느끼게 만든다. 뿐만 아니라 육사의 성장 배경이나 교양 속에는 유학을 중심으로 한 한학(漢學)과 한시의 그림자가 매우 짙게 드리워져 있다. 그는 경상북도 안동 지방의 선비 집안 출신이다. 그리고 그 자신도 한학과 한시에 대한 상당량의 독서 체험과 교양을 가지고 있었다. 그렇다면 「광야」에 쓰인 말들도 그런 맥락에서 읽을 필요가 있을 것이다. 이때 우리가 고려에 넣어야 할 것이 황매천(黃梅泉)의 사세시(辭世詩) 가운데 한 수다.

새짐승 슬피 울고 산바다도 찌푸렸다
무궁화 핀 내 나라는 사라지고 없어졌네
가을이라 등불 아래 책 덮고 생각하니
이 세상에 선비 되기 어렵고 어려워라

鳥獸哀鳴海岳嚬　槿花世界已沈淪

秋燈掩卷懷千古　難作人間識字人

　　황매천은 경술국치를 당하여 그 소식을 지리산 자락에 위치한 그의 고장에서 들었다. 망국의 비보에 접하자 그는 선비의 한 사람인 그가 이 엄청난 민족사적 치욕에 임해 그대로 구차하게 목숨을 연장할 수 없다고 판단했다. 이 시는 그가 다량의 약을 먹고 순국하기로 결심한 다음 만든 것이다. 이 작품에는 매천(梅泉)이 맛본 참담한 정신의 일단이 담겨 있다. 나라가 망했으니 새, 짐승들도 슬피 우는 것 같다. 그리고 바다와 산조차 시름 속에 잠겨 버린다. 무궁화동산으로 표상되는 내 나라가 망하여 사라져버린 것이다.

　　여기서 우리가 특히 주목해야 할 것은 이 작품의 셋째 줄이다. 여기서 매천(梅泉)의 비감(悲感)에 젖은 모습은 가을 등불 아래 읽던 책을 덮어버리는 선비의 모습으로 떠오른다. 그 직접적 요인이 되고 있는 것은 천고(千古)를 생각하고 있기 때문이다. 그런데 이때 천고가 단순히 천년(千年)을 가리키는 데 그칠 것인가. 절대로 그렇지 않다는 답이 나온다. 그 이유는 간단하다. 책을 읽고 민족사의 강통을 헤아릴 줄 아는 선비로서의 매천이 천년이라는 물리적 시간만을 생각한 나머지 이승에서 그 보람을 한껏 누려야 할 목숨을 그렇듯 허망하게 끝낼 수가 없을 것이기 때문이다. 이런 이유로 여기에 나오는 '천고'를 우리는 적어도 민족사 자체로 보아야 한다.

　　이때의 민족사는 우리 민족의 시작이 있고 과정이 내포되어 있다. 동시에 거기에는 영광과 함께 갖가지 시련과 고난의 기억이 함께 자리하고 있는 것이다. 그런 영광과 치욕, 보람과 고배의 감정이 뒤섞인 나머지 작중 화자는 민족의 역사, 강통을 생각한다. 그러니까 이 세상에서 글줄이나 읽는 선비로 이 세상을 살기가 어렵고 어려운 것이다.

이렇게 「광야」를 고쳐 읽게 되면 여기 나오는 '천고의 뒤'가 사전적인 의미나 물리적 차원에 그칠 수는 없다. 무엇보다 우리 모두에게 자신의 목숨은 절대적인 것이다. 그런 목숨을, 글을 읽었고 민족의 대의를 아는 선비가 단순한 시간 개념에 지나지 않는 '천년 뒤'를 위해 스스로 끊어버릴 수 있을 것인가. 여기서 우리가 가질 수 있는 답은 거듭 '아니다'일 뿐이다.[43] 이와 같이 「광야」를 읽으면 우리 앞에는 또 다른 해석의 지평선이 열릴 수가 있다. 여기서 '광야'는 우리 민족의 역사가 시작되고 전개된 절대적 공간이다. 첫째 연과 둘째 연에서부터 그런 광야의 심상이 제시되어 있다. 이육사(李陸史)는 그런 광야를 하나의 신성공간, 절대불가침의 성역으로 만들었다.

흔히 있을 수 있는 민족단위의 건국신화에는 개천(開天)의 장에 닭의 울음소리가 들린다. 그러나 이육사(李陸史)의 이 시에서 우리

---

43 여기서 문제된 천고(千古)의 해석에 시사(示唆)를 던진 것이 김흥규(金興圭)의 「육사의 시와 세계인식」, 『문학과 역사적 인간』(창작과 비평사, 1980), p.108이었다. 여기서 '천고(千古)'의 함축적 의미는 실현가능성 여부를 넘어선 차원의 의식이라고 해석되었다. 그것으로 '백마 타고 오는 초인'은 화자에게 일각의 유예도 있을 수가 없는 민족사의 새 국면 타개를 가리키는 객관적 상관물이 될 수 있는 것이다.

민족의 조국(肇國)은 그 자체가 워낙 일체며 절대였다. 그런 이유로 그 무대가 된 광야에는 창조의 상징인 닭의 울음소리조차 배제된 것이다. 이 같은 「광야」 읽기는 이 작품의 둘째 연에 제시된 말들로 더욱 강조된다. 여느 경우라면 산은 한 공간이 갖는 역동적 심상을 강조하기 위해 노래된다. 그들이 바다를 향해 치달림으로써 신성 공간의 동적인 심상이 한결 강조될 수 있을 것이다. 그러나 육사(陸史)에게 「광야」는 그것조차가 초극이 된 절대의 신성 공간이다. 그러니까 "모든 산맥이 / 바다를 연모해 휘달릴 때"도 '차마' 광야를 범하지 못한다. 이와 함께 제3연의 "큰 강물이 비로소 길을 열었다"의 '비로소'는 거듭 주목되어야 할 것이다. 여기서 '비로소'는 문맥으로 보아 또 한 번 광야의 신성불가침, 절대적 의의를 강조하는 말이다.

우리가 육사(陸史)의 시를 이렇게 읽게 되면 그때 비로소 「광야」의 구조적 특징이 제대로 파악될 수 있다. 단적으로 말해서 이 작품은 도저한 항일저항의식을 뼈대로 한 노래다. 육사는 그가 품은 민족의식을 절규에 가까운 목소리로 이 작품을 통해 읊어내고 있다. 육사의 작품을 지배하고 있는 것은 철두철미 민족사의 미래를 믿는 도저한 의식이다. 거기서 빚어진 굳은 신념이 그로 하여금 눈 내리는 계절, 광야에서 자기희생과 함께 이루어질 조국의 광복과 독립의 순간을 고조된 목소리로 읊조리게 한 것이다.

이제 우리는 「광야」 읽기를 통해 얻은 하나의 교훈을 말할 차례다. 객관주의 분석 비평의 방식은 「광야」를 올바로 읽기 위해 확실하게 하나의 시각을 마련해 주었다. 그러나 그것만으로 「광야」의 완전한 해독이 이루어지지는 않는다. 그 돌파구를 마련해 준 것이 역사적 정보의 수용이다. 우리가 가져야 할 시론도 이에 준함은 물론이다.

시론의 실제에 임해서 우리는 일단 작품을 엄격하게 검토, 분석하는 마음의 자세를 가져야 한다. 그러나 그와 함께 우리는 시를 올바르게 해석하는 길로 역사주의에서 배울 수 있는 것을 배워 들여야 한다. 결국 우리는 시의 올바른 이해를 위해 종합론의 필요를 실감하게 된다. 이것이 이 자리에서 우리가 얻게 되는 상당한 부피의 보람이며 또한 교훈이 될 것이다.

(1) 소월의 시와 님

김소월(金素月)은 우리 근대시단의 초창기에 등장, 활약한 시인이다. 그는 우리 시인들이 미처 서구추수주의의 늪을 벗어나지 못한 단계에서 우리말의 결과 맛을 기능적으로 살려낸 시를 썼다. 민요조 서정시라고 명명할 수 있는 「엄마야 누나야」, 「진달래꽃」, 「먼후일」, 「예전엔 미처 몰랐어요」, 「가는길」, 「왕십리(往十里)」 등은 오늘도 우리 모두가 즐겨 읊조리는 애송시다. 그가 우리 시단에 등장한 것은 우리 민족의 주권이 일제에 의해 강탈당한 다음이었다. 그가 태어나 자란 곳도 한반도의 북쪽 끝이어서 문단활동을 하기에 좋은 여건이 아니었다. 그럼에도 그의 시는 발표와 동시에 시단 안팎의 두터운 사랑을 받았다. 일제치하의 전 기간을 통해서 그처럼 많은 애송시편을 독자에게 끼친 시인은 달리 발견되지 않는다.

우리 시단 안팎에 끼친 호응도로 보면 김소월은 우리 모두가 받들어야 할 시인, 곧 국민시인의 이름에 값한다. 그런데 그를 국민시인으로 받들기에는 꼭 하나 아쉬운 점이 생긴다. 이미 지적된 것처럼 그가 살다간 시대는 일제 식민지 체제하였다. 일제는 우리 강토를 강점한 다음 곧 우리 민족의 노예화를 기도했다. 그들은 우리 역사를 부정했으며 우리 민족의 경제적 토대를 뒤엎었고 오랜 전통을 가진 우리 민족의 역사와 문화를 부정, 배제했다. 총독정치의 막바지에 그들은 마침내 우리말과 글을 쓸 자유를 박탈해갔다. 이런 상황에서 김소월의 일부 작품은 그 세계가 사적인 차원에 머문 듯 보인다. 그 목소리는 가냘프며 더러는 애조를 띤 것이 있다. 한 민족이 존망(存亡)의 위기에 처했을 때 참다운 의미의 시인과 문학자가 그런 상황 권외에 설 수는 없다. 한 사회와 국가가 배제, 부정되는 상황을 시인이 외면하고 개인적 감정만을 다루어서는 안 된다. 이것은 명백하게 우리가 김소월을 국민 시인으로 받들지 못하는 장애 요인으로 작용할 것이다.

앞에서 나타나는 논리적 한계는 김소월의 대표작을 다시 검토하는 것으로 그 돌파구가 열린다. 김소월은 그의 많은 작품을 통해 '님'을 노래했다. 그런데 그의 '님' 가운데 일부는 이성의 애인에 그치는 것이 아니라 그 속뜻이 나라, 겨레로 수렴될 수 있는 것이 있다. 이 경우의 좋은 보기가 되는 것이 그의 대표작 가운데 하나인 「초혼(招魂)」이다.

산산이 부서진 이름이여!
허공중(虛空中)에 헤어진 이름이여!
불러도 주인(主人)없는 이름이여!
부르다가 내가 죽을 이름이여!

심중(心中)에 남아 있는 말 한 마디는
끝끝내 마저 하지 못하였구나.
사랑하던 그 사람이여!
사랑하던 그 사람이여!

붉은 해는 서산(西山) 마루에 걸리었다.
사슴의 무리도 슬피 운다.
떨어져 나가 앉은 산(山) 위에서
나는 그대의 이름을 부르노라.

설움에 겹도록 부르노라.
설움에 겹도록 부르노라.
부르는 소리는 비껴 가지만

하늘과 땅 사이가 너무 넓구나.

선 채로 이 자리에 돌이 되어도
부르다가 내가 죽을 이름이여!
사랑하던 그 사람이여!
사랑하던 그 사람이여!

- 김소월, 「초혼(招魂)」 전문

이 작품에서 우리가 주목해야 할 것은 한 가지다. 그 목소리에 김
소월의 여느 작품과는 다른 양감이 있고 격렬성에 속하는 감정이 섞
여든 듯 생각되는 것이 그것이다. 앞에 든 「엄마야 누나야」, 「먼후
일」, 「가는길」 등은 어느 편인가 하면 애조를 띠고 있고 가락이 가냘
프다. 그 느낌은 다분히 여성성의 편에 기울어 있는 것이다. 그에 반
해서 이 작품에 담긴 것은 얼마간 거칠며 선이 굵은 목소리다. 이와
함께 이 시의 가락에는 강하게 비장미가 느껴진다. 비장미 가운데
도 거의 절규에 가까운 통분을 담은 듯 생각되는 것이 이 시다. 「초
혼」이 아닌 김소월의 다른 작품에도 비감에 찬 것이 없지 않다. 다
시 읽어보면 「진달래꽃」, 「접동새」, 「먼후일」, 「예전엔 미처 몰랐어
요」 등이 그런 시들이다. 그러나 다 같이 비감에 젖은 것이라고 해도
「초혼」의 목소리에는 위의 작품과는 다른 격렬함이 내포되어 있다.

(2) 두보(杜甫)의 「춘망(春望)」 번역

초기 김소월시의 특징적 단면에 유의하면서 우리는 그가 두보(杜甫)의 「춘망(春望)」을 번역한 적이 있음을 상기할 필요가 있다. 1926년 3월호 『조선문단(朝鮮文壇)』에 「봄」이라는 제목을 단 그의 번역시가 수록되어 있다.[44]

이 나라 나라는 부서젓는데
이 산천(山川) 엿태 산천(山川)은 남어 있드냐.
봄은 왔다 하건만
풀과 나무뿐이어

오! 설엇다. 이를 두고 봄이냐
치어라 꽃닢에도 눈물뿐 홋트며
새무리는 지저귀며 울지만
쉬어라 이 두근거리는 가슴아

못보느냐 밝핫케 솟구는 봉숫불이
끝끝내 그 무엇을 태우랴 함이료
그립어라 내집은

44 『조선문단(朝鮮文壇)』(14)(1926. 3). p.35.

하늘 밖에 있나니

애닯다 긁어 쥐어 뜯어서
다시금 짧아졌다고
다만 이 희긋희긋한 머리칼 뿐
인제는 빗질할 것도 없구나.

- 김소월(金素月) 역, 「봄」 전문.

두보의 「춘망(春望)」은 본래 철저하게 외형률에 입각한 오언율시(五言律詩)다. 율시는 중간부분 네 행이 서로 짝을 이루고 머리와 결미 부분도 두 줄로 된 정형시다. 우리는 그것을 기(起), 함(頷), 경(頸), 미(尾) 연이라고 한다. 이 가운데 함련과 경련은 엄격하게 대장(對仗)에 의거한다.

김소월에게는 이 작품 외에도 몇 편의 중국시 번역이 있다. 또한 그가 교육받은 연대를 생각해도 율시의 이런 성격을 몰랐을 리가 없다. 그럼에도 위의 보기로 나타나는 바와 같이 「춘망(春望)」을 그는 아주 심하게 파격시켜서 우리말로 옮겨 놓았다. 두 행으로 그칠 수 있는 허두 부분을 네 줄로 옮긴 것부터가 그 정도를 말해 준다. 뿐만 아니라 "感時花濺淚 / 恨別鳥驚心"에 이르러서는 상당히 대담한 의역이 시도되어 있다. 역시에서 위 두 줄의 뜻을 살린 것은 2행과 3행, 곧 "꽃잎에도 눈물뿐 흣트며 / 새무리는 지저귀며 울지만"

정도다. 그 앞뒤에 붙은 "오! 설업다. 이를 두고 봄이냐"나 "쉬어라 이 두근거리는 가슴아"는 '감시(感時)'나 '한별(恨別)'을 상당히 의역한 결과이다.

김소월의 「초혼」과 두보의 「춘망」 번역 사이의 연계 가능성은 식민지체제하에 직면한 우리 시인들의 의식세계를 감안하는 경우 매우 뚜렷한 선을 긋고 나타난다. 앞에서 우리는 「춘망」의 어조가 비통하며 그 가락이 비분강개형에 속한다고 보았다. 일제에 의해 우리 주권이 침탈당했을 때 우리 시인 가운데는 이런 어조의 작품을 남긴 이가 드물지 않았다.

이상화(李相和)의 「빼앗긴 들에도 봄은 오는가」는 이런 경우의 우리에게 좋은 보기가 된다. 널리 알려진 대로 그 허두는 "지금은 남의 땅 빼앗긴 들에도 봄은 오는가"로 시작한다. 이것은 그대로 "國破山河在 / 城春草木深"의 한국어판이라고 해도 무방하다. 동시에 그 가락은 김소월이 남긴 역시의 허두 부분과 아주 비슷하다. 여기서 간과될 수 없는 것이 「초혼」의 어세며 어조다. 비분강개의 목소리를 고조된 가락에 담아 노래한 점에서 「초혼」은 「빼앗긴 들에도 봄은 오는가」나 「춘망」의 번역을 능가하고도 남을 정도의 작품이다. 이 비감에 가득한 목소리가 사적(私的)인 차원에 그치는 것일 수는 없을 것이다. 그렇다면 여기서 '사랑하던 그 사람'이 함축하고 있는 뜻은 무엇이 될까가 문제된다. 여기서 우리는 한 가지 사실을 확인해야 한다. 그것이 시인도 일상적인 차원에서 태어난 사람이라는 사실이다.

　말할 것도 없이 일상적인 차원의 인간은 슬픔과 아픔을 국가라든가 사회, 넓은 의미에서 역사와 결부시키는 상태에서만 터뜨리지 않는다. 매우 많은 경우 그들은 피붙이나 이웃, 친구와 애인의 죽음 앞에서도 가슴 밑바닥에서 우러나는 목소리로 울부짖고 통곡한다. 그렇다면 「초혼」에서 김소월의 목소리가 그런 유의 사적인 차원이 아니라 공적인 개념에 연계된 것이란 논증은 어떻게 성립될까가 검토되어야 한다. 이렇게 제기되는 질문에 대답하기 위해 우리는 작품 밖의 정보와 함께 내재적(內在的) 증거를 아울러 살펴보아야 한다.

(3) 「초혼(招魂)」의 항일저항성(抗日抵抗性)

　김소월의 시에 대비되는 이상화의 시가 식민지체제에 대한 의식의 결과임은 그 첫머리가 '지금은 남의 땅'으로 시작한 점만을 보아도 넉넉하게 파악되는 일이다. 그런데 「초혼」이 아닌 다른 작품에서 김소월도 명백하게 이상화에 대비가 가능한 식민지의식을 가진 것으로 나타난다. 이제까지 많은 경우 우리가 애정의 노래로 읽어버린 「팔베개의 노래」에서 김소월은 "조선의 강산아 / 네가 그리 좁더냐"라고 한 다음 "두루두루 살펴도 / 금강단발령(金剛斷髮嶺)"이라고 했다. 이것은 일제가 강점한 땅 어디에도 화자가 정을 붙이고 안주할 곳이 없다는 민족의식으로 유추가 가능하다. 「나무리벌 노래」

의 화자는 고향이 '황해도 신재령(新載寧)'이다. 그곳은 한때 '올벼 논에 닿은 물'이 넘실댄 풍요의 땅이었다. 그곳을 쫓겨난 화자는 유랑민의 신세로 만주에 흘러들어가 "만주 봉천(奉天)은 못살 곳"이라고 한다. 여기에도 분명하게 검출되는 것이 주권상실에 관계되는 반제식민지 의식이다.[45]

외재적 정보를 통해서도 우리는 김소월의 비분강개가 식민지적 상황에 대한 반항의식과 상관관계를 가진 점을 입증해 낼 수 있다. 김소월에게는 피붙이를 폐인으로 만든 것이 일제라는 피해의식이 가슴 깊숙이 자리하고 있었다. 일제는 한일합방 전에 군사목적으로 경의선(京義線) 철도 부설을 강행했다. 공사 현장의 하나가 소월의 마을 가까이에 있었다. 소월의 아버지는 당시 나이 갓 스물에 접어든 김성도(金性道)였다. 김소월은 그에게 첫 아들이었는데 당시의 관습에 따라 아내가 친정으로 가서 소월을 낳았다. 아들이 돌이 된 날 그는 처가에 가져갈 선물을 잔뜩 말에 싣고 경의선 공사가 벌어진 공사판 옆을 지나갔다. 그것을 일본인 십장이 발견했다. 강폭한 성질의 소유자인 일본인 십장은 그를 발견하자 재수 없다고 멈추어 서게 하고 불문곡직으로 구타를 했다. 이때에 받은 충격으로 김소월의 아버지는 정신이상을 일으켰다. 그 후 그는 평생 정상적인 생활을 못 했다. 감수성이 예민한 김소월이 이런 사실을 성장 후에 무

---

45 김소월의 시에 내포된 민족의식에 대해서는 유종호(柳宗鎬) 임과 집과 길, 김소월론, 『동시대(同時代)의 시(詩)와 진실』(민음사, 1980) 참조.

로 돌렸을 리가 없다.[46]

이제까지 우리는 이런 사실을 지나쳐 버리고 「초혼」을 애정시의 하나라고 해석해 왔다. 소월에게 많은 애정시가 있지만 예외가 없이 그 가락은 부드럽고 감미롭다. 그런데 「초혼」 바닥에 깔린 어조와 감정은 이미 검토한 바와 같이 이례적이라고 볼 수밖에 없을 정도로 격렬하다. 이 역시 이 시가 사적(私的)인 차원에 그치는 노래에 그치지 않을 것이라는 추측을 가능하게 만든다.

이 단계에서 우리가 한번 검토해야 할 발언이 북쪽의 김소월론에 올라 있다. 1950년대 후반기경 엄호석은 『김소월론』을 통해서 소월의 "부르다가 내가 죽을 이름이여!"를 인용한 다음 "이것은 김소월에 시인으로서 한평생 자기의 슬픔과 애수, 염원과 이상의 온갖 감정을 다하여 불러온 모든 시들을 하나로 묶어 내는 사상이었으며 그가 죽은 뒤에 인민에게 남긴 심오한 애국주의 정신의 유언이었다"라고 평가했다.[47] 엄호석의 이런 발언은 「초혼」이 식민지 체제하 시인이 가진바 고조된 민족의식의 결정판이라는 생각에서 나온 것이다. 그의 이런 말이 참이 되기 위해서는 반드시 전제되어야 할 선결요건이 있었다. 그것이 이 시가 사적인 심경의 토로가 아닌 시대의식의 반영이라는 사실을 논증하는 일이었다. 그런데 엄호석은 이 필요불가결한 논증과정을 생략해버렸다. 이것으로 그의 발언은 시

---

46 김영삼(金永三), 『소월정전(素月正傳)』(성문각, 1965), 「제2장 아버지의 수난」, pp.33-36 참조.
47 엄호석, 『김소월론』(조선작가동맹, 1958), p.272.

론 이전의 독단이 되어버린 것이다.

　이제 우리는 필요로 하는 논리적 절차를 제대로 거쳤다. 그 결과 얻어낸 결론은 명백하다. 일제치하의 각박한 상황을 무릅쓰고 김소월은 민족사적 현실을 외면하지 않은 시를 썼다. 그것을 저층구조에 담아 읊어낸 것이 「나무리벌 노래」이며 「팔베개 노래조」다. 「초혼」도 그런 의식을 집약적으로 내포한 작품으로 보아야 한다. 그와 아울러 소월의 시에는 우리말의 맛과 결이 매우 기능적으로 교직되어 수많은 독자에게 넓은 메아리를 일으켰다. 이것으로 우리는 김소월을 국민시인이 될 두 요건을 아울러 갖춘 시인으로 평가할 수 있게 된다. 이제 우리는 하나의 의문을 제기하고 해답을 마련할 차례다. 이육사와 김소월의 시를 검토하여 우리가 얻어낸 이런 성과는 어디서 온 것인가. 이제 우리는 그것이 객관주의 분석비평 일변도의 시론이 아니라 그 지양극복 형태인 종합론을 택한 결과임을 지적하지 않을 수 없다. 여기서 우리는 다시 한 번 비평의 기능적인 전개 방식을 배운다. 그것이 우리가 시도하는 시론에서 내재론만을 고수할 것이 아니라 외재적 정보, 곧 역사, 전통을 수용할 필요가 있다는 사실의 인식이며, 그 확인이다.

제 6 장

—

문학사의 방법과 개화기 시가

내가 시도한 현대시의 역사 쓰기는 당연한 수순으로 문학사의 인식방법에 대한 단계를 거치지 않을 수 없었다. 그 예비단계를 거치고 나서야 나는 비로소 문학사가 문학과 역사라는 서로 그 속성에 모순, 충돌하는 두 요소를 문맥화시키는 작업이라는 점을 알 수 있었다. 한마디로 역사라고 하지만 그것은 우리 인간의 삶의 궤적들이라고 할 수 있는 사건을 다루는 정신 작업이다. 그런데 문학사에서 유의성을 가지는 사실과 사건은 일반 역사가 다루는 그것과 성격이 크게 다르게 파악되는 것이었다. 새삼스럽게 밝힐 것도 없이 문학사의 사건이란 다름 아닌 시와 소설 등 예술적 창조작업을 뜻한다.

대부분의 시와 소설은 정치나 사회, 경제, 다른 문화 여건과 가치체계가 일치하지 않는다. 창작예술이므로 시와 소설은 매우 강하게 독자성을 가지며 그와 동시에 예외적인 속성을 지니는 것이다. 그에 반해서 일반사에서 문제되는 사건과 사실들은 거의 모두가 그 의미나 의의가 대중에게 공인된 시간과 공간 개념을 전제로 하여 파악된다. 이런 이유에서 역사적 사실을 지배하는 원리는 예외성이 아니라 일상성이며 동시에 세속적인 것이다. 그에 반해 시와 문학은 창작예술이기 때문에 매우 강하게 독자적이며 특수한 가치체계를 지닌다. 여기서 우리가 다시 한 번 확인해 두어야 할 것이 있다. 이것은 문학사가 애초부터 서로 모순 충돌하는 두 개념, 곧 일반성에 입각한 사실(歷史)과 예외성이 전제가 되는 작품(文學)을 한 문맥 속에 엮어 내는 작업임을 뜻하는 것이다.

1. 연대기적 문학사(年代記的 文學史), 유물사관의 문제

우리 세대가 문학사 쓰기를 시도하기 전에도 우리 주변에는 이미 몇 종류의 문학사가 나와 있었다. 그 가운데는 문학사의 속성, 곧 문학사가 문학과 역사의 수렴, 문맥화라는 인식에 미흡하여 만족스럽지 못한 예들이 섞여 있었다. 그 한 보기가 되는 것이 안자산(安自山)과 김사엽(金思燁)의 『조선문학사(朝鮮文學史)』이다. 여기서 참고로 김사엽 문학사의 목차 일부를 제시해 보면 다음과 같다.[01]

제1편 서론
제2편 상고문학사
    제1장 삼국 이전의 문학
    제2장 신라의 문학

01　김사엽(金思燁), 『개고국문학사(改稿國文學史)』(정음사, 1956).

위와 같은 제목들을 통해서 우리는 이 문학사의 시간 의식을 가늠해 볼 수 있다. 각 편의 명칭을 통해서 보면 이 문학사에서 시간은 연대기적인 것이다. 그리고 각 장의 제목에서 유추할 수 있는 바와 같이 이 문학사에서는 한국 문학의 변화가 대부분 왕조(王朝)의 교체사와 일치하는 것으로 해석되어 있다.

종래 우리 주변에서 작성된 문학사 가운데는 역사를 어떤 특정사관에 종속시킨 예도 있었다. 이런 경우의 한 보기가 되는 것이 이미 거론된 바 있는 임화(林和)의 『개설조선신문학사(槪說朝鮮新文學史)』다. 본래 이 문학사는 『조선일보』에 연재된 것이다. 그런데 까닭이 있었으리라 짐작되지만 『개설조선신문학사』는 독립된 시대구분론을 갖지 않는다.[02] 그러나 그 서론을 보면 다음과 같은 부분이 있어서 이 문학사의 역사 해석 태도가 단적으로 드러난다. "새로운 문학

---

02 신문은 항상 구독자를 의식하지 않을 수 없다. 그런데 신문의 구독자는 글에서 시사적 가치와 함께 그 내용에 단편적인 이야깃거리가 있을 것을 요구한다. 그러나 문학사의 시대 구분은 잘 되는 경우에도 그것을 엮는 사람의 입장을 밝히는 정도로 끝난다. 이런 이유 때문에 『개설조선신문학사(槪說朝鮮新文學史)』가 일간지에 연재되면서 그 시대구분론이 제외되었을 가능성이 있다.

의 직접적 배경이 되는 것은 새로운 정신문화(精神文化)의 준비이지만 새로운 정신문화는 또 새로운 물질적 조건을 배경으로 하여서만 준비되는 것이다."[03] 여기서 임화가 말한 새로운 문학이란 개화기 이후 우리 주변에서 형성, 전개된 문학을 가리킨다. 그것을 임화는 '물질적 조건'을 통해서 이해, 파악할 수 있다고 단정적으로 말한 것이다.

임화의 이와 같은 시각은 곧 사적 유물론(史的 唯物論)에 입각한 문화·예술론의 입장에 의거한 것이다. 널리 알려진 바와 같이 유물사관의 뼈대가 된 것은 상부구조(上部構造)·하부구조(下部構造)에 의한 결정설이다. 그들이 말하는 상부구조란 ㉮ 사회적·정치적 상부구조와 ㉯ 이데올로기적 상부구조를 가리킨다. 이때 ㉮에는 국가·정당·법률 등이 그리고 ㉯에는 종교·예술·철학 등이 포함된다. 그런데 이들 상부구조는 "그 운동과 발전 및 변화에 있어서, 또 그 구조에 있어서도 결국은 토대를 이루는 사회경제"의 지배를 받는다는 것이다. 임화는 여기서 말하는 경제와 생산 내용 등을 물질적 조건으로 바꾸어 말하고 있다. 이런 이 문학사의 시각은 임화가 다른 자리에서 보여 준 기술을 통해서도 반복되어 나타난다.[04]

신문학(新文學)은 새로운 사회경제적 기초(社會經濟的 基礎) 우에 형

---

03 임화(林和), 「개설신문학사(槪說新文學史)」, 「조선일보」(1939.11.9).
04 임화, 「신문학사의 방법」, 「문학의 논리」(학예사, 1940), p.823.

성된 정신문화(精神文化)의 한 형태다. 다시 말하면 다른 여러 가지 문화와 더불어 물질적(物質的)인 토대(土臺)를 가지고 있다. … 개성(個性) 가운데 은익(隱匿)된 일반성, 이것의 발견이 문화과학(文化科學)의 임무이며 문화사의 목적(目的)인 만큼 토대(土臺)의 연구는 그것의 달성(達成)을 위한 거의 유일의 관건(關鍵)이다.

여기서 우리는 임화의 문학사가 매우 경직된 상태에서 유물사관을 적용하여 작성된 것임을 확인할 수 있다. 새삼스럽게 밝힐 것도 없이 사적 유물사관은 그 초기에 시나 소설이 갖는 예외성과 독자성을 전혀 인정하지 않았다. 거기서 빚어진 이데올로기 일체주의가 적지 않은 논란의 불씨를 안게 되었다. 마르크스의 일방적인 토대, 상부구조 지배설이 발표되자 어느 독자가 그에게 따가운 질문을 던졌다. 이때의 질문 자료가 된 것이 호머의 〈일리어드〉와 〈오딧세이〉였다. 〈일리어드〉와 〈오딧세이〉는 마르크스와 동시대가 아닌 희랍시대에 이루어진 것이었다. 희랍시대와 마르크스와 동시대의 경제적 토대는 말할 것도 없이 현격한 차이를 가진 것이다. 그럼에도 희랍시대가 아닌 현대를 사는, 그것도 자본주의 체제하의 광산 노동자들까지가 〈일리어드〉와 〈오딧세이〉를 읽는 것은 무슨 까닭인가. 이런 현상이 경제적 여건으로 상부구조가 규정된다고 본 시각에서 어떻게 설명이 되는 것인지, 그에 대한 설명을 요구한 것이 한 독자의 질문 내용이었다.

전혀 예기하지 못한 독자의 질문에 부딪치자 마르크스는 적지 않게 당황했던 것 같다. 한 차례의 생각 끝에 그는 일종의 수정론을 폈다. 여기서 마르크스는 경우에 따라서는 상부구조가 하부구조에 영향을 줄 수 있다는 생각, 곧 상부구조 역작용설을 제시했다. 이때 마르크스가 예로 든 것이 칸트에서 헤겔에 이르는 독일철학이었다. 경제적 토대로 본다면 그 무렵의 독일은 프랑스, 영국에 비해 후진 국가였다. 그러나 상부구조에 속하는 관념철학 분야에서는 명백히 프랑스와 영국에 앞서 있었던 것이다. 이것을 마르크스는 상부구조가 때로 경제적 토대를 지배한 본보기로 제시한 것이다.

독일 관념철학의 예와 함께 마르크스는 문학, 예술의 특수성을 설명하기 위해 우리 인간에 동년기(童年期)를 향한 향수가 있다고 말했다. 모든 인간에게는 어린이의 순진무구함을 그리는 본능이 있다는 것이다. 그러나 사람들은 한번 흘러가버린 그 동년기로 다시 돌아갈 수는 없다. 그렇기 때문에 가슴 밑바닥에서부터 그 시절에 대한 그리움을 간직하고 살아간다. 그런데 희랍시대가 우리 인간의 동년기에 해당된다. 현대사회를 사는 우리가 호머의 서사시를 읽으며 즐기는 것은 그런 동년기에 대한 향수의 일단이라는 것이 마르크스의 설명이었다.[05]

여기서 우리가 마르크스의 주장이 갖는 논리적 모순을 그 자체

---

05 이에 대한 필자 나름의 의견은 이미 『한국근대시사』(상)(학연사, 2002), 「문학사와 반문학사」에서 제시한 것이 있다.

안에서 찾아내는 것은 별로 어려운 일이 아니다. 희랍시대의 작자인 호머를 경제적 토대가 전혀 다른 현대사회의 노동자들이 즐겨읽는 까닭을 인간의 동년기 지향으로 설명하는 것은 유물변증법적 역사철학의 논리에 맞지 않는다. 아무리 양보해도 그것은 집단무의식론의 도입이며 마르크스주의의 원리에서는 벗어나 있는 것이다. 이런 사례를 통해서 적어도 우리는 한 가지 사실을 유추해 볼 수 있다. 그것이 경직된 변증법적 유물론으로는 나누어질 수 없는 것이 시인, 작가들의 창작활동이라는 점이다.

마르크스의 다음 단계에서 사회주의 문예이론은 레닌을 거쳐 스탈린의 단계에 이르렀다. 그 사이에는 유물변증법적 창작방법 이론과 사회주의적 사실주의 문예이론 등이 제기되었다. 임화는 20대 중반기에 도일(渡日)하여 일본 프롤레타리아 예술동맹에 관계했다. 당시 NAPF는 창작방법론으로 사회주의적 사실주의의 수용에 열을 올리고 있었다. 그럼에도 그 세례를 받은 임화(林和)가 초기의 소박한 경제적 토대론에 의거 개설조선문학사를 쓰고자 했다. 이것으로 우리는 그가 가진 문학사의 방법이 매우 소박한 수준의 결정론에 그친 것임을 알 수 있다.[06]

임화로 대표되는 경직된 이념 중심의 문학사와 함께 우리는 연

---

06 임화(林和)가 1920년대 후반기에 도일하여 NAPF에 관계하고 귀국 후 KAPF의 소장파로 등장, 활약한 일 등에 대해서는 필자의 『임화문학연구(林和文學硏究)』(새미, 1999), 「한국프로문학과 임화(林和)」에 정리해 둔 것이 있다.

대기적 문학사에 대해서도 그 이론적상의 소박성을 지적하지 않을 수 없다. 앞에서 이미 드러나는 바와 같이 문학의 생성, 변화는 그 환경, 여건과 대부분 일치하지 않는다. 많은 경우 시와 소설이 갖는 발상과 문체, 형태의 변화는 정치나 사회형태, 특히 왕조 교체와 대응, 일치하는 상태와 별도로 이루어지는 것이다. 이런 경우의 우리에게 좋은 본보기가 되는 것이 향가(鄕歌)다. 한국 문학사상 자생적 장르에 속하는 이 시가양식(詩歌樣式)은 신라시대에 형성된 것이다. 그러나 신라가 망한 다음 고려시대에 접어들어서도 얼마간 이 양식에 속하는 작품들이 우리 주변에서 제작, 발표되었다. 『균여전(均如傳)』 소재, 「보현십원가(普賢十願歌)」 11수는 그 단적인 보기가 되는 것들이다. 이것은 문학의 변화가 많은 경우 왕조사나 정치사의 그것과 일치하지 않음을 뜻한다. 이런 사실들이 가리키는 바는 명백하다. 문학사에서 문제되는 시간을 이와 같이 안이하게 인식하는 태도는 지양, 극복되어야 한다.

2. 역사의 시간과 인과판단(因果判斷)

문학사(文學史)가 문학과 역사의 복합체라는 점을 통해 우리는 한 가지 사실을 유추해 볼 수 있다. 그것이 문학사가 올바르게 엮어지기 위해서는 문학과 함께 역사에 대해서도 올바른 인식이 요구되는 점이다. 바람직한 각도에서 역사가 이해, 파악되기 위해서는 적어도 두 가지 사실이 전제될 필요가 있다. 그 하나는 역사의 중요 속성으로 생각되는 시간의 의미를 올바르게 이해, 파악하는 일이다. 그리고 다른 하나가 인과판단(因果判斷)의 적용 문제다. 앞에서 우리는 이미 역사가 단순하게 물리적 시간 개념으로 파악되는 사실들의 기록이 아님을 알게 되었다. 이 차원에서 역사는 거칠게 정의되어도 인간을 대상으로 하는 인간의 기록으로 인식되어야 한다. 이것으로 우리는 별로 어렵지 않게 역사의 시간이 지니는 뜻도 짐작해 볼 수 있다. 일상생활에서 우리는 시간을 물리적 단위로 등분화시킨다. 그러나 정작 역사에서 유의성을 가지는 시간은 그렇게 객관적으로만 파악되는 시간, 곧 물리적 단위에 그치는 시간이 아니다.

다시 되풀이하면 역사적 시간은 완전하게 자연적인 것이 아니라 언제나 우리 자신과 상관관계를 가지는 좌표 위에 놓이는 시간이다. 우선 거기에는 우리 자신의 정서와 의지, 의식, 행동이 수용될 수 있어야 한다. 이것은 역사의 시간이 적지 않게 상대적이며 주관적인 일면도 내포하고 있음을 뜻한다. 새삼스럽게 밝힐 것도 없이 문학의 대전제는 인간의 진실을 포착, 제시하는 일이다. 그렇다면 문학사에서 유의성을 가지는 시간의 파악과 해석에는 당연히 우리 자신의 역할이 강조되는 것이다. 크로체와 콜링우드 등 현대의 역사철학자들이 역사에서 역사학자가 차지하는 위치에 대해 적지 않은 분량을 바쳐 언급한 이유가 여기에 있다.

본래 역사의 여러 소재가 되는 것들은 무수한 사건과 사실들이다. 그러나 이들 사실과 사건의 기계적 나열이 곧 역사는 아니다. 사실과 사건들이 역사가 되기 위해서는 적어도 그들 사이에 유기적 상관관계가 포착되어야 한다. 그런데 이때 문제되는 상관관계, 곧 유대감을 효과적으로 살리는 길은 바로 인과판단의 적용으로 가능하다.[07]

우선 인과판단의 적용을 통해서 우리는 역사학자가 시간파악에서 범하기 쉬운 주관의 자의(恣意)와 편향성(偏向性)을 어느 정도 극복할 수 있다. 흔히 우리는 시간개념의 큰 개념에 과거·현재·미래 등 삼분법(三分法)을 적용한다. 이때 우리는 거의 습관적으로 우리 자신의 의식을 개입시킨다. 이 경우 우리는 과거를 기억의 범주로 돌린다. 그리고 현재와 미래를 각각 감각과 기대의 범주에 귀속시키는 것이다. 그러나 이와 같은 우리 자신의 시간 의식에는 적지 않은 난점이 뒤따른다. 많은 경우 우리 자신의 기억은 불확실하거나 난시현상을 내포하고 있다. 그런가 하면 동일한 사실에 대해서 우리가 품는 느낌의 깊이나 폭도 일정하지 않다. 그러므로 우리 자신의 의식을 기준으로 역사의 시간을 파악하고자 한다면 거기에는 질서 대신 혼란이, 방향감각 대신 혼돈이 개입할 여지가 생긴다.

---

07 이런 경우 우리에게 가장 손쉬운 보기가 되는 것이 E. H. Carr이다. 그는 역사를 사실이 아니라, 사실을 토대로 한 해석이며 그것이 과거의 기록인 데 그치지 않고 현재 입장에서 가지는 과거와의 대화라고 보았다. 그리고는 나아가 역사를 역사가와 사실 사이의 상호작용의 끊임없는 과정이라고 못박았다. E. H. Carr, *What is History?* (University of Cambridge & Penguin Books, 1961), p.35.

역사가 다루는 시간을 기능적으로 이해, 파악하기 위해서 우리는 사실들의 선후관계 판단에 원인과 결과의 감각을 이용할 필요가 있다. 여기서 인과감각이란 앞선 것을 원인으로 잡고 뒤에 일어난 일을 결과로 보는 의식을 전제로 한다. 이 경우 과거가 원인의 범주에 속한다. 그리고 결과는 그에 후속되는 개념이다. 이와 같은 인과판단을 적용하는 경우, 우리는 사실과 사실의 선후관계를 객관화시킬 수가 있게 된다. 뿐만 아니라 한걸음 나아가서 방향 감각의 확보도 가능하다. 가령 우리가 열을 가해서 물을 끓이는 경우, 가열은 원인이며 그것이 물이 끓는 결과를 낳는다. 물론 어떤 경우에도 이 순서는 바뀌어지지 않는다. 이것이 인과율(因果律)의 불가역성(不可逆性)이다. 이때의 인과율 불가역성은 그 자체가 방향 감각을 지니게 되는 것이다.

물론 인과율은 기억이나 기대의 경우처럼 직접적인 것이 아니다. 따라서 그것은 손쉽게 포착되지 않는다. 대부분의 경우 한 사실의 원인은 표면에 나타나는 것이 아니라 잠복상태로 사건과 사실들의 바닥에 매몰된 상태로 있다. 또한 한 사실과 상관관계를 가지는 역사적 원인들은 대개가 복합적 실체로 파악되는 것이다.[08] 그 가운데서 가장 요긴하다고 생각되는 원인을 찾아내는 일도 손쉬운 일은 아니다. 그러나 본래 역사는 우리에게 유의성(有意性)을 가지는 사실

---

08 이에 대해서 E. H. Carr는 *Ibid.*, p.117에서 역사가가 할 일이 우선적인 원인을 찾아내는 것이라고 지적했다.

과 사건의 집적(集積)이다. 따라서 그들을 제대로 파악하기 위해서는 어차피 그 심층구조를 외면할 수 없다. 역사적 사건과 사실을 해석하기 위해 인과판단이 요구되는 까닭은 바로 여기에서 제기되는 것이다.

한편 이제까지 우리 주변에서 통용된 인과판단에 대해서도 타당성이 인정되는 경우와 그렇지 않은 것이 있다. 그 하나가 딱딱하게 굳은 결정론(決定論)이 일으키는 부작용이라면, 그 다른 하나는 반인과판단론(反因果判斷論)이다. 먼저 결정론은 역사 기술에서 원인과 결과가 굴절이나 중간항 없이 직접 연결될 수 있다고 믿는다. 이런 생각은 역사의 기본 전제인 시간을 교조적인 배경론에 귀속시킬 공산이 있다. 앞에서 이미 드러난 바와 같이 역사의 주인공은 인간이다. 인간의 적극적인 개입 없이 이루어지는 역사적 사건을 우리는 상상할 수 없다. 그리고 이 경우 인간이란 행동하는 의식적 실체를 가리킨다. 그런데 결정론은 그와 같은 인간의 행동에서 자유의지의 역할을 전적으로 부정하는 것이다. 이것은 곧 인간이 환경과 여건의 괴뢰라는 생각을 낳게 할 공산을 가진다. 이런 생각에 따르면 역사의 주인공은 인간이 아니게 된다. 이때의 인간은 배경·여건에 의해 지배되는, 토대의 일부로 전락해 버리는 것이다.

결정론(決定論)이 갖는 논리적 모순을 지양, 극복하기 위해서 우리는 일부 역사철학자의 입장을 검토할 필요가 있다. 역사철학자들 가운데 일부는 결정론의 일방적인 인과판단에 재해석을 가하기 위하여 행위자 자신의 입장을 부각시켰다. 그들에 의하면 원인은 행위자에게 '그렇게 할 동기를 부여'하는 것이다. 이와 같은 입장을 통해 역사적 사실과 원인이 직선적으로 연결된다고 믿는 결정론의 일방성이 어느 정도 수정, 보완되는 것이다. 동시에 역사해석에서 인과판단은 부정되는 것이 아니라 여전히 유용한 것으로 살아남을 수 있게 된다.

결정론의 논리를 반박하고 나선 일부 논자들 가운데는 우리가 시도하는 역사기술에서 아예 인과판단의 개념을 배제해 버리는 예가 생겨났다. 이들을 우리는 반인과판단론자라고 부른다. 일부 반인과판단론자 가운데는 역사에서 문제되는 사건들이 일정한 원인을 가진다는 생각 자체를 시인하지 않는다. 그 연장선상에서 그들은 아예 역사가 우연에 의해 지배되는 것이라고 주장한다. 이런 견해를 지닌 사람들이 즐겨 보기로 드는 것에 클레오파트라의 코가 있다. 널리 알려진 바와 같이 악티움해전은 로마제국의 권력 구조를 뒤엎어 버린 극적 국면이었다. 그런데 이때 안토니우스를 패배하게 만든 것이 바로 다름 아닌 클레오파트라의 코로 표상되는 그녀의 미모였다고 한다. 여기에 나타나는 바와 같이 반인과판단론자들은 역사적 사건이 일정 원인의 필연적 결과가 아니라고 본다. 그들은 역사적 사건이 '우연히 일어난 것'이라고 주장한다. 이때 문제되는 우연지배설의 중심 골자가 되는 것은 원칙적으로 인간의 행위들에 탐색이 가능한 원인이 없다는 생각이다. 그 대신 우연지배설이 믿는 것은 기분이라든가 자의(恣意) 등이다. 그러나 E. H.가 지적한 것처럼 이것은 오해에 속한다. 그가 말한 것처럼 클레오파트라의 코는 우연사관(偶然史觀)을 정당화시켜 주는 것이 아니다. 오히려 그 반대의 결과를 낳는다. 여성의 아름다움에 대해 남성이 매혹되는 일은 그것이 우발적인 것이 아니라 아주 흔하게 나타나는 인과연쇄의 현상이기 때문이다. 물론 이 경우에도 재해석이 요구되는 부분은 생긴다.

역사를 구성하는 여러 인과연쇄 가운데는 역사가들의 중심 규명 대상에서 빗나가는 것들이 섞여 있다. 가령 로마사의 경우 거기서 권력의 몰락이라든가 패권 다툼에서의 패배는 다른 경우와 동일하게 정치 역량의 부족, 또는 군사 동원 능력의 열세에서 빚어지는 것이 통례였다. 그럼에도 시저나 안토니우스의 경우에는 그것이 여성의 미모 쪽으로 대체 현상이 일어나는 것이다. 그러나 좀 더 차분하게 검토해 보면 이것은 인과연쇄의 충돌 현상이지 부재 현상은 아닌 것이다. E. H. 카는 이에 대해서 다음과 같은 해석을 가했다.[09]

역사에 있어서 우연이라고 하는 것은 역사가들의 중심 규명 대상이 되고 있는 인과연쇄를 중단하면서 ─말하자면 그것과 충돌하면서 또 하나의 인과연쇄가 나타날 때에 그것을 가리켜 말하는 것이다.

09 *Ibid.*, p.129.

결국 우리는 결정론의 경우와 꼭 같이 반인과판단론에도 그 나름의 논리상 빈터가 있음을 알게 되었다. 그런 이상 그 지양, 극복은 당연하게 이루어져야 한다. 그와 함께 효과적으로 역사가 이해, 파악되기 위해서 인과판단이 좀 더 기능적으로 적용되어야 할 필요를 거듭 확인하게 되는 것이다.

3. 표준형 문학사(標準型 文學史)

너무나 새삼스러운 이야기가 되지만 문학사는 일반사가 아니다. 일반사와 달리 문학만을 중심축으로 하는 특수 분야의 역사에 해당되는 것이 문학사다. 문학을 중심으로 하고 다루는 것이 문학사이기 때문에 그 인과판단의 제재들은 시나 소설, 희곡, 수상 등에서 택할 수밖에 없다. 이때 역사의 중심 개념이 되는 시간은 당연히 일반사의 그것과 일치하지 않는다. 문학사에서 무엇보다도 크게 문제되는 것은 선행한 문학사가 현재의 시와 소설에 끼친 의미며 영향이다. 이 논리의 연장선상에서 현재의 문학이 내일의 문학에 어떤 의미와 의의를 가질 수 있는가도 문제될 수 있을 것이다.

인과판단을 적용하는 범위에 따라서 문학사는 몇 개의 유형으로 나누어진다. 그 첫째 경우가 인과판단이 문학의 테두리 안에 국한되는 경우다. 이 방법에 따르면 문학작품의 원천과 영향은 '문학적'

일 때만 의의가 있다.[10] 다음 두 번째에 해당되는 문학사에서는 인과판단의 근거가 시인이나 작가의 내면세계까지로 확대된다. 다만 여기서도 그 범위는 문학, 또는 예술의 테두리에 국한되는 것이 원칙이다.

세 번째 유형에 속하는 문학사에서 인과판단은 문학의 테두리를 넘어선다. 이 경우 그것은 과거의 문학 작품을 발견하고 그것을 확정 짓는 데 그치지 않는다. 여기서 원인과 영향의 테두리는 문학의 제작, 전개에 관계되는 여러 배경·여건 쪽으로 넓게 확산된다. 또한 이때의 배경·여건이란 제작자의 체험에서 독자와 그 집단에 미치는 영향까지를 포괄한 넓은 공간을 뜻한다. 첫째 유형에 속하는 문학사의 인과판단이 지닌 폐쇄성에 비추어 볼 때 상대적인 의미에서 매우 포괄적인 방법이라고 하겠다.

네 번째 유형의 문학사에서는 시간의식과 인과판단이 아울러 독특한 성격을 띤다. 이 경우 시간은 무한대의 개념에 의거한 영원회귀의 그것이다. 또한 여기서는 문학도 단순하게 시와 소설, 희곡 등의 작품을 뜻하는 데 그치지 않는다. 이 문학사에서 문학이란 심상이라든가 은유, 상징 신화까지를 뜻한다. 여기서 인과연쇄는 시간과 공간을 초월한 가운데 포착되는 내재적 공통성을 가리키게

---

10 이 견해는 Robert E. Spiller, The Province of Literary History, *The Third Dimension; studies in literar history* (New York; Macmillan, 1965)에 의거함.

된다.[11] 많은 경우 이 공통성은 원형(原型—Archtype)의 이름으로 포착된다. 이 방법에 의한 문학사를 우리는 흔히 원형론(原型論)이라고 한다.

스필러의 방법에 따른 네 개 유형의 문학사에는 각기 그 나름의 장점과 함께 난점들이 내포되어 있다. 첫째 유형의 문학사는 이제까지 우리 주변에서 가장 많이 쓰여진 것이다. 그리고 그것은 다른 방법에 의거한 문학사가 쉽게 확보하지 못한 그 나름의 덕목(德目)을 지닌 것이기도 한다. 이 유형에 속하는 문학사는 무엇보다 우리가 시도하는 작업의 자료들을 가장 풍부하게 이용 가능한 장점을 가진다. 그러나 이 문학사의 발판을 이루고 있는 시간 인식의 고식성은 우리에게 적지 않은 문제점을 안게 한다. 앞의 예시에서 보았듯 이제까지 우리 주변의 문학사에는 시간을 산수적으로 정량화(定量化)될 수 있다고 생각한 예가 있었다. 거듭 되풀이된 바와 같이 문학과 인간생활에서 유의성을 가지는 시간은 산수적으로 계량화될 수 있는 것이 아니다. 여기에 문학이 그 자체만에 국한된다는 해석이 결합되면 문학사는 매우 단선적인 것이 되어 버린다.

제2유형의 문학사 역시 그 논리의 전제에 난점을 안고 있다. 앞에서 우리는 거듭 문학사가 문학과 역사의 유기적인 조직체임을 확인했다. 그럼에도 이 유형의 문학사는 이 평범한 진실을 망각해 버

---

11 *Ibid.*, pp.227-228.

릴 수 있다. 뿐만 아니라 문학사의 인과판단(因果判斷)이 문학의 테두리에 국한된다는 것은 작품에 작용한 상상력의 역할을 제한, 단순화시킬 수 있다. 이런 시각은 그대로 문학의 창조성이 갖는 복합성을 외면하는 결과를 낳게 될 것이다. 이에 대해서 스필러는 "예술가를 표절자에 떨어뜨릴 수 있다"고 지적했다.[12]

영원회귀의 시간은 문학사를 위해 너무 벅찬 개념이 되어버린다. 앞에서 우리는 역사가 인간의 행동을 대상으로 한다고 파악한 바 있다. 그런데 인간의 행동에서 내용물이 되는 것에는 감각이라든가 감정이 포함된다. 그리고 이것은 문예비평에서 반응의 문제로 귀착될 것이다. 그런데 우리 자신의 감정이나 반응은 그 모두가 시간이나 공간의 이동에 따라 그 내용이 달라진다. 이런 경우 우리는 한 특정 공간에 위치한 한 그루 꽃나무를 문제 삼아도 무방하다. 해마다 봄이 돌아오면 꽃나무에는 서로 비슷한 모양과 크기, 빛깔을 가진 꽃이 핀다. 그것을 바라보는 우리 자신도 동일한 사람이다. 그러나 문학, 예술 작품에서 문제되는 반응은 이때 우리가 품는 느낌이 그때마다 다른 것을 전제로 한 개념이다. 그럼에도 시간을 영원회귀라고 보는 입장에 따르면 이런 진실이 살아남지 못한다. 이것은 무한대의 시간관념이 문학사에 제대로 적용될 수 없음을 뜻하는 것으로 보아야 한다. 이에 대해서 스필러는 "역사의 개념이 부정된다"

---

12 *Ibid.*, p.227.

고 경계의 말을 붙였다.[13]

결국 우리는 우리가 기도하는 문학사에서 인과판단(因果判斷)의 영역을 작품 밖에까지 확대시키지 않을 수 없다. 그와 동시에 시간 개념 역시 경험의 수용이 가능한 쪽을 택해야 한다. 이것으로 우리가 택할 수 있는 문학사의 유형이 결정된다. 그것은 스필러가 말한 제3유형에 속하는 문학사일 수밖에 없다. 그것으로 우리가 기도하는 문학사는 역사를 능동태의 입장에서 수용할 수 있다. 그와 함께 문학의 진실을 가능한 한 효과적으로 살려 나갈 수 있는 것이다. 이제 우리는 다시 두 가지 사실을 확인해야겠다. ① 우리가 택한 방법에서 시간은 우리 자신의 경험을 집약시킬 수 있는 것이어야 한다. 그리고 그와 함께 ② 인과판단의 범위 역시 문학의 테두리를 넘어서 문화 전반을 수용하는 자리에까지에 걸칠 필요가 있다.

4. 한국 현대시의 형성 전개 여건

현대시사 쓰기의 예비단계에서 나는 영정시대 소급론(英正時代 遡及論)에 적지 않은 매력을 느꼈다. 그러나 한 차례 검토를 거친 다음 나는 영정시대 소급론에 적어도 두 가지 한계가 있음을 알게 되었

---

13 *Ibid.*, p.228.

다. 그 하나가 문체와 형태면에서 영정시대의 작품들이 본격적으로 근대성을 가지지 못한 점이었다. 뿐만 아니라 개화기 기점설이 반드시 외래 추수주의가 아니라는 사실도 알게 되었다. 이것은 이 작업의 제2장과 3장에서 이미 자세한 논의를 거쳤다. 다시 한 번 되풀이하면 개항과 함께 우리 문학과 문화는 미증유라고 할 정도로 강한 서구와 아서구화(亞西歐化)한 일본의 충격을 받았다. 그에 대항한 우리 문학과 문화의 주체적 역량에 얼마간이라도 허점이 있었다면 우리 현대시와 문학은 민족문화사의 본론에서 떨어져나가 외국문학의 곁가지나 아류가 되어버렸을 것이다. 그럼에도 우리 현대시와 현대문학은 그런 엄청난 악조건을 굳건하게 이겨내어 오늘의 성황을 누리고 있는 것이다. 이런 이유로 나는 소급론에 일리가 있다고 인정하면서도 내 현대시의 역사 쓰기에서 그 기점을 개항기부터로 잡지 않을 수 없었다.

19세기 후반기의 문호개방과 함께 이루어진 우리 사회의 근대화는 우리 문학과 시가에 결정적인 영향을 미쳤다. 이때부터 사림계층(士林階層)의 전유물인 한문문학이 우리 주변에서 급격하게 퇴조 상태가 되었다. 개항이 있기 전까지 시라면 양반, 선비들이 쓴 절구(絶句)와 율시(律詩) 등이 그 주류를 이루었다. 그에 병행되어 나온 시조와 가사 양식들이 있기는 했다. 이미 앞에서 검토된 바와 같이 그들 작품의 제작의식이나 내용은 대체로 시대현실과 거리를 가진 것이었다. 그 말씨나 가락에도 관습 또는 정체의 그림자가 깃들어 있었다. 1876년을 기점으로 한 문호개방과 함께 우리 시가의 이런 전근대성에 뚜렷한 균열 현상이 나타났다. 이 단계에서부터 우리 시가는 내용으로 문명개화(文明開化)를 향한 열망을 담게 되었다. 표현 매체가 한자, 한문 중심에서 국문으로 바뀐 것도 뚜렷한 지각변동 현상이었다. 이 단계에서는 일부 보수사림(保守士林)의 끈질긴 반발이 있었다. 이런 경우의 우리에게 좋은 보기가 되는 것이 『매천야록(梅泉野錄)』에 나오는 다음과 같은 언명(言明)이다.[14]

이때부터(갑오경장을 가리킴─필자주) 경성의 관보와 지방 관청의 문서들이 모두 진서와 언문을 섞어 쓰게 되었고 말법들이 대개 일본 글 투를 흉내 내게 되었다. 우리나라 말은 일찍이 중국 글을 진서라고 하고 훈민정음을 언문이라고 말하여 흔히 그들을 진서와 언문이라고 했는데 갑오경장(甲午更張, 고종 31년)에 이른 다음 행정을 맡은 사람들이 언문을 크게 앞세워 국문이라고 하고 그와 달리 진서를 물리치어 한문이라고 한 것이다. 이로부터 국한문(國漢文) 세자가 우리말이 되어서 진서와 언문이라는 일컬음이 자취를 감추었으며 그 가운데 얼이 빠진 자들은 마땅히 한문을 폐지해야 할 것이라고 외치어 그 극성스러움이 끝간데를 모를 정도가 되었다.

---

14 황현(黃玹), 『매천야록(梅泉野錄)』(국사편찬위원회, 1955), p.168.

是時京中官報 外道文移 皆眞諺相錯, 以綴字句 盖效日本文法也 我
國方言 古稱華文曰眞書 稱訓民正音曰諺文 故統稱眞諺 及甲午後(高
宗三十一年) 時務者盛推諺文曰 國文, 別眞書以外之曰 漢文 於是國漢
文三字遂成方言 而眞諺之稱泯焉 其狂佻者倡漢文當廢之論 然勢格
而止

　개화기 시가와 소설들은 이런 반대 여건을 무릅쓰고 한문중심의
문장을 국문 쪽으로 바꾸는 가운데 제작, 발표되었다. 동시에 그 문
체 또한 문주언종(文主言從)에서 언주문종(言主文從) 형태로 개혁의 수
순을 밟았다.

5. 개화기 시가의 형성, 전개

　이제부터 논의되는 개화기 시가는 그 하위개념으로 개화가사(開
化歌辭), 창가(唱歌), 신체시(新體詩) 등을 포함한다. 종래 우리 주변에
서 나온 이 분야의 업적에는 개화기 시가의 분류가 조금씩 달리 이
루어졌다. 어떤 자리에서는 개화가사와 창가가 미분화 상태로 논의
되었다.[15] 그런가 하면 또 다른 경우에는 개화가사의 테두리에 의병

15　조윤제(趙潤濟), 제8장 7절 「창가의 대두」, 『조선시가사강(朝鮮詩歌史綱)』(을유문화사, 1954); 조
　　연현(趙演鉉), 제2장 2절 「창가의 성행」, 『한국현대문학사개관(韓國現代文學史槪觀)』(정음사, 1964).

(義兵)의 창의가(倡義歌)와 한시(漢詩), 구전민요(口傳民謠)까지가 포함된 예도 있다. 그러나 한시나 구비전승기 작품들과 개화가사와 창가는 그 형태부터가 판이하게 다르다. 양자의 혼동은 그리하여 전혀 바람직한 일이 못 된다.

앞에서 이미 지적된 바와 같이 우리가 말하는 개화기 시가란 그 개념이 근대시와 함수관계에 있는 작품들이다. 그런데 한시는 그 표현매체를 전근대적인 한자와 한문으로 한 시가다. 그런 양식을 단서 없이 개화가사의 범주에 넣는 것은 문학사의 시대 구분에서 중요 기준의 하나가 되는 창작 의식과 매체와 문체의 변동을 고려에 넣지 않은 비평 태도다. 명백히 그것은 문제점을 내포한다.

구전민요에 대해서도 아주 흡사한 이야기가 가능하다. 근대 시가란 바로 그 발표 절차와 제작 과정 등에서 근대성이 확보된 작품들을 가리키는 것이다. 그럼에도 구전민요는 그 이전 고전문학기의 양식에 속한다. 널리 알려진 대로 그것은 유동문학(流動文學)이며 공동제작에 속하는 것들이다. 그리하여 그들은 개인 제작을 전제로 하는 근대시의 요건에 부합되지 않는 것이다.

개화기 시가의 양식적 전개는 개화가사(開化歌辭) → 창가(唱歌) → 신체시(新體詩)의 순서로 보아야 한다. 이들 세 양식 가운데 신체시는 그 기점의 시기가 세 양식 가운데 가장 늦은 것이다. 그러므로 신체시를 개화기 시가에서 마지막 양식으로 잡는 것은 이론(異論)을 삽입시킬 여지가 없는 일이다. 다만 개화가사와 창가의 서열 결정에 대해서는 약간의 문제점이 있다.

이제까지 알려진 바에 따르면 개화가사가 우리 주변에 나타난 것은 1896년의 일이다. 그에 대해서 창가의 효시로 생각되는 작품 역시 대체로 이 무렵에 발표되었다.[16] 적어도 그 발표 시기에 의해 두 양식의 순서를 결정하는 일은 불가능한 것이다. 다만 두 양식은 그 형태와 기법에 있어서 명백하게 차이점을 가진다. 대부분의 개화가사는 그 말씨가 거친 편이다. 이와 아울러 개화가사의 그 형태 역시 창가보다는 전근대적인 단면을 더 많이 가진다. 그에 대해서 창가 가운데는 전근대적 테두리를 벗어나 근대적 의장을 가진 것이 없지 않다. 뿐만 아니라 그 의식면으로 보아도 창가는 개화가사에서 한 발 앞선 단면이 드러난다. 문학의 사적(史的) 고찰(考察)에서 전진적(前進的) 시간의 개념을 완전하게 씻어 낼 수는 없을 것이다. 그리고 전진적 시간의 다른 이름인 진보의 개념에 따르면 낡은 문체, 형태를 가진 것들은 그보다 좀 더 새로운 것에 선행한 양식으로 손꼽혀져야 한다. 개화가사 → 창가 → 신체시의 서열 도식(圖式)은 이런 이유에 의해서 작성될 수 있는 것이다.

(1) 개화가사(開化歌辭)

개화가사는 형태면에서 고전시가의 한 갈래인 가사를 그대로 답

---

16 이에 대해서는 김학동(金學東) 교수의 자세한 검토가 있다. 「개화기 시가의 유형과 형태적 전개」, 『한국개화기시가연구』(시문학사, 1981), pp.195-203.

습한 양식이다. 두루 알려진 바와 같이 가사는 한 행의 음수를 3, 4, 3, 4 또는 4, 4, 4, 4 등으로 하는 정형시가다. 그런데 개화가사 역시 고전가사의 외형률을 그대로 계승하고 있는 것이다. 그러나 내용면에서 고전문학기의 가사와 개화가사 사이에는 뚜렷하게 변별적 특성이 검출된다. 고전가사의 대부분은 풍물을 읊어 내거나 신변에 일어나는 애환을 노래하는 것이 통례였다. 그에 반해서 개화가사의 많은 작품은 문명개화의 열망을 노래하거나 자주독립, 부국강병의 의지를 담고 있다.[17]

개화가사의 한 특징적 단면은 그 숫자가 매우 많다는 것이다. 이제까지 우리 주변에서 발굴된 개화가사는 『대한매일신보』의 200수를 필두로 『독립신문』, 『황성신문(皇城新聞)』, 『제국신문(帝國新聞)』 등에 상당수가 수록되어 있다. 이에 대비되는 창가나 신체시 등은 줄잡아도 그 총수가 100여 수 정도다. 상대적인 의미에서 우리는 이 유형에 속하는 작품들이 양산되었다는 말을 할 수 있다.

개화가사의 작자는 크게 양대분된다. 그 하나는 일반 시민에 속하는 작자들이 쓴 작품들이다. 많은 개화가사는 투고 형식을 취하면서 일간지들에 게재되었다. 따라서 그 작자 일부가 시정의 갑남을녀(甲男乙女)일 가능성은 처음부터 그 자체에 내포되어 있었다. 그

---

17 이에 대해서는 상게서, 제2장에서 김학동 교수가 가한 언급이 있다. 그에 따르면 개화가사의 내용의 뼈대가 된 것은 외세 배격과 자주독립의식이다. 그것을 분석, 제시하기 위하여 그는 『독립신문』, 『대한매일신보』, 『경향신문』에 수록된 작품들을 모두 검토하였다.

에 대해서 또 다른 유형의 개화가사 가운데는 익명으로 된 것들이 있다. 『대한매일신보』에 게재된 많은 개화가사가 이에 해당된다. 이들 개화가사의 작자는 신문 편집자들로 추정된다. 이런 개화가 사는 사회 여론의 거울 내지 유도체의 구실을 한 듯 보인다. 이것은 예술 작품으로서의 결구보다 목적이나 의도가 앞선 경우다. 그 결 과 개화가사는 예술적 의장 개발에 대해서는 적지 않게 소홀했다. 이 유형에 속하는 작품들의 예술성이 앞선 가사보다 떨어지는 까닭 이 여기에 있지 않나 생각된다.

한편 일부 개화가사 가운데는 당시의 현실 문제에 민감한 반응 을 보인 예도 있다. 특히 여기서 주목되는 것이 몇몇 작품에 나타나 는 현실 비판 내지 고발, 풍자이다. 『대한매일신보』에 실린 일부 개 화가사 가운데는 신랄한 말투로 당시의 위정자와 일부 정치 집단에 화살을 날린 것이 있다.

① 이완용씨(李完用氏) 드르시오 총리대신(總理大臣) 더지위(地位)가

　　일인지하 만인지상(壹人之下 萬人之上) 그 책임(責任)이 엇더한가

　　수신제가(修身齊家) 못한 사람 치국(治國)인들 잘할손가

　　전일사(前日事)난 여하(如何)턴지 금일(今日)부터 회개(悔改)하여

　　가정풍기(家庭風氣) 바로잡고 백도정무 유신(百度政務 維新)하야

　　중흥공신(中興功臣)되여보소

송병준씨(宋秉畯氏) 드르시오 내무대신(內務大臣) 뎌 지위(地位)가

중회정무(中外政務) 총찰(總察)하고 관리현우 전형(官吏賢愚 銓衡)

이라

그 책임(責任)이 지중(至重)인데 공(公)의 정책(政策) 말할진데

매국노(賣國奴)을 면(免)할손가

－「권고현내각(勸告現內閣)」[18]

② 일진회(壹進會)야일진회(壹進會)야 너도역시 인류(人類)로다

대장부(大丈夫)의 처세(處世)함은 뇌뇌락락(磊磊落落) 뎌

심법(心法)이

태산교악(泰山喬嶽) 본을 밧어 빈부귀천(貧富貴賤) 변(變)할 손가

당당제국 신민(堂堂帝國臣民)이요 충신명현 자손(忠臣名賢 子孫)으로

일조 돈견(壹朝 豚犬)무삼일가 명예상(名譽上)의 관계(關係)로도

번연퇴조(飜然退會)할것이요

－「일진회(壹進會)야」[19]

얼핏 보아도 나타나는 바와 같이, ①은 친일내각의 구성원들을
향해 그들의 매국매족 행위를 규탄한 것이다. 여기서는 그들에 대
한 인신공격이 서슴없이 가해졌다. 그리고 ②는 그 과녁이 일진회

18 『대한매일신보』, 1011 (1909. 1. 30).
19 『대한매일신보』, 1025 (1909. 2. 17).

(一進會)다. 일진회는 한말의 대표적인 친일정치 집단으로 한일합방을 노골적으로 지지 찬성했고 나아가 그 실현을 위해서 선도적인 역할까지를 서슴지 않았다. 개화가사 작품에는 그런 일진회가 개와 돼지에 비유되고 있는 것이다. 여기서 잠깐 우리는 이들 작품이 발표된 시기를 되새길 필요가 있을 것 같다.

이완용 내각(李完用 內閣)이 성립되고 일진회의 활동이 본격화한 것은 1900년대 중반기에 이르러서였다. 이때 이미 일제는 한반도에 통감부를 설치하였다. 그 이전 일제는 한일협상조약(韓日協商條約)으로 일컬어진 위장 침략절차를 거친 다음 우리 정부로부터 외교권을 빼앗아갔다. 그에 이어 그들은 재정과 치안, 군사 등 일체의 실권들을 차례로 그들 손아귀에 넣었다. 그것으로 우리 민족은 실질적으로 일제의 식민지 상태로 전락해버린 것이다. 국내 치안의 실권을 쥔 일제가 당시 우리 주변에서 일어나는 항일저항운동을 수수방관할 리 없었음은 불문가지의 일이다. 그럼에도 『대한매일신보(大韓每日申報)』의 경우로 대표되고 있는 바와 같이 당시 우리 주변의 개화가사 가운데는 일제와 그 주구(走狗)에 대해 가차 없이 비난, 공격을 퍼부은 예가 나타난다.[20]

이와 같은 개화가사의 정신적 단면에 대해서는 혹 그것을 서구수용(西歐受容)의 결과로 풀이하려는 시도가 있을지 모르겠다. 새삼스

---

20 이에 대한 자세한 것은, 졸고, 「개화가사」, 『한국근대시사(韓國近代詩史)』, pp.60-61.

레 밝힐 것도 없이 서구의 두드러진 특성 가운데 하나가 여러 정치, 사회, 경제, 문화 등 각 분야에 일어나는 문제들에 대해 가차없이 비판·공격으로 임하는 점이다. 두루 알려진 바 근대 이후의 서구시민들은 사회의 모순에 대해서 예민한 눈길을 갖기 시작했다. 서슬이 푸른 일제의 감시, 규제 아래서 이루어진 개화가사의 현실 비판이고 보면 그것을 서구수용의 결과로 잡는 일도 일단은 수긍이 가는 일이다. 그러나 이런 추론에는 적어도 두어 가지 점에서 논리적 한계가 있다. 우선 이 무렵 우리 주변의 서구수용은 주로 제도라든가 체제, 기구, 조직 등 현상적인 틀을 수용하는 각도에서 이루어졌다. 이에 반해서 일제에 대한 고발 비판은 각성된 시민의식에서 출발하는 것으로 그 전제가 되는 것은 내면화된 정신이었다. 이때 문제되는 의식, 또는 내면화된 정신이란 그 당사자들이 일정한 지적 성숙을 이루어내어야 가능한 일이었다. 지적인 성숙을 통해 시대인식이 이루어지고 그를 통하여 사회개조의 의식이 선행되어야 했던 것이다. 그런데 개화가사가 씌어질 무렵에는 아직도 우리 주변에서 그런 전제여건이 정착되지 않은 상태였다.

뿐만 아니라, 풍자와 비판의 전통은 우리 주변에도 강한 맥락을 이루며 흘러내린 것이 있다. 여기서 우리는 그 한 보기로 사림(士林)들이 왕에게 올린 상소문을 들 수 있을 것이다. 역사의 중요한 고비가 있을 때마다 사림들은 그들의 의견을 모아 왕에게 알리는 글을 올렸다. 그 한 형태가 재야 선비집단이 조정을 향해 올린 연명형태(連名形態)의 논소들이다. 이들 상소문은 모두가 시비곡직, 정사(正邪)를 분명하게 밝히는 것을 원칙으로 했다.[21] 뿐만 아니라 규탄 대상에게는 서릿발이 이는 것 같은 비판, 공격을 가했던 것이다. 이런 비판의식, 고발정신은 일반 민중의 참여로 이루어진 판소리라든가 가면극의 경우에도 흔하게 나타난다.

이미 거론된 바 있는 판소리 대본 『열녀춘향수절가(烈女春香守節歌)』에는 춘향이 부사 변학도(卞學道)에게 항거하는 부분이 있다. 거기서 춘향은 변학도의 죄상을 낱낱이 열거, 고발하는 것이다. 가면극에서는 그것이 간접적으로 제시된다. 거기서는 몰락양반과 벼슬아치가 파렴치한으로 등장한다. 수많은 구전민요에도 이런 예는 아주 흔하다. 뿐만 아니라 문호개방과 함께 우리 사회에는 자유롭게 의사를 표시하는 분위기가 크게 조성되었다. 우리 문화의 그런 전통을 이어받아 역겨운 현실과 타매할 대상에 화살을 날린 것이 개화가사에 나타나는 비판과 단죄현상이다. 따라서 개화가사의 이런 단면을 서구적(西歐的) 충격(衝擊)의 결과로만 보는 것은 온당하지 않다. 엄연히 그것은 우리 민족 자체에 흘러내린 전통의 가닥을 물려받은 결과인 것이다. 다만 거기에 시대 상황이라든가 사회의식이

---

21 이런 경우의 좋은 보기가 되는 것이 김평묵(金平黙)이 고종에게 올린 「어양론(禦洋論)」이다. 그는 개항기의 위정척사파(衛正斥邪派)를 대표한 화서 이항로(華西 李恒老)의 문인으로 왕에게 올린 글에서 우리 동방사람이 인류인 데 반하여 서양인은 인도를 모르는 금수와 다름이 없다고 했다. 그런 논리를 전제로 어양(禦洋), 척사(斥邪)를 주장한 것이다. 김평묵(金平黙), 『중암선생문집(重菴先生文集)』, 「정헌장 서초당 소장본」 38권.

가세되어 지배계층에 대한 비판, 공격의 수위가 높아진 사실은 인정되어야 한다.

(2) 창가(唱歌)

창가(唱歌)는 개화가사 바로 다음 자리를 잇고 나타났다. 그 명칭으로 짐작되는 바와 같이 창가는 음악 특히 가곡의 곡조와의 상관관계가 완전하게 불식되지 못한 양식이기도 했다. 물론 다 같이 미분화 상태에 있었다고 해도 개화가사와 창가는 근본적으로 그 속성을 달리하는 점이 있다. 개화가사가 가창되는 경우 그 곡조는 대개 우리 주변의 재래종 가락에 의거했다. 그에 대해서 창가의 곡조는 반드시 서구에서 수입한 악곡(樂曲), 곧 양악(洋樂)이 이용되었다.

① 초창기의 창가

개화기 시가사에서 최초로 나타난 창가는 「황제탄신 경축가」다. 이 작품은 고종황제의 탄신을 경축하기 위해서 제작된 것이다. 그 정확한 발표 일자는 1896년 7월 25일이다. 참고로 밝히면 우리 주변에서 서양 음악이 처음 수용되기 시작한 것도 이 무렵부터였다. 즉 1896년 바로 이 해에 숭덕과 배재 등 미션계 학교에서 음악시간에 찬송가를 가르쳤다. 물론 그 이전에도 기독교 신자들이 찬송가를 교회에서 배우기는 했다. 그러나 그것은 단순하게 종교 의식의 일부로 행해진 것이었다. 그런 경우 악곡(樂曲)에 대한 인식이 제대

로 이루어지지 않았던 것이다.[22]

　1896년에 이루어진 미션계 학교의 음악 교육과 함께 노래와 그 가사의 미분화 상태가 그 나름대로 극복되었다. 이와 함께 우리 사회에서 최초로 나타난 창가가 서양 음악이 정착한 시기와 때를 같이하여 출현한 점도 간과될 일이 아니다. 개항이 이루어진 다음 개화가사(開化歌辭)가 나오기까지에는 20여 년의 시간이 소요되었다. 그러나 창가는 서양 음악의 정착과 거의 때를 같이해서 나타난 것이다. 상대적인 의미에서 우리는 그 출현이 조속했다고 말할 수 있겠다. 이제 「황제탄신 경축가」의 1절과 2절을 적어 보면 다음과 같다.

　놉흐신 상쥬님

　자비론 상쥬님

　궁휼히 보쇼셔

　이 나라 이땅을

　지켜 주옵시고

　오 쥬여 이나라

　보우하쇼셔

　우리의 대군쥬 폐하

22　창가의 악곡과 교회음악의 상관관계에 대해서는 김용직, 「창가, 새 양식의 성립과 전개」, 「한국근대 시사」(상), pp.69-71 참조.

만만세 만세로다

복되신 오늘날

은혜를 나리사

만수무강케

하야 주쇼서

「황제탄신 경축가」는 개인의 창작이 아니라 새문안교회의 교인들 공동제작으로 전해진다. 본래 기독교의 교리에는 하나님을 경배하는 일과 함께 백성으로서의 의무를 다하는 일이 포함되어 있다. 이런 교리에 입각해서 때마침 고종황제의 만수무강을 비는 기념축하대회가 개최되었다. 「황제탄신 경축가」는 바로 이 자리에서 행사용으로 만들어낸 작품이다. 이 작품은 전편 다섯 연으로 이루어져 있다. 노래 부를 때의 곡조는 「합동찬송가」 468장의 것으로 그것은 바로 영국의 국가 곡조이기도 했다. 뿐만 아니라 이 작품은 그 가사 역시 영국 국가에 대비되는 단면을 포함한다. 참고로 밝히면 영국 국가는 "God save our gracious Queen/King,/ Long live our noble Queen/King,/ God save the Queen/King!/ Send her/him victorious"로 되어 있다. 여기 나타나는 바와 같이 「황제탄신 경축가」의 '상주님'은 영국 국가의 신(神)에, 그리고 '나라'가 왕(王)에 대비되는 것이다.[23]

이 작품에 이어 두 번째에 해당되는 작품으로 나온 창가가 「애국가」였다.

1. 셩자신손 오백년은 우리 황실이요
   산고슈려 동반도난 우리 본국일세
   (후렴) 무궁화 삼천리 화려강산
   대한사람 대한으로 길이 보전하세

2. 애국하난 렬심의긔 북악가치 놉고
   츙군하난 일편단심 동해갓치 깁허
   (후렴) 무궁화 삼천리 화려강산
   대한사람 대한으로 길이 보전하세

3. 쳔만인 오직 한마암 나라사랑하샤
   사롱공샹 귀쳔업시 직분만 다하세
   (후렴) 무궁화 삼천리 화려강산
   대한사람 대한으로 길이 보전하세

4. 우리나라 우리 황뎨 황텬이 도으샤
   군민공락 만만세에 태평독립하세

23 이유선(李宥善), 『한국양악팔십년사(韓國洋樂八十年史)』(중앙대학출판부, 1968), pp.143-144.

(후렴) 무궁화 삼천리 화려강산

대한사람 대한으로 길이 보전하세

위에 제시된 「애국가」가 제작된 시기는 1896년 11월이다. 이때에 마침 독립협회가 그 사업의 일환으로 독립문을 세우기로 했다. 이 작품은 그 기공식에 즈음하여 회순(會順)의 하나로 가창을 하기 위해 제작된 것이다. 그러니까 「황제탄신 경축가」와 「애국가」는 다 같이 행사에 즈음하여 제작, 가창된 작품들이다. 여기서 우리가 간과할 수 없는 것이 이들 작품에 나타나는 문맥상의 공통점이다. 이들 작품에는 다 같이 충군애국(忠君愛國)의 의식과 함께 그 바닥에 서구식 평등사상이 깔려 있다. 초기 창가의 대부분은 그 작사자가 교회에 관계한 사람들이었다. 또한 그 가창도 교회가 중심이 되어 행해졌다. 초기 창가에 내포된 의식 경향에 평등사상이 엿보이는 것은 그 까닭이 이런 데서 연유한다.

초기 창가가 갖는 또 다른 특징이 행진곡풍 내지 군대음악의 느낌을 주는 작품이 다수 있는 점이다. 본래 행진곡은 군대음악에 연유한 것으로 추정이 가능한 악곡형태다. 이 악곡의 특성 가운데 하나가 가창자(歌唱者)라든가 청중의 감정을 자극해서 용기를 고취하고 집단이나 지도자에 대한 충성심을 진작하는 데 그 목적을 둔 점이다. 「황제탄신 경축가」와 독립협회의 「애국가」 등 두 작품은 이런 면에서 행진곡이라든가 군대음악과 함수관계를 가지는 것이다.

이와 아울러 초기 창가의 행진곡식 가락도 서구적 충격의 일환으로 설명될 수 있다. 구체적으로 우리 주변에 서구식인 악대가 수입, 창설된 것이 1896년의 일이다. 이 해에 민영환(閔泳煥)이 러시아 황제의 대관식에 참석했다가 돌아왔다. 귀국 길에 그는 군악 나팔을 구입해 왔다. 그리고 1900년에는 독일인 에케르트를 초빙하여 군악대를 발족시켰다. 결국 개항기의 우리 주변에서 이루어진 초창기의 서양 음악 수용은 교회음악과 함께 군대음악 등 두 개의 기초 조직을 수레의 바퀴로 삼고 시작된 것이다. 그런 이상 창가에 기독교의 찬송가와 함께 행진곡의 단면이 드러나는 것은 당연한 사태의 귀결이라 할 것이다.

② 창가의 제2단계

개화기 시가의 한 양식인 창가는 그 제2단계에서 작품의 부피가 크게 늘어났다. 그와 함께 창가의 특징적 단면의 하나로 진보와 개혁에 초점을 맞춘 교술적인 내용이 추가되었다. 초기 창가에 비해서 가곡을 부속시킨 속성이 상당히 줄어든 것도 이 단계의 창가에 나타나는 변화 양상이다. 이 시기의 창가가 악곡에서 거리를 가지게 된 것은 우리 문학사에서 각별한 의미를 가진다. 그것으로 창가가 부곡(附曲) 형태에서 분리 독립되어 시로서의 독자성을 갖게 되었기 때문이다.

제2단계 창가의 상한선은 1908년으로 기산될 수 있다. 이 해에 육당 최남선(六堂 崔南善)의 장편 기행체 창가인 「경부철도가(京釜鐵道歌)」와 「세계일주가(世界一周歌)」가 단행본으로 간행되었다. 이들 작품은 그 길이가 「경부철도가」의 경우 288행에 이르는 방대한 것이었다. 또한 그 후에 나온 「세계일주」는 전편이 7·5조 한 행으로 되었고 그 총 행수는 528행에 달한다. 앞에서 우리는 초기 창가가 대개 5, 6행으로 한 연을 삼고 그런 연이 4, 5개가 합해서 이루어진 작품임을 보았다. 그러니까 「경부철도가」나 「세계일주가」는 그 분량으로 보아 초기 창가보다 무려 10여 배 이상이 불어난 것들이다.[24]

초기 창가는 또한 충군애국이라든가 제도와 조직의 목표나 지향을 선전하는 내용을 노래했다. 신문화와 신문명에 대한 수용 열기를 담은 작품도 양산되었다. 「경부철도가」나 「세계일주가」는 그들과 성격을 달리하고 나타난다. 「경부철도가」는 개항과 함께 등장한 근대문명의 이기(利器)인 철도의 개통을 축하하는 내용을 담은 것이다. 구체적으로 그것은 남대문역에서 첫 무대가 시작된다. 그리고 경부선의 종착역인 부산에 이르기까지 연로(沿路)의 여러 역들을 차례로 열거한 가운데 그에 곁들여 그 풍물과 거기서 얻은 감흥이 노래되어 있다. 그 허두 일부를 적어 보면 다음과 같다.[25]

---

24 이에 대한 자세한 언급은 김용직, 『한국근대시사』, p.74 참조.
25 『경부철도가』(신문관, 1908), p.1.

우렁탸게 토하난 긔덕소리에

남대문을 등디고 때나나가서

빨니부난 바람의 형세갓흐니

날개가딘 새라도 못따르겠네

늙은이와 졂은이 석겨안졋고

우리네와 외국인 갓티탓스나

내외틴소 다갓티 익히디내니

됴고마한 딴세상 덜노일웠네

-「경부철도가」1, 2련

　이런 보기를 통해 짐작되는 바와 같이 「경부철도가」는 경부선의
여러 역을 거치는 가운데 화자가 보고 느낀 풍경을 그 제재로 삼고
있다. 그것으로 연선 각 역의 풍광과 정경이 펼쳐진다. 그와 아울러
바닥에 새시대에 태어나 문명의 이기인 기차여행을 즐기는 만족감
이 깔려 있으며 국토지리에 대한 의식과 감정을 곁들인 것이 이 작
품이다. 이것은 물론 초기 창가와 같은 단형(短形)의 작품이 엄두를
내지 못한 점이다. 이와 같은 제2기 창가의 모습은 「세계일주가」에
의해 더욱 확충, 강조된다.[26]

26 「청춘(靑春)」(1) 부록, pp.39-40.

한양(漢陽)아 잘잇거라 갓다오리라

압길이 질펀하다 수륙십만리(水陸十萬里)

사천년(四千年) 녯도읍 평양(平壤) 지나니

굉장(宏壯)할사 압록강(鴨綠江) 큰쇠다리여

칠백리(七百里) 요동(遼東) 벌을 바로 뚤코서

다다르니 봉천(奉天)은 옛날 심양성(瀋陽城)

동복릉(東福陵) 저솔 밧에 잠긴 연긔는

이백오십년(二百五十年)동안 꿈자최로다

남(南)으로 만리장성(萬里長城) 지나들어가

벌판에 큰 도회(都會)는 북경성(北京城)이라

태화전상(太和殿上) 날니는 닷동달이 기(旗)

중화민국(中華民國) 새 빗츨 볼 것이로다

-「세계일주가」 1, 2, 3련

이들 작품을 통해 드러나는 바와 같이 제2기 창가의 두드러진 특징 가운데 하나가 그 각행이 엄격하게 외형률(外形律)을 지키고 있는 점이다. 구체적으로 여기에는 7·5조를 한 행으로 한 자수율이 뚜렷이 나타난다. 우리 문학사에서 7·5조의 틀을 전경화시킨 것은 창가에서 비롯되었다. 그러니까 제2기 창가에 이르러 우리 시에 새로운 율격이 어엿하게 자리를 잡게 된 것이다.

제2기 창가의 형태는 그 일부가 일본측의 같은 유형에 속하는 작품에 대비된다. 일본측 시가사를 보면 명치연대(明治年代)에 나온 작품 가운데 몇 편의 창가들이 있다. 그런데 그 형태는 대개 7·5조를 한 행으로 한 외형률에 의거하고 있는 것이다.[27] 또한 육당(六堂)의 「경부철도가」는 그 내용에서도 일본측 작품의 영향을 받은 단면이 드러난다. 일본의 초기 창가 가운데는 몇 편의 철도가가 포함되어 있다. 육당의 작품은 그중 오와타 다데키(大和田建樹)의 「철도창가」에 대비되는 것이다. 우선 육당(六堂)의 작품이 경부선 연로의 여러 역을 차례로 읊조린 것임은 이미 밝힌 바와 같다. 이에 대해서 오와타(大和田)의 것 역시, 동경의 신바시역(新橋驛)에서 시모노세키(下關)에 이르는 여러 역을 차례로 노래하고 있는 것이다. 특히 경부선은 한반도의 기간철도로 우리 겨레의 근대화를 알리는 대동맥의 상징이었다. 그에 대해서 동경을 기점으로 서쪽으로 달리는 시모노세키선(下關線) 역시 일본의 대동맥으로 일컬어지는 기간선이다. 양자는 그 제재 선택의 단면부터가 공통분모 위에 있는 것이다.

③ 제3단계의 창가

1910년대에 이르자 창가 가운데는 1, 2기의 작품들과는 다른 형

---

27 단, 이 작품이 아닌 다른 창가에는 7·5조가 아닌 8·5조, 6·5조로 이루어진 것이 있다. 이에 대해서는 김학동, 『한국개화기시가연구(韓國開化期詩歌研究)』, pp.213~217 참조.

태의 것들이 나타났다. 이 시기에 이르기까지 창가의 말씨는 다분히 의미 전달에 치중한 것이었고 또한 직설적이었다. 바꾸어 말하면 그들 작품에는 언어의 정서적 사용에 의한 단면이 넉넉하게 나타나지 않고 있는 것이다. 1910년대에 이르자 2기 창가가 지닌 이런 단면에 얼마간의 균열 양상이 나타나기 시작했다. 이 무렵에 이르자 창가 가운데는 제목부터를 「들국화」, 「물레방아」 등으로 한 것이 나왔다. 그 내용에도 초기 창가와는 다른 의식과 내용상의 변동양상이 나타나기 시작했다. 이미 드러난 바와 같이 제2기에 이르기까지 창가의 세계는 대체로 사적인 것이 아닌 공적인 시각에 의거한 것이었다. 그것이 이 단계에 이르러 공적인 감각을 떠나 사적인 테두리에 속하는 감정이 노래되고 그 내용도 단순하게 서경(敍景)의 차원에 그친 작품이 나오게 되었다. 다음은 『청춘(靑春)』 창간호에 실린 「어린 꿈」의 일부다.[28]

아츰해에 취(醉)하야 낫붉힌 구름
인도(印度) 바다의 김에 배부른 바람
훗훗한 소근거림 너 줄 때마다
간지러울사 우리 날카론신경(神經)

28 『청춘』(1), 부록, p.40.

초록장(草綠帳) 재를 두른 님의 나라도

네게 듯고 아라서 그리워하고

화로수(花露水) 흘러 가는 깃븐 가람에

배타랴고 애씀도 원래 네 꼬임

이 작품은 그 제목이 「어린이 꿈」이다. 여기서 우리가 주목할 것
은 이 작품에 쓰인 말들이 모두 얼마간은 비유로 되어 있는 점이다.
이것으로 우리는 제2기까지를 지배해 온 창가의 직설적인 말씨가 3
기에 이르러 얼마간 희석화되었음을 알 수 있다. 이들 작품 이전의
창가에는 「소년대한(少年大韓)」이나 「신대한소년(新大韓少年)」 등이 있
었다. "우리의 발꿈티가 돌니는 곳에 / 우리의 가던 기(旗)발 향(向)
하난 곳에 / 앏흐게 알난 소래 즉시(卽時) 쓰티고 / 무겁게 병(病)든
모양 금시(今時) 소생(蘇生)해 (「소년대한(少年大韓)」 1연)."

6. 신체시(新體詩)의 전개

신체시는 한마디로 개화기 시가의 최종단계에서 나타난 양식이
다. 신체시의 형태적 특성은 그 명칭에서부터 내포되었다. 신체시
(新體詩)에서 '체(體)'란 문체를 가리킨다. 그 위에 신(新), 곧 새로움이
란 수식어가 붙는 것을 지나쳐 보아서는 안 된다. 이 경우의 새로움

이란 낡은 문체와 형태의 틀을 이 양식이 떨쳐버리기 시작했음을
뜻한다. 고전문학기의 가사나 시조가 지닌 낡은 말투와 형태를 신
체시가 탈피하고자 했음을 가리키는 것이다. 새삼스레 밝힐 것도
없이 개항과 함께 우리 문단 주변에는 여러 나라의 서로 성격을 달
리하는 언어라든가 문장들이 유입, 수용되기 시작했다. 그 충격과
기타 주변 여건에 자극된 나머지 이 무렵 우리 주변에는 광범위에
걸쳐 새로운 말법이 쓰이고 그에 따라서 재래식 문체에도 변화 양
상이 나타나게 되었다. 이런 유의 문체를 당시 우리 주변에서는 시
문체(時文體)라고 불렀다. 시문체란 말하자면 새 시대와 새 사회의
움직임을 수용함으로써 이루어진 새 시대의 문체였던 것이다. 신체
시는 시문체가 시가에 적용된 나머지 이루어진 개항기 시가의 최종
양식이었다. 이 양식의 성립과 함께 개화기 시가는 그 형태가 혁신
되었다. 그것으로 근대시의 이상에 한 발자국 더 다가선 작품들이
우리 문학사에 등장하게 된 것이다.

(1) 신체시의 기점(起點) ―「해(海)에게서 소년(少年)에게」

널리 알려진 바와 같이 신체시의 대표적인 작자는 육당 최남선
(六堂 崔南善)이다. 그는 양적으로 가장 많은 신체시를 지었을 뿐 아
니라, 이 양식에 속하는 작품을 최초로 제작 발표한 선두주자이기
도 하다. 19세기말 육당은 문명개화의 기수가 되기를 지향하고 현
해탄을 건너 동경 유학의 길에 올랐다. 그러나 당시 일제는 이미 한

일합방의 시간표를 작성하고 그 수순을 밟고 있었다. 남달리 감수성이 예민한 소년 최남선이 그런 정치적 상황을 지나쳐 보지 못했다. 그러자 그는 모처럼 얻은 유학생 신분을 포기하고 민중계몽을 바탕으로 한 민족역량 함양을 뜻한 나머지 귀국했다. 귀국 때 그는 개화계몽의 실현수단으로 생각한 근대 인쇄기계를 구입하고 그것을 발판으로 근대적 체제를 갖춘 출판기구 신문관을 창설하였다. 1908년 11월, 한국 잡지 사상 최초의 종합지인 『소년(少年)』이 거기서 발간되었다.

그 창간호에 우리 신문학 사상 최초의 신체시 「해(海)에게서 소년에게」가 발표되었다.[29]

一

뎌-ㄹ썩, 뎌-ㄹ썩, 텩, 쏴-아.

따린다, 부슨다, 문허바린다,

태산(泰山) 갓흔 놉흔 뫼, 딥태 갓흔 바위ㅅ돌이나,

요것이 무어야, 요게 무어야,

나의 큰 힘, 아나냐, 모르나냐, 호통까디 하면서,

따린다, 부슨다, 문허바린다,

뎌-ㄹ썩, 뎌-ㄹ썩, 텩, 튜르릉, 콱.

29 『소년(少年)』(1908-11), pp.2-3.

二

텨-ㄹ썩, 텨-ㄹ썩, 텩, 쏴-아.

내게는, 아모것, 두려움 업서,

육상(陸上)에서, 아모런, 힘과 권(權)을 부리던 자(者)라도,

내 압헤 와서는 꼼짝 못하고,

아모리 큰, 물건도 내게는 행세하디 못하네.

내게는 내게는 나의 압헤는.

텨-ㄹ썩, 텨-ㄹ썩, 텩, 튜르릉, 콱.

三

텨-ㄹ썩, 텨-ㄹ썩, 텩, 쏴-아.

나에게, 절하디, 아니한 者가,

只今까디, 업거던, 통긔하고 나서 보아라.

진시황(秦始皇), 나팔륜, 너의들이냐,

누구 누구 누구냐 너의 역시(亦是) 내게는 굽히도다,

나허구 겨르리 잇건 오나라.

텨-ㄹ썩, 텨-ㄹ썩, 텩, 튜르릉, 콱.

−「해에게서 소년에게」 1, 2, 3연

얼핏 보아도 나타나는 바와 같이 이 작품의 허두와 끝자리에는
의성어 '철−썩, 철−썩'이 쓰여 있다. 이것은 파도소리를 의성화시

킨 것인데 그것으로 육당(六堂)은 문명개화의 통로인 바다의 동태적인 모습을 제시하고자 했다. 이것으로 우리는 이 작품이 문호개방과 그에 병행되는 서구선진문명 수용의 열망을 담은 것임을 알 수 있다.

본래 한국어의 한 특징이 자음과 모음의 숫자가 매우 많은 점이다. 그것을 바탕으로 하여 우리말은 일상 언어생활에서 음성상징의 효과를 매우 풍부하게 구사할 수 있다. 또한 그 연장선상에서 의성어와 의태어를 자유자재로 사용할 수 있는 것이 한국어이기도 하다. 그에 힘입어 우리 고전시가에는 의성상징의 효과를 얻어낸 것이 적지 않다. 이런 경우의 우리에게 좋은 보기가 되는 것이 「유산가(遊山歌)」다. "이골 물이 줄줄 / 저골 물 쏼쏼 / 열에 열골 물이 천방지고 지방지고 / 펑버지고 소쿠라지며" 불과 두어 행에 물소리와 그 흐르는 모양이 이렇게 다양한 모양으로 표현된 것이다. 자음과 모음의 순열과 조합으로 이루어진 이런 음성효과는 그 예가 다른 나라의 시가에는 손쉽게 나타나지 않는다. 그러나 다시 생각하면 「유산가」의 의성어 사용은 그저 자연 풍경을 제시한 데 그치고 있다. 그에 반해서 육당의 「해에게서 소년에게」에 쓰인 의성어는 문명개화의 의지를 그렇게 역동적으로 표현한 시도의 소산이다.

육당의 작품에서 또 하나 주목할 것이 그 문장 형태다. 구체적으로 위의 작품에는 "따린다, 부슨다, 무너바린다"와 같이 한 행에 종결어미 '-다'가 세 개나 쓰여 있다. 우리 고전문학기의 작품들에 이런 예는 거의 나타나지 않는다. 짧은 문장에 종결어미 '-다'를 연거푸 쓴 것은 읽는 이의 느낌을 경쾌하게 하는 데 기여하며 그와 동시에 그 가락에 박진감이 느껴지도록 만들어 주는 것이다. 이 역시 지나쳐 볼 수 없는 신체시의 특징적 단면이다.

개화시가의 마지막 단계에 나타난 신체시의 기점에 대해서는 이제까지 우리 주변에서 조금씩 다른 의견이 제출되었다. 일찍 백철(白鐵), 조연현(趙演鉉) 등은 이 유형에 속하는 작품의 효시를 「해에게서 소년에게」라고 보았다. 그에 대해서 조지훈(趙芝薰)은 다른 입장을 취했다. 그에 의하면 「해에게서 소년에게」 이전에 육당이 이미 「구작삼편(舊作三篇)」을 썼다는 것이다.[30] 이에 대해서는 육당 자신의 기록이 있어 시기적으로 후자가 「해에게서 소년에게」를 앞서는 것은 사실이다. 그런 이상 당연히 「구작삼편」을 신체시의 효시라고 보아야 한다는 것이 조지훈의 생각이었다. "1909년 4월 『소년』에 실린 「구작삼편」이 작자 자신의 후기에 의하여 1907년작임이 밝혀진 이상 지금 알려진 가장 오래된 신체시는 「구작삼편」이다.[31] 이와 같은 견해에 대해서는 그 후 몇 사람의 동조자가 나타났다. 그리하여 신체시의 기점 문제는 그동안 일종의 교착 상태가 계속되어 온 느낌이다.

「구작삼편」으로 신체시의 기점을 잡는 일에는 그 자체에 난점이

---

30 조지훈(趙芝薰), 「근대시사의 관점」, 『조지훈전집(趙芝薰全集)』(3)(일지사, 1973), p.166.
31 상게서, 「한국현대시사」 서장 부분.

수반된다. 우선 근대적 인쇄술이 도입된 이후의 작품은 활자화를 거치고 나서야 발표의 개념이 성립된다. 물론 우리 근대 문학과 시에는 꼭 하나 부전(附箋) 비슷한 것이 붙을 수가 있다. 본래 우리 근대 문학과 시는 그 출발 초부터 식민지 체제에 함몰되어 있었다. 그결과 외세, 구체적으로는 일제에 대해 저항을 시도한 시는 자유로운 발표가 불가능한 실정이었다. 따라서 그런 상황, 여건으로 하여활자화에 이르지 못한 작품에는 일단, 그 발표 시기가 불문에 붙여질 수도 있는 것이다.[32]

우리는 아모것도 가진 것 업소,

칼이나 류혈포나 —

그러나 무서움 업네.

철장(鐵杖) 갓흔 형세(形勢)라도

우리는 웃지 못하네

　　우리는 올흔 것 짐을 지고

　　큰길을 거러가난 자(者) ㅣ ㅁ 일세.

우리는 아모것도 지닌 것 업소,

비수나 화약이나—

---

32 「소년」(6)(1909. 4). p.2.

그러나 두려움 업네.

면류관의 힘이라도

우리는 웃지 못하네.

　우리는 올흔 것 광이(廣耳)삼아

　큰길을 다사리난 자(者) ｜ ㅁ 일세.

얼핏 보아도 드러나는 바와 같이 이 작품과 「해에게서 소년에게」
는 그 의식의 단면으로 보아 아무런 차이가 없다. 「해에게서 소년
에게」의 주인공이 소년이며 그 예찬을 통해 새 시대와 새 사회 건설
의 열망을 노래한 것임에 대해서 이 작품의 의미내용 역시 같은 유
형에 속한다. 두 작품이 다 같이 민족의식이라든가 시대의 의지를
담고 있는 것도 지나쳐볼 일이 아니다. 그러나 그것이 당면의 침략
세력, 곧 일제에 대한 적개심을 바닥에 깔고 있는 것은 아니다. 그
들에 대한 비판 내지 비난 공격을 포함하지 않은 작품을 일제의 통
감부와 그 대행사들이 압수, 차압하지는 않았을 것이다. 따라서 그
의식 내용 때문에 「구작삼편」이 발표 시기가 늦어진 것으로 생각
될 수는 없다. 뿐만 아니라, 형태면에서 볼 때 최초의 신체시 「구작
삼편」 설에는 또 다른 난점이 수반된다. 이 작품은 뚜렷이 나타나는
후렴구를 가지고 있고 그 허두도 7·5조로 되어 있다. 그리하여 「구
작삼편」은 신체시로 판정되기보다는 창가의 단면을 더 강하게 드
러낸다. 그런 이유로 하여 우리는 「구작삼편」이 최초의 신체시라는

주장에는 거듭 의문부호를 붙이지 않을 수 없다.

　개화가사나 창가는 일종의 정형시였다. 고전문학기의 한글시는 운이나 대장(對仗)의 틀을 지키지 않아도 되는 것이었다. 그것은 거의 기계적으로 자수율만 지키면 지을 수 있는 양식이다. 이런 이유로 개화가사나 창가는 특별히 전문적인 제작 요건을 필요로 하지 않았다. 그러나 신체시는 그와 다른 양식이었다. 「해에게서 소년에게」를 통해 본 바와 같이 신체시는 모든 행이 일정한 자수율을 지켜야 하는 양식이 아니었다. 연 단위로 대응되는 각행이 일정한 자수율을 가지기만 하면 신체시의 제작은 가능했다. 그러나 이것은 창가와 달리 신체시의 작자가 매 작품마다 그 나름대로 새로운 율격을 만들 것이 요구되는 사태였다. 이런 이유로 신체시 제작에게는 개화가사나 창가와 달리 좀 더 전문적인 시적 기법을 가질 것이 요구되었다. 이런 상황에서 등장한 것이 전문제작자의 성격을 띤 신체시의 작자 최남선(崔南善)과 이광수(李光洙) 등이다.

(2) 육당 최남선(六堂 崔南善)

　이미 드러난 바와 같이 최남선은 「해에게서 소년에게」를 그가 주재한 『소년(少年)』 창간호를 통해 발표함으로써 신체시의 선두주자로 등장했다. 그는 본명인 최남선 대신에 공육(公六), 육당(六堂) 등의 필명과 더러는 무기명으로 많은 신체시를 발표했다. 그는 또한 자신이 주재한 『소년』에 다른 제작자가 쓴 신체시도 게재해 주었다.

그 갈피에 일종의 축약형 신체시론도 게재, 제시한 바 있다. 그것이 바로 「신체시가모집요강(新體詩歌募集要綱)」이다. 이 공고 형식의 글에는 최남선의 신체시에 대한 생각이 집약적으로 제시되어 있다. 그는 또한 이 분야에서 신인발굴의 시도까지를 가졌다. 이것으로 신체시단의 본격적인 형성을 꾀한 것이다. 다음은 그 모집광고 문면이다.[33]

○ 어수(語數)와 구수와 제목은 수의(隨意)

○ 아못조록 순국어(純國語)로 하고 어의(語義)가 통키 어려운 것은 한자(漢字)로 방부(傍付)함도 무방하고

○ 편중의 조사(措辭)와 구상에다 광명, 순결, 강건의 분자를 포함함을 요하고

○ 기교의 점은 별로 취치 아니함

○ 기고는 한성남부 사정동(漢城南部 絲井洞) 신문관(新文館)으로 송치하시옵

○ 선평은 본편집국원이 행함 (이하 생략)

최남선이 쓴 신체시에는 두 개의 특징적인 단면이 드러난다. 그 하나는 문명개화에 대한 강한 의욕이다. 이것은 그가 신체시의 대

---

33 『소년』(1909. 1), 표지 다음의 장.

표적인 제작자였기 때문에 그대로 이 유형에 속하는 시가의 창작 지침이 되었다. 그가 쓴 신체시의 또 다른 특징적 단면으로 생각되는 것이 청소년에 대한 남다른 관심과 그들을 교육, 훈도하고자 한 열정이다. 우선 그는 몇 개 작품에서 즐겨 바다를 제재로 택했다. 그런데 이때 바다는 자연의 일부인 데 그치지 않고 별다른 뜻을 가지는 공간이 되었다. 구체적으로 그것은 서구근대문화를 의미하는 선진문화 내지 문명개화의 창구와 통로의 상징이었는데 육당은 그 무대에 등장 활약할 주인공을 소년으로 잡았다.

육당이 가진 이런 의식의 단면은 그가 남긴 작품들 제목에서도 극명하게 드러난다. 「해에게서 소년에게」 이하 여러 작품을 통해 그는 되풀이하여 소년을 주인공으로 한 신체시를 썼다. 거기서 그는 거듭 소년을 찬미했고 또 그들의 각성과 분발을 촉구해 마지않았다. 그의 이런 정신적 단면은 그 스스로가 남긴 직접적 발언을 통해서도 손쉽게 포착된다. 이에 나타난 바 그가 발간한 잡지는 그 이름부터가 『소년』이었다. 그 창간호 허두에 그 발간 취지가 명기되어 있다. "우리 대한(大韓)으로 하야곰 소년(少年)의 나라로 하라. 그리하랴 하면 능(能)히 이 책임(責任)을 감당(勘當)하도록 교도(敎導)하여라."[34] 얼핏 보아도 드러나는 바와 같이 육당은 그 스스로가 열망한 선진문명의 수용 주체를 소년으로 생각했다. 그런 행동철학을

---

34 『소년』, 창간호, 표지 윗면.

바탕으로 『소년』을 발간했으며 신문관을 창립, 운영했다. 그를 통한 소년의 계도를 통해 우리 사회의 근대화를 실현시키고 자주독립 부강번영 국가의 기틀을 마련하고자 한 것이다. 그 결과 육당의 신체시론에는 기교를 뒷전으로 돌리라는 말들이 포함되었다. 이것은 계몽주의자 육당이 지닌 시가와 문학관을 단적으로 드러낸다.

(3) 고주 이광수(孤舟 李光洙)

이광수는 최남선과 쌍벽을 이룬 신체시의 작자였다. 그는 여러 편의 작품에 고주(孤舟) 또는 외배 등의 필명을 사용하여 발표했다. 초기에 이광수가 쓴 신체시는 『소년』, 『대한흥학보(大韓興學報)』, 『청춘(靑春)』 등에 게재되었는데, 그 숫자는 별로 많지 못하다. 그러나 몇몇 작품이 지닌 격조로 보아 그의 신체시는 넉넉히 가작(佳作)의 이름에 값하는 것들이었고 그 나름의 문학사적 의의를 가진 것들이기도 했다. 일찍부터 그는 신체시를 통해 대담하게 정형의 틀을 파괴하고자 했다. 다음은 그의 초기 작품 가운데 하나인 「우리 영웅(英雄)」의 일부다.[35]

월명포(月明浦)에 밤이 깁헛도다
연일고전(連日苦戰)에 피곤(疲困)한 장사(壯士)들은

---

35 『소년』(15), p.47.

깁히 잠들고 콧소리 놉도다

깁고 검은 하날에 무수(無數)한 성진(星辰)은

잠잠하게 반ㅼ—ㅅ반ㅼ—ㅅ 빗나며

부드러운 바람에 나라오난 풀내ㅅㅏ 지도 날낸

우리 애국사(愛國士)의 핏내를 먹음은 듯

포구(浦口)에 밀려오난 물ㅅ결 소래는

철썩철썩 무엇을 노래하난듯

　여기 나타나는 바와 같이 이광수의 신체시 가운데는 자유시의 형
태에 한 발 더 다가선 작품이 포함되어 있다. 이 작품에서는 개화가
사와 창가가 가진 자수율이 거의 나타나지 않는다. 그러면서 이 작
품에는 정형시의 율격을 보상하고도 남을 정도의 율문(律文)으로서
의 가락이 느껴진다. 뿐만 아니라 이 작품의 의미맥락에는 달 밝은
밤 왜적과의 싸움을 치른 다음 지친 몸을 달래고 있는 병사들의 모
습이 떠오른다. 당시 우리 주변의 신체시는 거의 모두가 이와 같이
살아 움직이는 인간의 활동상을 그림으로 떠올리게 하지 못했다.
이것은 이 단계에서 이광수의 신체시가 우리 시단의 수준을 제고시
킨 것임을 뜻한다.

　물론 신체시의 작자로서 이광수가 자유시만을 쓴 것은 아니다.
형태면에서 볼 때, 그의 작품 가운데는 최남선의 「해에게서 소년에
게」와 공통분모를 느끼게 하는 것도 있다. 다음은 1919년 9월에 발

간된 『새별』 게재의 「말 듣거라」 전문이다.[36]

산(山)아 말듣거라 웃음이 어인 일고
네니 그님 손에 만지우지 않았던가
그님을 생각하거드란 울짓기야 왜 못하랴
네 무슨 뜻 있으료마는 하 아숩어

물아 말듣거라 노래가 어인 일고
네니 그님 발을 싯기우지 않았던가
그님을 생각하거드란 느끼기야 왜 못하랴
네 무슨 맘 있으료마는 눈물거워

꽃아 말듣거라 단장이 어인 일고
네니 그님 입에 입맞추지 않았던가
그님을 생각하거드란 한숨이야 왜 못 쉬랴
네 무슨 속 있으료마는 가슴쓰려

「해에게서 소년에게」의 경우와 꼭 같이 이 작품은 대응되는 각 연의 행을 이루는 자수가 일정하다. 뿐만 아니라, 각 행의 어휘들 역시

---

36 『이광수전집(李光洙全集)』(삼중당, 1968), pp.22~23.

알맞게 짝이 되어 나타난다. 그것이 산에 대해 물과 꽃이, 그리고 손에 대해 발이라든가 님이 대응되어 있는 점이다. 그럼에도 이 작품은 외혈의 틀로 7·5조나 8·6조의 자수율에 의거하고 있는 것은 아니다. 또한 이 경우에는 최남선의 많은 작품에 나타나는 생경한 관념들이 어느 정도 불식된 듯 보인다. 이것으로 이 작품은 명백하게 애초부터 규격화된 틀을 허물고 쓰여진 것임을 알 수 있다. 그런 가운데 정서의 함량이 여느 신체시보다 배가 되어 있는 것이다.

이광수의 신체시에 나타나는 또 하나의 특징으로 우리는 그의 작품에 담긴 이야기 줄거리 같은 것을 들 수 있다. 앞에 든 「우리 영웅(英雄)」은 충무공 이순신을 주인공으로 한 작품이다. 이 작품에서 충무공(忠武公)의 우국 충성하는 모습은 서사문학의 한 장면을 연상하게 만든다. 그런가 하면 「곰」과 「극웅행(極熊行)」에서는 곰이 주인공으로 등장한다. 뿐만 아니라 거기에는 곰의 행동이 일종의 플롯 감각에 의해 엮여져 있는 것이다. 특히 구성면에서 볼 때 간과될 수 없는 작품으로 「옥중호걸(獄中豪傑)」이 있다. 이 작품은 그 전편에 4·4조가 두드러져 얼핏 보면 신체시 이전의 것처럼 생각되기도 한다. 그러나 그 말법에 따라서 빚어진 느낌은 여느 신체시와 달리 적지 않게 동태적이며 일종의 역동감까지를 자아내고 있다. 이 작품 꼬리에 조소앙(趙素昻)이 "그림처럼 진경이 나타나 읽으면 저절로 감탄을 막지 못한다(嘯仰生評日 畵出眞境 讀不覺長嘯)"라고 평을 단 것이 있다.[37]

뼈삼마다, 힘줄마다, 전기(電氣)갓히 잠겨 있난, 굿센 힘, 날낸긔운, 흐르난 소래잇가. 진주(眞珠)갓히 광채(光彩)잇고, 혜성(彗星)갓히 도라가난, 횃불 갓흔 양안(兩眼)에난, 고민(苦悶) 안개 꼈도다. 그러나 그 안갯속에 빗나난 광명(光明)은, 숨은 용기(勇氣), 숨은 힘이 중화(中和)난 번개ㅅ불―, 전후좌우(前後左右) 깔닌 남게 색인듯한 가난 줄은, 옥(獄)에 매인, 뎌 호걸(豪傑)의 번민고통(煩悶苦痛) 자최로다.

이 작품에 대해서는 일찍 우리 주변에서 가사체라는 평가가 내려진 바 있다. 우리가 알고 있는 한 가사체는 아주 심하게 문어체(文語體)의 단면을 띠고 있다. 그럼에도 이 작품은 "그러나 그 안개ㅅ속에 빗나난 광명(光明)은, 숨은 용기(勇氣), 숨은 힘이 중화(中和)한 번개ㅅ불"의 경우로 대표되는 바와 같이 구어체, 그것도 일상생활에서 우리가 쓰는 말투를 현저하게 느끼게 하는 단면이 내포되어 있다. 뿐만 아니라 어떤 사실을 효과적으로 제시하기 위하여 캐더로킹의 수법을 쓰고, 그를 통해 주제를 집약적으로 부각시키고자 한 점도 특징적이다. 이것은 이 작품이 그 말법과 문체에서 고전시가의 한 갈래인 가사 양식과 적지 않은 거리를 가지는 것임을 뜻한다.

우리가 알고 있는바 가사의 특징적 단면 하나가 그 말들을 서술적으로 쓰는 점이다. 고전가사 형식에 대해 일쑤 우리가 수필적이

---

37 『대한흥학보(大韓興學報)』(1909. 1), p.33. 단, 한자로 된 원문에서 嘯仰이 卯로 되어 있고 마지막 '嘯'가 탈락되어 있다.

라고 하는 까닭이 바로 거기에 있는 것이다.[38] 그러나 위의 작품에서 우리는 적지 않게 흥청거리는 가락을 느낀다. 때로 구어투와 산문체가 뒤섞인 가운데 판소리 사설과 같은 입심을 느끼는 것도 그 특색이다. 우리가 간과할 수 없는 것이 이 작품에 나타나는 서사적 요소(敍事的 要素)다. 이 작품의 주인공에 해당되는 것은 부엉이다. 이 경우의 부엉이는 자유를 박탈당한 채 옥중에서 신음하는 피수자(被囚者)이기도 하다. 그 심상은 불의에 항거하다 자유를 빼앗기고 투옥당하여 울분을 곱씹는 선구자의 모습을 방불하게 한다. 이것으로 우리는 이 작품이 서사문학의 기본 요소인 이야기 줄거리 같은 것을 지닌 듯한 낌새를 느끼게 된다. 이것은 물론 후에 이광수가 시를 떠나 소설만에 주력한 사실을 예감하게 하는 일이다. 그러나 그와 함께 우리는 여기서 다른 또 한 가지 사실도 읽어낼 수 있다. 그것이 이광수의 신체시 일부에 서사시의 단면이 검출되는 점이다. 이 유형의 작품이 지닌 교술적 단면(敎述的 斷面)과 함께 이 역시 간과될 일이 아니다.

---

38 이에 대해서는 이능우(李能雨), 『국문학개론(國語學槪論)』(이문당, 1955), p.116 참조.

7. 신체시와 자유시

여기에 이르러서 우리는 개화기 시가의 한 갈래인 신체시를 그 형성, 전개 양상에 비추어 크게 세 개의 단락으로 구분, 정리해 볼 수 있다. 첫째 유형으로 잡을 수 있는 것들은 초기에 제작된 작품들이다. 이에 속하는 작품으로는 「해에게서 소년에게」, 「신대한소년(新大韓少年)」, 「삼면환해국(三面環海國)」 등이 있다. 이들 작품의 특징은 그 형식이 미처 딱딱한 정형의 틀을 벗지 못한 데 있다. 그 가운데는 2연 이하가 첫 연에서 이루어진 틀에 억지로 맞춘 듯한 느낌을 주는 것도 있다. 그리하여 어떤 작품에 이르러서는 율문이 가지는 가락을 제대로 갖지 못한 것들도 있다. 또한 계몽의식이라든가 문명개화, 근대화를 위한 의지 역시 생경하게 드러난다. 이것은 이 무렵의 신체시가 창가의 단계에서 우리 시가가 가진 외형의 틀을 시원스럽게 벗어버리지 못한 것임을 알리는 단적인 증거다.

다음 둘째 유형에 속하는 신체시로 우리는 '꽃두고', '말 듣거라', '님나신 날' 등을 들어 볼 수 있다. 외형의 틀을 시원스럽게 벗어버리지 못한 점으로 보아서는 이들 작품과 첫째 유형의 신체시 사이에 별 차이가 없는 듯 보인다. 그러나 여기서 외형은 반드시 딱딱하게 고정된 규격의 틀인 데 그치지 않는다. 이미 그 틀 속에는 서정시의 기본 요건인 부드러운 가락과 내멋스러운 정조가 내포되어 있는 듯 생각된다. 뿐만 아니라 관념 내용이 어느 정도 정서로 바뀌어

있는 점도 이들 작품의 한 특징이다. 다음은 최남선의 작품인 「꼿두고」의 전문이다.[39]

나는 꼿을 질겨 맛노라,
그러나 그의 아리따운 태도를 보고 눈이 얼이며
　　　그의 향긔로운 냄새를 맛고 코가 반하야
정신(精神) 업시 그를 질겨 마짐 아니라,
다만 칼날 갓흔 북풍(北風)을 더운 긔운으로써
인정(人情) 업난 살기(殺氣)를 깁흔 사랑으로써
대신(代身)하야 밧구어
뼈가 저린 어름 밋혜 눌니고 피도 어릴 눈구멍에 파무처 잇던
억만(億萬) 목숨을 건지고 집어내여 다시 살니난
봄바람을 표장(表章)함으로
나는 그를 질겨 맛노라.

나는 꼿을 질겨 보노라,
그러나 그의 평화(平和) 긔운 먹음은 웃난 얼골 흘니며
　　　그의 부귀기상(富貴氣象) 나타낸 성(盛)한 모양 탐하야
주착(主着)업시 그를 질겨 봄이 아니라,

39 「소년」(7) (1909. 5), pp.2-3.

다만 것모양의 고은 것 매양 실상이 적고

    처음 서슬 장(壯)한 것 대개 뒤끗 업난 중(中)

오즉 혼자 특별(特別)히

약간 영화(若干 榮華) 구안(苟安)치도 아니코 허다 장마(許多 魔障) 격

그면서도 굽히지 안코

억만(億萬) 목숨을 만들고 느러내여 길히 전(傳)할 바

씨 열매를 보유(保育)함으로

나는 그를 질거 보노라.

이 작품에도 대응되는 각 행의 음절수는 일정하다. 그러나 각 연을 독립된 것으로 보면 그 형태는 거의 자유시에 가깝다. 뿐만 아니라 이 작품에는 「해에게서 소년에게」와 달리 외형적이 아닌 내면적인 가락까지가 느껴진다. 여기서도 물론 육당(六堂)은 교술적인 입장을 완전하게 불식시키지 못했다. 그러나 이 작품에서 그것은 첫째 유형의 신체시에 나타난 것처럼 직설적으로 쓰이지 않았다.

이 작품의 주제 의식에 해당되는 것은 역경 속에서도 굽히지 않는 불굴의 정신이며 실질과 은애를 존중하는 인생관이다. 그러나 그것은 직접 토로되지 않고 꽃을 상관물로 하여 간접적으로 제시되어 있는 것이다. 그 기법으로 원용되고 있는 것이 비유다. 본래 작품이 빚어내는 해조와 비유의 기능적인 이용 등은 근대시의 중요한 요건을 이룬다. 그만큼 이들 작품이 첫째 유형에 속하는 신체시에

비해 한발 근대시의 형태에 가까워진 셈이다.

신체시의 셋째 국면으로 생각되는 것이 정형에서 벗어나 자유시의 형태에 더욱 가까워진 점이다. 앞에서 이미 밝혔지만 일부 신체시는 그 말씨나 정서가 물론 본격 신체시의 차원에 이르지 못했다. 다만 후기 신체시의 상당수가 창가보다 더더욱 근대 자유시의 형태에 가까워지고 그와 아울러 그 어법에 정서적 단면이 뚜렷하게 감지되는 것이다. 여기서 이 유형에 속하는 작품을 들어보면 최남선의 「태백산부(太白山賦)」, 「뜨거운 피」 등과, 이광수의 「우리 영웅」, 「곰」, 「극웅행(極熊行)」, 「어머니의 무릎」 등이 있다. 또한 현상윤(玄相允)의 「새벽」, 「향상(向上)」 등도 이에 속한다. 다음은 1918년 8월호 『여자계(女子界)』에 실린 「어머니의 무릎」의 첫 연이다.[40]

어머니…
당신의 무릎은 부드러웁데다
봄철 묏기슭의 잔디보다도
여름 하늘에 뜨는 구름보다도
양(羊)의 털보다도 비단 방석(房席)보다도
어머니!
그 부드러운 무릎에 제가 앉았었지요.

40 『이광수전집』, p.50.

끝내 불만족이라는 단서가 붙기는 하지만 이 단계에 이르러 신체시는 정형의 틀에서 벗어나고자 한 강한 의욕을 드러낸다. 여기서는 7·5조, 8·6조 등의 미리 마련된 외형의 틀이 배제되어 있는 것은 물론 제2유형의 신체시가 지니는 대응되는 각 연과 행의 자수 제한조차도 뚜렷한 선으로 나타나지는 않는다. 뿐만 아니라 여기에는 우리가 간과할 수 없는 또 다른 단면도 보인다. 그것이 몇 개의 비유가 되풀이 사용되어 있는 점이다. 이것으로 제3유형에 속하는 신체시의 성격이 어느 정도 드러난다. 그것이 이 단계에 이르자 개화기 시가가 우리 근대시와 현대시의 본론화를 뜻하는 자유시의 형태에 한발 다가선 자취를 남기는 점이다.

_찾아보기